KB273138

흑과 다의 환상

(하)

흑과 다의 환상 (하)

온다 리쿠 장편소설

권영주 옮김

VANTA

차례

3부

마
키
오

숲길 저편에서 누가 온다.

내가 잘 아는 누군가가. 그리고 별로 만나고 싶지 않은 누군가가.

대체 누구일까?

늦은 밤 호텔 로비에서 담배 자동판매기 속에 동전 떨어지는 소리를 들으며 나는 곰곰이 생각했다.

여행이 시작됐을 때부터 그 이미지가 종종 머릿속에 떠오르는 것을 알고 있었다. 어두운 숲속을 걷는 내 앞에 생각지도 못한 누군가가 불쑥 나타나는 이미지. 나는 놀라 숨을 훅 들이마시며 멈춰 선다. 그 녀석은 차가운 표정으로 나를 가만히 본다. 그 녀석은 웃으며 내게 이렇게 말한다.

어때, 할 만하냐, 인간쓰레기?

힘없이 몸을 굽혀 담배를 꺼내고 그 자리에서 바로 뜯었다. 자연스레 담배를 입술의 정해진 위치에 물고 있다. 지금까지 몇 번이나 이 동작을 되풀이했을까.

어째서 남자는 담배를 피울까. 그건 구실을 만들기 위해서다. 자리를 뜰 구실, 입 다물고 있을 구실, 이야기를 중간에서 끊을 구실. 세상 남자들은 모름지기 무슨 구실인가를 찾게 마련이다.

어두운 로비에서 소파에 앉아 불을 붙였다.

호텔은 쥐 죽은 듯 고요했고 자동판매기의 불빛이 로비의 어둠 속에 어슴푸레하게 떠올라 있다. 대다수 투숙객은 잠들었을 시간이다.

널따란 로비에 나 홀로. 조명도 최소한으로 줄여져 있다.

어둠 속에서 담배를 피우면 왜 그런지 특별한 일을 하는 기분이 든다. 불이 켜져 있으면 전혀 특별할 것 없는 행위인데, 불을 끄고 담배를 피우면 아주 조금 가슴이 설렌다.

홀로 담배를 피우며 상쾌한 기분을 맛보고 있었다. 머리는 맑고 마음은 개운했다.

물론 지금 이 순간도 아키히코가 머리를 싸안고 침대에 누워 있을 것은 알고 있다. 그래도 나는 기분이 상쾌했다. 어차피 언젠가는 와야 할 날이었고, 오늘이 그날이었다. 게다가 아키히코 본인이 마음속 깊은 곳에서 기억해 내기를 원하고 있었다. 그도 지금쯤 어둠 속에서 그 사실을 인정하고 있을 것이다. 필사적으로 눈치채지 못하는 척했던 자신을 욕하고 있을 것이다.

나는 친구로서 아키히코를 깊이 사랑하지만, 동시에 그가 상처 입는 모습을 보고 싶다는 잔혹한 기분도 가지고 있다. 그런 점에서 나와 시오리는 많이 비슷하다. 나와 그녀의 차이점은 단 하나. 나는 아키히코와 자고 싶은 마음이 없지만 그녀는 그것을 절실하게 바랐다는 점이다.

아키히코도 어렴풋이 눈치채고 있었을 것이다. 그녀의 처절하기까지 한 남성 편력이 자신에 대한 애정이 일그러진 형태로 표출된 것임을.

손을 뻗어 재떨이에 담뱃재를 떨었다.

그녀는 세상 누구보다도 사랑하는 아키히코와는 잘 수 없다. 그렇기에 그를 제외한 모든 남자들과 자는 것이다. 이상하게도 시오리는 그렇게 도덕관념이 결여된 여자이면서 근친상간의 터부만은 어기지 못했다. 물론 아키히코가 응할 리도 없지만, 그녀 자신에게 그 터부가 어지간히 컸던 탓에 반동도 컸을 게 틀림없다.

아키히코의 주위를 맴돌며 그의 친구를 빼앗고, 아키히코를 여성 불신에 빠뜨림으로써 그녀는 아키히코를 줄곧 독차지하는 데 성공했다. 하지만 그래 봤자 그를 소유하지 못하는 시오리는 결국 자신의 고통을 오래 끌었을 뿐이었다. 다정한 남편과 귀여운 아이들이 있는데도 그녀의 남성 편력은 그칠 줄 몰랐다.

아키히코의 결혼식 날 밤, 그녀의 안도한 듯한 표정이 잊히지 않는다. 그렇게 상냥한 그녀는 처음이었다. 아키히코의 결혼은 동시에 그녀 자신의 해방이기도 했다.

상냥한 여자와는 더는 잘 수 없었다. 그게 마지막이라는 것을 우리 둘 다 호텔에 들어선 순간부터 알고 있었다.

방에 들어선 나는 더블베드인 것을 보고 놀랐다. 그때까지 그녀는 늘 트윈룸만 잡았기 때문이다. 그녀는 남자와 한 침대에서 자기를 싫어했다. 소파나 방바닥에서 온갖 방탕한 짓거리를 벌이고 나서 아아, 지쳤다, 하면서 각기 다른 침대에 기어들어 곯아떨어진다. 그녀는 줄곧 누구와도 그렇게 해왔을 터였다.

어떻게 된 거야?

나도 모르게 그녀에게 물었다. 그녀는 메마른 웃음을 흘렸다.

굳이 말하자면 감상感傷이겠지.

정사 뒤의 잠을 '작은 죽음'이라 한다는 말을 들은 적이 있는데, 그날 밤의 잠은 바로 '죽음' 그 자체였다. 꿈 한번 꾸지 않았다. 옆에서 보면 죽은 것처럼 보이지 않았을까. 오랜 세월 목표로 해온 사업이 완수되어 안심한 것처럼 우리는 한 침대에 나란히 몸을 눕히고 곤히 잠들었다.

잘 있어.

그쪽도.

다음 날 아침, 우리가 주고받은 말은 그것뿐이었다. 우리는 그때까지와 마찬가지로 미적거리지 않고 따로따로 호텔 방을 나섰다.

그 이래로 시오리를 만나지 않았다. 아마 두 번 다시 만날 일은 없을 것이다.

밝은 곳에서 보는 담배 연기는 색이자 흐름이지만, 어둠 속에서는 질량이자 밀도다. 확실하게 보이지는 않지만 그곳에 뭔가 무게 있는 것이 감돌고 있는 것만은 알 수 있다.

행복하다.

이런 순간이 내게 행복이라고 생각한다. 홀로 담배를 피우며 아무에게도 말을 시키지 않고 아무도 내게 말을 시키지 않는 행복. 이게 바로 내가 원했던 행복이다. 나는 이제 겨우 그 사실을 인정할 수 있다.

과거에는 그럴 리 없다고 생각했다. 역시 사랑하는 사람과 함께 살며 가정을 꾸리는 일이 모름지기 인간의 행복이라고.

하지만 가족이 생겨도 내 안의 고통과 위화감은 사라지지 않았다. 이게 정말로 행복인가 마음 한구석으로 늘 의심했다. 사람은 어째서 결혼을 하는가. 그건 모두가 하기 때문, 그리고 그 편이 사회적으로 유리하기 때문이다. 남자는 처자식이 있다는 것만으로도 근거 없는 신뢰를 얻는다. 독신자는 늘 주목을 받는다. 감시를 받는다고 해도 된다. 자식이 없는 부부도 마찬가지다. 그러나 처자식만 획득하고 나면 세상 사람들은 곧바로 관심을 잃는다. 연예인이라도 되지 않는 한, 가족만 있으면 타인의 간섭과 호기심에서 벗어날 수 있다. 경제력이 없는 성격파탄자도 처자식을 갖는 일이 가능한데도.

물론 애정이라는 것의 훌륭함을 부정하지는 않는다. 여자는 사랑스러운 존재이며, 그들의 눈과 입술은 언제나 기분 좋게 느껴지고 기분을 밝게 해준다. 하지만 그건 인생의 아주 작은 일부분에 지나지 않는다.

전에 읽은 소설의 한 구절이 생각난다.

마음이라는 것, 사랑이라는 것을 발명한 사람은 대체 어디의 누굴까? 그 인간은 틀림없이 이미 오래전에 교수형에 처해졌을 것이다.

분명 그런 구절이었다.

언제부터 사랑을 이렇게 떠받들게 됐을까. 과거에는 생계를 유지하며 사회를 건설하는 것만으로도 벅찼다. 그런데 지금은 유난스레 사랑을 강조해 대고 다들 자신도 사랑을 얻을 수 있다고 착각한다. 사랑이 없으면 생활이 보장돼도 의미가 없다고. 사랑이 없으면 인생은 결코 충족될 수 없다고.

이해할 수 없다. 노래를 못하면 가수가 될 수 있을 리 없고, 성적이 나쁘면 갈 수 있는 대학의 범위가 좁아지는 것은 누구나 당연한 일이라고 납득한다. 일을 하기 시작하면 자신이 어느 정도 출세할 수 있을지 자기 기량을 가늠하게 된다. 그런데 어째서 사랑에 관해서만은 자신에게도 언젠가 근사한 사랑이 찾아올 것이라고 천진하게 믿어 의심치 않는가.

영구 취직하려고. 회사를 그만두는 젊은 여자들은 자랑스럽게 말한다. 그래, 바로 그것이다. 결혼이란 취직이다. 먹고살기 위해서는 일을 해야 한다. 옛날 사람들은 그 점을 잘 알고 있었다. 먹고살기 위해서 결혼한다. 결혼이란 노동과 생산을 가리켰다. 그런데 요새 여자들은 먹고사는 것만으로는 만족하지 않고 사랑을 원한다. 이런 건 부부가 아니야. 이런 건 사랑이 아니야. 먹여주기만 하면 그만이라고 생각해? 나를 사랑해 줘. 사랑은 훨씬 근사한 거잖아. 근사한 사랑을 줘. 시시한 사랑은 싫어, 감동적이고 드라마틱한 사랑이어야 해.

모두가 사랑을 구걸한다. 그렇게 근사한 사랑이라는 것이 주어질 가치와 능력이 자신에게 있다고 생각하는가. 사랑은 인생의 아이템 중 하나이지 인생의 전부가 아니다. 남자에게 사랑이 인생의 한 통과지점이요, 그 순간을 즐겁게 해주는 양념이라는 것을 어째서 눈치채지 못하는가. 하기야 요새는 남자도 사랑의 환상에 휘둘리는 것 같지만.

마나미는 마지막까지, 아니 지금도, 여자가 있다고 의심하는 모양이다. 하기야 내가 끝까지 헤어지는 이유를 명확히 설명하지 못했으니 그럴 만도 하다. 그냥 다른 사람과 같이 살기 싫어졌다고 본심을 말했다면 정신상태를 의심받았을 테고 내 처지만 나빠질 뿐이라는 것을 알고 있었기 때문이다. 그렇지 않아도 이혼을 하면 모든 것을 잃을 게 확실한 터라 일부러 그 이상 상황을 악화시킬 필요는 없었다. 여자가 있다고 생각한다면 얼마든지 그러라고 해라. 상관없다.

일은 재미있고 내게 잘 맞는다고 생각한다. 먹고살 수 있을 만큼만 벌면 된다. 사생활의 충실 같은 것은 원하지 않는다. 혼자 내버려둬 주기만 한다면 그 밖에 아무것도 필요 없다.

무책임하다고 사람들은 말할 것이다. 사회인으로서의 책임, 남편으로서의 책임, 아버지로서의 책임. 그 모든 것을 내던지고 아무렇지도 않느냐고 부모에게도 꾸중을 들었다. 멀쩡한 정신으로 생각하면 아무렇지도 않을 리 없다고 생각한다. 그러나 유감스럽게도 나는 아무렇지도 않다. 그런 인간이 아니면 이혼 같은 것을 할 리 없다.

어느새 내가 여행 중이고 도쿄에서 멀리 떨어진 섬 호텔에 있다는 것을 잊고 있었다. 천천히 마음이 현재로 돌아오는 것을 담배를 피우며 지켜봤다.

이런 여행이 실현될 줄은 생각지도 못했다.

대학 시절 친구, 고등학교 시절 친구, 옛 애인. 그런 멤버들과 여행할 기회는 웬만해선 찾아오지 않는 법이다.

어째서 내게는 그 기회가 찾아왔을까?

이 여행은 상상했던 것 이상으로 재미있었다. 혼자 있기보다 누군가와 걷는 편이 이것저것 생각하기에 좋다는 것을 깨달았다. TPO를 따지지 않아도 되는 멤버와 여행하는 게 이렇게 재미있을 줄은 몰랐다. 대화를 하고 있어도, 평소의 체계화된 대화와는 다른 근육을 쓰는 것을 알겠다. 그래, 내게도 아직 이런 근육이 남아 있었구나.

재미있는 여행이다. 어쩌면 나도 조금은 알 수 있을지도 모른다.

나는 담배를 재떨이에 비벼 끄고 조용히 일어섰다.

오랜 세월 수수께끼였던 나 자신의 정체를.

다음 날 아침 눈을 떴을 때는 아직 꿈을 꾸는 중인 줄 알았다.

방 안은 어둑어둑하고 썰렁했다.

여기가 어디지? 어느 호텔에 시오리와 같이 묵었나?

물을 빼는 소리가 나더니 누가 욕실에서 나왔다.

얼굴을 타월로 닦는 하얀 팔에 움찔했다.

시오리?

타월 뒤에서 시오리와 많이 닮은 아키히코의 개운한 얼굴이 나타나 눈이 마주쳤다. 그 눈을 보고 내가 어디에 있는지 생각났다.

아키히코와 나는 한동안 멍하니 마주 바라봤다. 어젯밤의 대화가 뇌리를 스치면서 무슨 말로 오늘 하루의 대화를 시작할지 생각하고 있었다.

원래라면 어색했어야 할 순간이다. 그런데 우리 둘 다 이미 어젯밤의 대화 내용에 관심을 잃었다는 것을 알아차렸다.

지금까지 입 밖에 내어 말로 한 적은 없어도, 역시 우리 사이에는 늘 어딘가 시오리가 그림자를 드리우고 있었을 것이다. 지금 이곳에 감도는 홀가분한 공기에 새삼 그 사실을 깨닫는다. 그리고 그게 어젯밤에 마침내 불식됐다는 것도.

"오늘은 날씨가 안 좋다."

아키히코가 타월을 의자 등받이에 걸치며 중얼거렸다.

"그런 것 같네. 비는?"

나는 침대 위에서 기지개를 켰다.

"아직 안 오는데 오후에는 꽤 쏟아질 모양이야. 뭐, 숲속을 산책하는 데엔 영향이 없겠지."

아키히코는 창가로 다가갔다. 나도 일어나 밖을 바라봤다.

창밖에 잿빛 공간이 펼쳐져 있었다.

어제까지의 밝은 풍경은 온데간데없이 섬은 탁한 색채 속에 있었다.

수평선이 하늘과 맞닿는 경계는 흐릿하고 산은 부연 안개 속에 숨어 있다. 우리가 있는 방이 허공에 떠 있는 듯한 착각이 든다.

"가끔은 이런 날씨도 괜찮겠지. 애초에 이렇게 비가 많이 오는 섬에서 이틀씩이나 맑은 게 이상했어."

아키히코는 창유리를 툭 치고 옷을 갈아입기 시작했다.

내가 막연히 그를 쳐다보고 있으려니 시선을 깨달았는지 동작을 멈추고 나를 봤다.

"왜? 뭐 할 말 있나?"

그 눈은 평소의 담찬 아키히코였다.

나는 어깨를 으쓱했다.

"아니, 별로. 즐거운 여행이다 싶어서."

"그건 다행이군. 나도 그렇다."

우리는 분주하게 아침 몸단장을 시작했다.

양쪽으로 커다란 창이 난 레스토랑은 날씨가 나쁜 탓에 역시 불안정하게 허공에 뜬 배처럼 보였다.

창가 테이블에 리에코가 오도카니 앉아 있었다.

세쓰코는 오늘도 화장 중인 모양이다. 면적도 별로 넓지 않은 얼굴을 메우는 데 어째서 그렇게 시간이 오래 걸리는지 모르겠다.

리에코는 멍하니 창밖을 보고 있었다. 그 모습은 너무나도 무방비해서 보고 있으면 불안해진다. 순간, 대학 시절로 돌아간 듯한 착각에 빠졌다. 그녀가 지금이라도 이쪽을 돌아보며 '강의 어땠어?'라고 물어볼 것 같았다.

테이블로 다가가는 우리를 깨닫고 리에코가 살짝 웃으며 손을 들었다.

"잘 잤어?"

"세쓰코는 아직 멀었나?"

아키히코가 빈자리를 노려보며 그녀 맞은편에 앉았다.

“이제 금방 올 거야. 운동해서 땀 흘렸더니 신진대사가 좋아져서 화장이 잘 먹는다고 좋아하던데.”

“그러냐?”

“응, 나도 파운데이션이 잘 발려서 놀랐어. 보통은 스펀지가 버석버석하게 살에 걸리는 느낌이거든. 평소에 얼마나 쓸데없는 노폐물이 피부에 축적되어 있는지 생각하면 몸이 오싹해.”

리에코는 옛날부터 화장 시간이 짧았다. 아마 여자 중에서도 짧은 축에 속할 것이다. 마나미는 늘 화장 시간이 길게 느껴졌지만 친구들 이야기를 들어보면 아무래도 그녀 정도가 표준인 것 같다.

심술궂은 기분으로 리에코의 얼굴에서 세월의 흔적을 찾아봤다.

윤기를 잃은 살갗, 눈가에 생긴 주름, 탄력을 잃은 뺨. 여자의 얼굴에 새겨지는 세월과 중력. 까다로운 시선으로 체크해 봐도 그녀는 아직 그다지 영향을 받지 않은 것 같다. 물론 이십 대 때 피부와는 비교가 되지 않지만 그녀는 놀라울 정도로 인상이 변하지 않았다.

이런 이야기를 들은 적이 있다.

우리 남자라는 족속은 실상 꽤 높은 확률로 처음부터 꽤 괜찮은 여자를 손에 넣는다고. 넓지 않은 선택 가능성 중에서도 실은 상당히 괜찮은 여자와 사귄다고. 그건 세월이 지나 여자를 몇 명 사귀고 나면 확실해진다. 전에는 부족하게 느껴졌던, 분명히 이보다 훨씬 좋은 여자가 있을 것이라고 생각했던 어린 애인이 얼마나 훌륭했는지를 알게 된다. 물론 그때는 이미 늦었지만.

리에코가 흠잡을 데 없는 파트너라는 것은 고등학교 때부터 알고 있었다. 흠잡을 데 없는 여자이기에 조만간 내가 그녀를 놓아버리리라는 것도.

"날씨가 찌뿌드드하네. 드디어 비옷을 입게 되려나?"

리에코가 창밖으로 시선을 돌렸다. 우뚝 솟은 산면을 메운 하얀 안개가 자꾸자꾸 증식해 산의 윤곽을 지워간다.

"응, 비 자체는 숲이 꽤 막아주겠지만 공기 중의 수분이 많아질 테니까 축축할 거다."

"머리가 붕 뜨겠네. 세쓰코가 또 뭐라 하겠어."

"그 녀석 곱슬머리지?"

"응. 게다가 얄미울 정도로 머리숱이 많아."

"말린 미역을 물에 불리는 것처럼 머리털이 비 맞고 부쩍부쩍 부풀어 오르면 무섭겠군그래."

"어머, 얘는."

리에코가 풋 웃음을 터뜨렸다. 아키히코가 드디어 레스토랑 입구에 나타난 세쓰코를 향해 힘차게 손을 흔들었다. 양옆으로 펼쳐진 세쓰코의 머리를 보고 나도 무심코 웃음이 났다. 머리털이 점점 부풀어 오르는 모습을 상상한 것이다.

"왜 웃니?"

테이블로 다가온 그녀는 커다란 검은 눈으로 우리를 둘러봤다.

"세쓰코의 머리털이 팽창하는 이야기."

아키히코가 의자 등받이에 손을 얹고 점잔 뺀 얼굴로 대답했다.

"내 머리털?"

"오늘은 머리가 젖을걸. 꽉 묶어둬야지, 안 그러면 후드에서 삐져나올 거다."

"응, 그러게. 나 모자가 날아가 버린 적도 있어."

세쓰코는 진지한 얼굴로 고개를 끄덕였다. 아키히코가 어이없다는 표정으로 세쓰코를 쳐다봤다.

"뭐라고?"

"큰애 캠프에 따라갔을 때인데 부슬비가 내리기 시작하더라고. 작은 니트 모자를 쓰고 있었는데, 머리털이 점점 부풀어서 모자를 밀어 올리더니 결국 뿅 하고 날아가 버렸지 뭐야."

늘 그러하듯 세쓰코가 웃음을 주며 자리에 앉았다.

강한 여자다. 세쓰코를 보면 늘 그런 생각이 든다. 이만큼 정서가 안정된 여자는 본 적이 없다. 그렇다고 뻔뻔하다든지 둔감한 것도 아니다. 자신의 약점을 드러내는 것도 주저하지 않는지라 애교마저 느껴진다. 가끔씩 그녀의 명랑함이 치밀하게 계산됐다는 것을 느낄 때가 있다. 분위기를 파악하는 데 능한 것 같다. 남들이 눈치채지 못하게 주위 사람들의 마음을 편안하게 해주는 능력을 가지고 있다. '저 여러분에게 신경 많이 쓰고 있어요' 하는 게 빤히 보이는, 그래서 오히려 사람들을 긴장하게 하는 여자가 있는데, 그런 식으로 소소한 배려를 과시하는 여자는 막상 중요한 부분에서 배려하지 못한다. 세쓰코는 그런 바보 같은 실수는 하지 않는다.

세쓰코라면 충분히 관리직을 수행할 수 있을 것이다. 동기 중에서 가장 빨리 승진했다는 것도 수긍이 간다. 그녀가 동료였다면 분명히 꽤 의지가 됐을 것이다. 나도 모르게 소심하고 자존심만 센 회사 동료의 얼굴이 생각났다.

"오늘은 S운스이계곡이지? 이름도 참 우아하다."

세쓰코는 오렌지주스를 마시며 혼자 고개를 끄덕였다.

"어제 같은 코스를 생각하면 곤란하다. 조금 레벨 업이 될 테니까 다들 잘 부탁해."

"어머나, 그래?"

아키히코의 말에 리에코가 걱정스러운 표정을 지었다.

"괜찮아, 조금이니까. 조금."

아키히코는 부랴부랴 엄지와 검지를 조금 벌려 강조했지만 되레 리에코의 불안을 부채질한 모양이다. 그녀의 얼굴에 얼핏 불안한 빛이 떠올랐다.

그때 기묘한 향수가 찾아들었다.

그녀는 옛날부터 가끔 이런 표정을 짓곤 했다. 어느 순간 문득 어린애처럼 몹시 불안한 얼굴을 한다. 그건 금세 자취를 감추지만 평소에 침착한 만큼 인상에 남는다. 오랜만에 보는 그녀의 표정에 세월에 금이 간 듯한 생생함을 느꼈다. 과거에 사랑스럽게 생각했고 이윽고 짜증스럽게 느꼈던 표정이 오늘 아침은 유달리 반갑게 느껴졌다. 어젯밤 파헤친 대학 시절의 기억이 다른 기억을 자극하는지도 모르겠다.

문득 마음속에 의심이 싹텄다.

어젯밤 리에코는 정말로 진상을 깨닫지 못했을까?

거기까지 날카로운 추리를 피력하고서 바로 눈앞에 있는 진상에 도달하지 못했을 것 같지 않았다. 하지만 어쩌면 그녀는 진상을 깨닫기를 무의식중에 거부했는지도 모른다. 리에코는 그런 부분이 있었다. 자연스럽게, 무의식중에 보고 싶지 않은 것을 차단한다. 그리고 자신은 정말로 모른다고 생각한다.

리에코는 사고방식이 매우 합리적이고 현실적인 여자인 데다 직감력도 뛰어나다. 본인도 그 점을 인정하지만, 마음속으로는 무슨 일이든 알아차리는 자기 자신이 싫은 듯 가끔씩 그런 식으로 현실을 거부한다.

하지만 그래서는 문제가 해결되지 않는다. 아키히코도 인정했는데, 리에코가 아파할 필요는 없다.

"너희는 어렸을 때부터 계속 꾸는 꿈 없니?"

어제 많이 걷고 푹 잔 탓인지 아침식사가 맛있었다. 다른 사람들도 그런 듯 한동안 말없이 식사에 집중하다가 느닷없이 세쓰코가 입을 열었다.

"너는 있냐?"

아키히코가 나이프와 포크를 놀리며 물었다.

"응, 있어. 실은 어젯밤 오랜만에 그 꿈을 꿨지 뭐야. 꿈을 꾸면서 아아, 이 꿈 오랜만이네, 생각했어."

"어떤 꿈인데?"

리에코가 세쓰코를 쳐다봤다.

"어떤 꿈이라고 할 만큼 스토리가 분명하진 않고. 늘 웬 아줌마한테 쫓기는 꿈이거든."

세쓰코는 빵을 찢어 입에 넣었다.

"누구냐, 그게?"

"몰라. 옛날부터 꿈을 꿀 때마다 생각해 보는데 누군지 모르겠어. 늘 얼굴이 잘 안 보이거든. 역광일 때도 있고, 그늘에 가려져 있을 때도 있고. 그냥 어디에나 있을 것 같은 중년 아줌마인데, 체격은 보통, 보라색 조리복을 입고 파마머리에 삼각형 머릿수건을 썼어."

"목소리는? 모르는 목소리냐?"

"목소리는 들은 적 없어. 늘 그 아줌마가 꿈속에 불쑥 나타난 순간, 도망쳐야 된다는 생각이 들거든. 그러다 나를 발견하고 아줌마가 쫓아오는 거야."

"어렸을 때 같은 동네 살았던 사람 아닐까?"

"해당되는 사람이 없는데. 우리 워낙 조그만 촌 동네였거든."

"어떤 상황인데? 늘 똑같은 꿈이야?"

"상황은 가지가지야. 그때그때 다른 꿈을 꾸는데 그 아줌마가 내 꿈에 불쑥 쳐들어오는 거야."

"저런. 그 아줌마는 목적이 뭔데? 세쓰코 널 붙잡아서 어떻게 하려는 걸까?"

"글쎄, 그건 잘 모르겠어. 하지만 꿈속에서 난 그 아줌마가 무서워 죽겠어. 한번은 낭떠러지에서 떠밀려 떨어진 순간에 깬 적도 있고."

"그거 꽤 험악하군."

"요즘 들어 꾸기 시작했으면 또 몰라도 어렸을 때부터 꿨다며?"

다들 고개를 갸웃했다. 나는 입을 열었다.

"어떤 때 그 꿈을 꾸는데? 꿈을 꿀 때 상황에 공통점은 없어? 어제 봤다는 건 여행지에서 꾼다는 이야기 아닐까? 잠자리가 바뀌면 꾼다든지."

세쓰코는 그런가, 하는 표정으로 잠시 생각에 잠겼다.

"음, 특별히 짐작 가는 건 없는데. 환경이 바뀔 때 꾸는 건 아닌 것 같아. 그런 공통점이 있었으면 벌써 알았을걸."

"흐음. 꿈 해몽까지는 어려운걸."

아키히코는 난처한 얼굴로 팔짱을 끼고 있다. 여전히 '아름다운 수수께끼'에 연연하는 모양이다. 확실히 흥미가 당기기야 하지만 설명하기는 어려울 것 같다.

"난 열이 나면 똑같은 꿈을 꾸는데."

내가 그렇게 말하자, 세 사람이 나를 주목했다.

"열이 많이 나면 꼭 꾸거든. 극채색 꿈. 색색 가지 페인트가 눈앞을 엄청난 속도로 지나가."

"그게 무슨 뜻이야?"

세쓰코가 상상이 안 되는지 눈살을 찌푸렸다. 아닌 게 아니라 방금 그 설명으로는 이해되지 않을 것이다.

"전위 화가 같은 사람들이 많이들 하잖아? 바닥에 커다란 캔버스를 놓고 페인트 깡통을 들어 흩뿌리는 그런 상태. 누가 엄청난 속도로 달리면서 캔버스에 페인트를 흩뿌리는 걸 보는 느낌이거든. 페인트를 뿌리는 사람 손은 안 보이고 페인트만 머릿속에 철썩철썩 선을 그려가지. 그것도 온갖 색의 페인트가 겹쳐져서 선을 그려."

"어째 예술적인 꿈이다, 애. 조리복 입은 아줌마랑 너무 차이 나잖아."

"하지만 이 꿈을 꾸면 굉장히 지쳐. 페인트를 끼얹는 동작을 고속카메라로 쫓아가는 느낌이라 말이야. 쉴 새 없이 페인트를 끼얹어 대지, 게다가 하나같이 빨강이니 노랑 같은 원색이라 보고 있으면 머리가 어질어질하고 속이 울렁거려."

"열 때문일까?"

"아마 그럴 거야. 그 증거로, 이 꿈을 꿀 때가 가장 열이 심할 때인 것 같거든. 이 꿈을 꾸고 잠에서 깨면 대개 고비를 넘겨서 열이 떨어지기 시작하니까."

"어머, 꽤 직접적이네."

리에코가 나를 흘긋 봤다. 순간 공범자 같은 시선을 주고받았다.

그녀에게는 이 꿈 이야기를 한 적이 있었다. 대학 때 간병해 주러 온 적이 있기 때문이다. 내가 고열로 누워 있는 동안 밤새도록 곁을 지켰다.

추운 밤이었다. 작은 전기난로를 켜도 영 따뜻해지지 않았다. 나는 온몸이 땀으로 흠뻑 젖어 끙끙 앓고 있었지만 그렇지 않아도 몸이 찬 그녀는 힘들었을 것이다. 이마에 얹은 타월 밑으로 멍하니 눈을 뜨자, 침대 옆에 앉은 그녀의 옆얼굴이 보였다. 그녀는 내 스웨터를 껴입고 담요를 무릎에 덮고 앉아 책을 읽고 있었다. 무슨 책이었을까?

나는 그런 때의 리에코가 가장 좋았다. 내게 주의를 기울이지 않는 리에코. 어떤 일에 집중하고 있는 리에코. 그런 그녀가 가장 아름답게 보였다.

눈이 마주친 뒤, 리에코는 곧 혐오감 비슷한 표정으로 변해 시선을 돌렸다. 그녀도 나와 똑같은 상황을 생각했나 보다. 그리고 그에 대해 꺼림칙함과 노여움을 느낀 것이다.

그렇다면 나는? 자문해 봐도 역시 아무 느낌 없었다.

얄궂은 일이다. 아키히코는 나와 사귀는 리에코를 좋아했다고 하는데, 나는 나와 사귀지 않는 리에코를 좋아했다. 그녀가 진심으로 나를 사랑하는 것을 기뻐하면서도 한편으로는 늘 위화감을 느꼈다.

나를 사랑할 여자는 리에코가 아니다. 내가 좋아하는 리에코는 나를 사랑할 여자가 아니다.

마음 한구석에서 늘 그렇게 속삭이는 목소리가 들려왔다.

"자, 이제 슬슬 가볼까. 워밍업은 꼼꼼히 해두도록. 손목 발목을 충분히 돌려줘. 오늘도 8시에 출발할 테니까 5분 전에 로비에 집합하고."

커피잔을 받침 접시에 놓고 아키히코가 우리를 둘러봤다.

나도 자리에서 일어나며 창밖을 봤다.

새하얗다. 방향감각을 잃게 할 하얀 어둠이 흐릿하게 펼쳐져 있었다.

여행에서 날씨가 얼마나 중요한 위치를 차지하는지 새삼 깨달았다. 이런 아웃도어 목적의 여행이라면 더더욱 그렇다.

어제와 똑같은 길을 달리는데도 모든 게 불분명하고 서먹서먹해 보였다.

그렇게 빛나던 바다가 기분 나쁜 듯 웅크리고 있다. 낮게 깔린 구름이 시야를 가로막아 촌락에 폐쇄적이고 숨 막히는 느낌을 준다.

차에 탄 우리도 공연히 말수가 적어졌다.

오늘은 아키히코가 운전대를 잡았는데 그도 농담을 하지 않고 진지한 표정으로 운전하고 있었다. 시야가 좁고 커브가 많으니 그럴 여유가 없을지도 모른다.

지도를 펴고 도로를 주시하면서도 나는 멍하니 있었다. 모두 제각기 자기만의 생각에 잠겨 있다. 그런 날씨였고, 분위기였다.

이런 날씨가 싫지는 않았다. 이렇게 그림자가 생기지 않는 밋밋한 세계를 이동하는 것도 나쁘지 않다. 의식이 풍경 속에 녹아들고 몸속 세포가 공기와 동화된다. 어느새 자신의 바깥쪽에서 생각에 잠겨 있는 듯한 착각에 빠진다. 어제까지 다소 지나치게 흥분한 탓도 있어 반동이 찾아온 것 같기도 했다. 다 큰 어른 넷이 벌써 사흘째 함께 지내는 것이다. 슬슬 정신적인 피로를 느낄 만도 하다.

오늘 목적지는 섬 북동부에 있었다. 해안선을 따라 서서히 이동했다.

내를 몇 번이고 건너 다리를 통과했다. 교통량은 많은 것도 같고 적은 것도 같았다. 처음에 이 길을 택시 타고 온 게 먼 옛날 일처럼 느껴졌다.

"어째 늘어진다."

세쓰코가 나른한 어조로 중얼거렸다.

"우음."

아키히코가 신음하듯 대답했다.

"이번에 우리랑 업무 제휴를 하는 일로 어느 북유럽 기업 임원이 왔거든. 그쪽엔 우울증 환자랑 자살하는 사람이 그렇게 많대."

"밤이 길어서?"

"긴 정도가 아니지. 백야라고 있잖아? 겨울은 그거랑 정반대잖아. 하루에 잠깐만 어둑어둑하다고 할지, 어슴푸레하다고 할지, 그렇고 나머지는 계속 깜깜하대. 그렇게 며칠 계속되면 진짜 우울할 것 같아."

"그래서 인테리어가 발달했을지도 모르겠다. 계속 집 안에만 있을 거 아냐?"

"태양은 위대하군."

내내 밤이 계속되는 나라. 상상도 안 되지만, 하루 중 잠깐만 찾아오는 희미한 빛을 보고 싶다는 생각이 들었다. 어떻게 보일까. 아련한 희망처럼? 마음을 어지럽히는 환영처럼? 내 빈약한 상상력으로는 전혀 짐작도 되지 않았다.

"너희는 밤의 쓰임새를 생각해 본 적 없니?"

리에코가 멍하니 중얼거렸다.

"밤의 쓰임새? 무슨 소리야?"

세쓰코가 물었다.

"깜깜해서 아무것도 보이지 않는, 아무것도 손을 안 댄 원래 그대로의 밤. 어렸을 때 어째서 밤이 있을까, 계속 낮이면 편리할 텐데, 밤은 대체 무슨 소용이 있는 걸까 생각한 적이 있었어.”

“그야 우선은 수면이겠지. 아무것도 안 보이니까 잘 수밖에 없잖아. 뇌도 쉬게 해줘야 하니까. 오히려 휴식이 필요한 건 몸보다 뇌라는 이야기를 들은 적 있어.”

세쓰코가 손가락을 꼽으며 이야기했다.

“그다음은 당연히 섹스지. 아이를 만든다는 위대한 쓰임새가 있어. 옛날엔 원래 결혼을 그런 식으로 했잖나? 원래 결혼할 때 남자가 몰래 밤에 여자 침소에 숨어드니까 상대방 얼굴은 안 보이지. 사실 대체로 눈 감고 하는 일이기도 하고.”

아키히코가 끼어들었다.

“천체관측도 있어. 달이라든지 별이라든지.”

“지표를 식힌다는 장점도 있겠지. 햇빛이 계속 비치면 수분이 다 말라버릴 테고. 온도차를 이용해서 할 수 있는 일이 꽤 있지 않나?”

세쓰코와 아키히코가 번갈아 말하는 것을 리에코는 느긋하게 고개를 끄덕이며 들었다.

“뭐니, 이거 해답 있는 거야?”

세쓰코가 리에코를 쳐다봤다. 리에코는 가볍게 고개를 흔들었다.

“아냐, 없어. 다만 내가 유치원 선생님한테 그렇게 물었을 때, 선생님이 해준 답이 굉장히 인상적이었거든.”

"어머, 뭔데?"

"선생님은 이렇게 말했어. '밤은 말이지, 우리한테 꿈을, 그리고 세상에 대한 두려움을 가르쳐주니까 아주 큰 도움이 된단다'라고."

"오오, 멋진데. 좋은 선생님이군."

"그렇지? 어린 마음에도 좋은 답이라고 생각했어."

확실히 아름다운 대답이다. 나는 마음속으로 희미하게 웃었다.

그러나 선생님은 알려주지 않는다. 밤은 우리에게 환멸과 후회도 가르쳐준다는 사실을.

"뭐 좀 획기적인 쓰임새가 없을까? 그냥 밤이라는 것만으로 좋은 쓰임새."

리에코는 창밖을 바라보며 미련이 남는 듯 중얼거렸다.

"매오징어잡이라든지 뭐 그런 차원의 이야기 말고 말이지?"

아키히코가 그렇게 말하자 리에코는 쓴웃음을 지었다.

"불을 켜면 안 된다니까. 아무것도 손 안 댄 밤 그 자체의 쓰임새여야 돼."

"밤 그 자체라."

반쯤은 타성으로 다들 생각에 잠겼다. 생각에 잠기면서도 다른 잡념이 의식에 섞여든다. 한데 모여 있던 모두의 의식이 풀리면서 또다시 살풍경한 침묵이 차 안에 흘렀다. 리에코도 대답을 기대하는 것은 아닌 모양이다.

대수롭지 않은 대화. 두서없는 대화. 인간은 한평생 살면서 얼마만큼의 시간을 말하며 보낼까. 다 합쳐도 하루밖에 안 되는 사람도 있을 테고 몇 년쯤 될 사람도 있을 것이다.

지난 1년간 마나미와 한 대화를 모두 더해보면 몇 시간일까? 그 대화의 대부분은 마나미가 나를 책망하고 나는 열심히 잘못을 비는 패턴의 반복이었다. 관계가 불편해졌을 때, 남자는 입을 여는 게 고통스럽게 느껴지지만 여자는 침묵이 고통스럽게 느껴지는 모양이다.

그녀는 말이라는 게 얼마나 가시 돋치고 악의적일 수 있는지 내게 가르쳐주었다. 하지만 그녀 입장에서는 내 침묵이 힘들었던 것 같다.

왜 아무 말도 안 해? 왜 나만 말하는 거야? 꼭 내가 바보 같잖아. 변명이라도 해봐. 똑바로 설명해서 나를 납득시켜봐. 헤어지고 싶으면 헤어지고 싶다는 정열 정도는 보이는 게 어때? 그렇게 잠자코 아무 말도 안 하고 있는 게 얼마나 남한테 상처 주는지 당신은 몰라. 당신이 무슨 생각을 하는지 도통 모르겠어.

차는 마침내 섬을 일주하는 간선도로를 벗어나 내를 따라 산길로 접어들었다. 내가 많은 이 섬에서는 산에 들어가려면 어디에서나 내를 따라 올라가게 된다.

쓰지 씨는 무슨 생각을 하는지 전혀 모르겠어요.

그렇다. 그게 그녀가 처음에 말 걸었을 때 한 말이었다.

회사 사람들끼리 가진 술자리. 비서부에 근무하던 그녀가 옆에 앉았다. 그녀는 전부터 나를 알고 있었던 모양이다. 도쿄에 있는 여대를 나왔고 세 살 아래라는 것을 알았다.

무슨 생각을 하는지 모르겠다. 젊은 남녀에게 이 말은 오히려 칭찬이다. 수수께끼 같은 이성은 흥미를 끄는 존재라, 이 말은 곧 당신이 무슨 생각을 하는지 알고 싶다는 의미이기도 하기 때문이다. 그녀는 그때 내게 접근하기 위한 수단으로 그 말을 사용했다. 사귀기 시작한 다음, 전부터 내가 마음에 있었기 때문에 옆자리에 앉을 수 있도록 이것저것 수를 썼노라고 고백했다.

콤팩트한 여자. 그게 그녀의 인상이었다. 여러모로 적당한, 아귀가 딱 맞는 규격품. 그런 느낌이었다. 사회의 부속품으로 기능하기에 적당하다. 실무능력이 있고, 협조성이 있고, 적당히 노력파에, 적당히 대가 세고, 화려하지는 않지만 외모도 괜찮다. 칼라 없는 투피스와 리본 달린 펌프스가 어울리는 타입.

그녀라면 사회생활을 영위하는 데에 알맞을 것이다.

그녀와 결혼한 이유는 그게 다였다. 실제로 내 예상은 틀리지 않았다. 그녀는 완벽하게 '일반적인 부부'라는 부속품의 역할을 다해주었다. 그 역할에 염증이 나 먼저 그만둔 사람은 나다.

당신이 무슨 생각을 하는지 도통 모르겠어.

그때는 말 그대로 이해 불능의 몬스터로 나를 규탄하는 말이었다. 나는 이제 수수께끼 같은 남자가 아니라 수수께끼 그 자체였다.

쓰지 씨는 무슨 생각을 하는지 전혀 모르겠어요.

처음 그 말을 들었을 때 내가 뭐라고 대답했더라?

맞은편에서 오는 차가 없는 산길을 달리며 한동안 생각한 끝에 드디어 생각났다.

실은 나도 잘 몰라.

산이 가까워졌다.

그리고 구름과 하늘도 가까워졌다.

구름은 산비탈을 따라 천천히 움직였다. 곳곳에 새하얀 덩어리가 뭉게뭉게 걸려 있는 게 마치 거대한 수묵화를 보는 듯했다. 하늘이 바로 저기까지 내려와 있다 싶은 느낌.

"진짜 구름 속을 걷는 것 같아."

차에서 내려 낭떠러지 밑을 내려다보며 세쓰코가 중얼거렸다. 상당한 표고까지 올라왔을 텐데 구름이 많아 계곡이 잘 보이지 않았다.

"신선의 경지로군. 이렇게 황공무지할 데가."

아키히코가 스패츠를 착용하며 말했다.

이곳도 산책로 입구인 듯, 관리인 오두막 같은 것과 주차장 같은 공간이 있었다. 그래 봤자 오두막에는 아무도 없고 주차장에 보이는 것은 우리 차뿐이다.

부슬부슬 안개비가 내렸다. 기온이 낮아 입김은 살짝 허연색이다. 싸늘하고 축축한 공기에서 질량이 느껴졌다. 걷고 있어도 저절로 동작이 느려질 것 같았다.

"꽤 쌀쌀하네."

리에코가 비옷의 후드를 쓰며 팔을 문질렀다.

"저 새하얀 거 좀 봐. 이러다가 신령님한테 잡혀갈 것 같아."

세쓰코가 하얗게 안개 낀 길 안쪽을 보며 불안스레 중얼거렸다.

신령에게 잡혀가다.

이대로 저 하얀 안개에 섞여들어 사라져 버린다. 안개 밖으로 나왔을 때는 세 사람뿐이다. 어라, 마키오는? 다들 주위를 두리번거려도 나를 찾지 못한다.

그건 매우 매력적인 생각이었다.

"신령한테 잡혀가다니, 정말 그런 일이 있을까 몰라?"

아키히코가 회의적인 표정으로 고개를 갸웃했다.

도로는 넓고 자갈길이었다. 넷이 나란히 걷기 시작했다. 차 안에서 침체됐던 공기가 서서히 걷혔다. 한 발 디딜 때마다 머릿속이 점점 맑아지는 것을 알 수 있었다. 온몸이 서서히 숨쉬기 시작한다. 오감이 눈을 뜬다.

의식이 안개 속에 녹아들기 시작한다.

그런 느낌이 들어 언뜻 산면을 올려다봤다. 층층이 쌓인 나뭇잎이 안개 속에서 얼룩무늬를 그렸다. 무성한 초목의 어둠 속에서 뭔가가 가만히 바라보는 듯했다.

"아키히코는 등산 많이 하잖아? 지금까지 그런 일 없었어? 누가 도중에 사라져 버렸다든지."

세쓰코가 묻자 아키히코는 으음, 하고 신음했다.

"사라진 적은 없어도 이상한 일은 있었지. 산에선 이상한 일이 꽤 벌어지거든."

"어머, 얘, 하지 마. 안 그래도 여기 우리밖에 없는데."

리에코가 괴담 모드가 되는 것을 경계하며 못 박았다.

아닌 게 아니라 다른 하이커가 전혀 보이지 않는 안개 긴 산속은 괴담에 어울린다. 지나칠 정도로.

"괜찮아, 뭐 어때. 무슨 이야기인데?"

세쓰코는 구미가 당기는 모양이다. 아키히코는 그다지 마음이 내키지 않는 듯 불분명하게 중얼거렸다.

"별 이야기 아냐. 이렇게 안개가 꼈을 때였는데 어느새 걷는 순서가 바뀌어 있더라고."

"걷는 순서?"

아까는 그렇게 경계하더니 리에코가 호기심을 드러냈다.

"여름철 노리쿠라산이었지, 아마. 여덟 명 정도가 같이 오르고 있었어. 물론 가파른 비탈길인 데다가, 말이 좋아서 길이지, 한 명 겨우 지날 수 있을 정도라 옆으로 누가 지나간다는 건 도저히 불가능한 곳이었어."

아키히코는 천천히 이야기를 시작했다. 다들 귀 기울여 들었다.

"갑자기 안개가 끼더라고. 3미터 앞도 보이지 않았어. 앞에 있는 녀석 뒷모습이 겨우 보일 정도. 내 앞에서 걷던 녀석을 A라고 하자. 나는 내내 A의 등을 보며 걷고 있었어. 그런데 바닥이 고르지 않은 부분에서 안개가 끼기 시작했기 때문에 땅을 보며 올라가느라 한동안 A의 등을 보지 않았거든. 30분 가까이 그 상태가 계속되다가 고개를 넘으면서 안개가 겨우 걷히기 시작했어."

네 사람의 발소리가 자박자박 울렸다.

"그런데 문득 앞을 보니까 A가 없는 거야. 계속 내 앞을 걷고 있었을 텐데. A는 없고 A 앞에서 걷고 있던 B의 뒷모습이 보이더군. 나는 놀라서 B한테 물었어. 'A는 어디 갔냐?' 그랬더니 B도 놀라더라. 자기 뒷사람이 어느새 내가 되어 있으니까. 우리는 새파랗게 질렸지. A가 어딘가에서 발을 헛디뎌서 떨어진 게 아닌가 생각했어. 그래서 A가 없어졌다고 떠들어대기 시작했어. 그런데."

길이 차츰 좁아졌다.

"'내가 뭐?' 하는 목소리가 들려오는 거야. A 목소리야. 그것도 훨씬 앞쪽에서 들려오더군. 나하고 B는 섬뜩했어. 우리가 동요하니까 잠시 멈춰 서기로 했어. 선두 쪽으로 다들 바싹 간격을 좁혀 모여들었지. 그런데 보니까 A가 있는 거야. 그것도 앞에서 두 번째에. A는 어리둥절해하더군. 하지만 분명히 A는 내내 나하고 B 사이를 걷고 있었거든. 그런데 갑자기 세 명이나 건너뛰어서 앞에서 두 번째가 되어 있는 거야. 당연히 나하고 B가 물었지. '너 왜 그런 데 가 있냐' 하고. 하지만 A도 이상하다는 표정으로 '나도 몰라. 그냥 걷고 있었는데'라고만 대답하더라. 다들 신기해하기도 하고 기분 나빠 하기도 했지만, 결국 안개 때문에 주위가 안 보이기도 했고 A가 자기도 모르게 지름길로 다른 사람들을 추월했을 거라는 걸로 결론을 내렸어. 하지만 주변을 둘러봐도 그런 지름길은 전혀 안 보였거든. 지금 생각해도 이상한 일이야."

아키히코가 가볍게 어깨를 으쓱했다.

"어머, 정말 이상하다. 천하의 아키히코도 그 수수께끼는 못 푼 거야?"

"응. 산에서 생기는 이상한 일에 관해선 너무 깊이 생각하지 않으려고 해. 산의 안개는 장난을 잘 치니까. 그림자가 비친다든지 소리가 이상한 방향에서 들려온다든지."

"이상한 방향?"

"그런 식으로 느껴져. 상하좌우가 온통 새하야니까 방향 감각이 없어지거든. 자기가 올라가는 중인지 내려가는 중인지, 전진하는 중인지 후퇴하는 중인지 모르게 될 때가 있어."

"신기하다."

안개 속을 헤매는 남자의 이미지가 떠오른다. 안개 속에서 방향감각을 잃고 영원히 헤매는 남자. 자세히 보니 그건 내 얼굴이었다. 무표정하게 느릿느릿 걷는 나.

'신령에게 잡혀가' 영원히 안개 속을 헤매야 한다면 어떨까. 절망을 느낄까. 그저 따분하기만 할까. 아니면 감정 따위 죽어버릴까.

코가 차가워졌다. 그러나 몸은 따뜻해져 비옷과 옷 사이에 수증기가 차기 시작했다. 차갑고 축축한 공기가 되레 기분 좋게 느껴졌다.

"산에는 괴담이 많을 것 같아."

세쓰코가 중얼거리자 아키히코가 힘차게 고개를 끄덕였다.

"그럼, 많고말고. 어느새 한 명 더 뒤를 걷고 있더란 이야기는 자주 듣는다."

"아이, 하지 마."

리에코가 무심코 뒤를 돌아봤다. 우리 셋도 공연히 덩달아 뒤를 돌아봤지만 물론 살풍경한 자갈길이 이어져 있을 뿐이다.

"어라?"

아키히코가 큰 소리로 말했다. 저 멀리 뒤쪽에 사람 그림자가 보였다. 젊은 남자. 아니, 소년이라 해도 될 것 같은 남자가 혼자 걸어오고 있었다.

"아이참, 깜짝 놀랐잖아. 저 애, 혼자인가 봐?"

세쓰코가 놀란 얼굴로 가슴을 쓸어내렸다.

"꽤 어려 보인다. 고등학생 같지 않니?"

"오늘 평일 아니냐? 수업 없나?"

흘깃흘깃 뒤를 돌아보며 나지막하게 말을 주고받았다.

장비는 제대로 갖추었다. 선명한 파란색 우비 아래윗벌을 입고 기운차게 걷고 있다. 걸음걸이를 보면 운동에 익숙한 느낌이다. 멀리서 보기에도 단정하게 생긴 소년이었다.

"유령이면 어쩔래?"

"유령치고는 너무 뚜렷한데."

"미소년이니까 용서해 줄래."

"그게 그런 문제냐?"

너무 노골적으로 보면 불쾌감을 줄 테니 다들 앞을 보고 있지만 주의는 뒤쪽을 향한 것을 알 수 있었다.

"실은 대학생일지도 모르지. 요즘 대학생들 어리잖아. 청춘의 나 홀로 여행."

"젊은이는 모름지기 그래야지."

"실연했을까?"

"청춘은 좌절이다."

제멋대로 망상하며 자박자박 자갈길을 나아갔다. 꽤 가파른 오르막길이다.

"숲은 어디로 들어가는 건데? 구름 위를 걷는 것 같다는 계곡은?"

"저기야."

세쓰코가 투덜대기 시작했을 때 아키히코가 손가락으로 가리켰다.

"뭐, 여기?"

다들 아키히코가 농담하는 줄 알았다. 그가 가리킨 곳은 단순히 길옆으로 이어진 비탈로, 나무들 사이로 입구 같은 것도 보이지 않았다.

그러나 아키히코는 서슴없이 그 속으로 내려갔다.

남은 우리 셋은 어안이 벙벙했는데, 이내 뒤를 돌아본 아키히코가 멈춰 선 우리를 보고 짜증스레 큰 소리로 말했다.

"뭐 하냐. 얼른 와."

"어머나 세상에, 정말 거기야?"

"여기 맞다니까. 잘 봐, 길이 있잖냐."

가까이 다가가서 보니 확실히 단단하게 다져진 좁은 길이 이어졌다. 그렇지만 이 넓은 길을 걷다가 그 길을 알아채는 일은 없을 것 같다. 역시 아키히코는 산에 익숙하다. 지도도 꽤 자세히 봐둔 게 틀림없다.

"그야 있긴 한데, 표시도 아무것도 없고."

아직 반신반의해서 중얼거리며 숲속으로 들어갔다. 리에코, 세쓰코, 나 순서다.

모두 왠지 모르게 뒤를 돌아봤다. 소년이 어디로 가는지 보고 싶었다.

소년은 자박자박 걸어 그대로 길을 올라갔다. 이쪽은 쳐다보지도 않았다. 우리 존재는 이미 알고 있을 텐데. 모습이 보이지 않게 되자 마음이 놓이는 동시에 서운한 생각이 들었다.

"가버렸네."

"저 위에 뭐가 있을까?"

"목적이 있는 걸음걸이였지."

소년 생각을 하면서도 우리는 걸음을 뗐다.

이미 익숙해진 숲의 공기가 농밀하게 밀려들었다. 나무들의 끈끈한 숨결이 어둠 속에 뒤섞인다. 안도감과 성가신 듯한 기분이 동시에 솟았다. 숲은 과보호하는 어머니 같다. 숲속을 걷는 이의 귓가에 요염하게 속삭이며, 살갗에 들러붙고 머리털에 감겨들면서 온몸을 감싸안으려고 두 팔을 벌리고 기다린다. 그녀의 속삭임은 온몸의 모공과 점막을 통해 안으로 파고든다. 어디에 있어도 도망칠 수 없다.

계속 여기에 있으렴. 여기서 나갈 필요 없어. 내가 지켜줄게. 여기서 몸을 웅크리고 있으면 돼. 내가 다 보살펴 줄게. 왜 나가니? 밖은 위험해. 너는 계속 나랑 같이 있으면 돼.

아키히코 말대로 안개비는 숲이 흡수해 주었다. 숲속 습도가 일정 수준으로 유지되는 느낌이다. 리에코와 세쓰코가 잇따라 후드를 벗었다. 나도 따라 벗었다. 우리가 충고한 대로 단단하게 땋은 세쓰코의 검은 머리가 눈에 들어와 괜히 웃음이 났다.

여자는 이런 고도의 기술을 언제 습득하는 걸까.

완벽하게 땋은 세쓰코의 머리를 걸으면서 뚫어지게 봤다.

마나미가 머리를 풀 때 보고 있으면 그녀는 늘 "보지 마"라며 싫어했다. 무슨 도구라도 해체하는 것처럼 핀이며 고무줄, 그물 모양의 부드러운 빗 등 갖가지 부품이 잇따라 나오는 것을 보고 놀랐다.

여자는 여자가 되기 위해 연습을 쌓는다. 거울을 보며 시행착오를 거듭해 여자가 되는 기술을 습득한다. 여자가 여자이기 위해서는 여러 기술이 필요하다.

여자들은 거울을 보며 무슨 생각을 할까. 어째서 그 표정을 보면 섬뜩할까. 화장하는 여자의 거울에 비친 얼굴은 전쟁터에 나갈 준비를 하는 병사의 얼굴 같다. 탄환을 장전하고 기름을 치고 부품 틈에 낀 먼지를 닦는다. 작업을 시작하기 전 도구 상자를 점검하는 장인이라 해도 된다. 바로 쓸 수 있나. 정상적으로 작동할까. 잘 닦여 있나. 여자들은 구석구석 엄격한 시선으로 체크한다.

나는 여자가 거울 앞을 떠나는 순간의 표정이 무서웠다. 여자들이 거울 속 자기 자신을 흘깃 보며 자신에게 작별을 고하는 순간이.

그 순간, 여자들은 모두 거울 속의 여자를 미워하는 것처럼 보이기 때문이다. 증오 어린 시선을 볼 때마다 늘 마음 한 구석이 싸늘해진다.

"역시 조용하구나. 진짜 조용한 숲이야."

리에코가 주변을 둘러보는 게 보였다.

정숙. 그러나 이 얼마나 웅변 같은 정숙인가. 이곳에는 움직임이 있고, 감정이 있다. 기운이라 표현할 수밖에 없는 에너지가 가득하다.

서서히 경사가 가팔라지면서 호흡이 흐트러지기 시작했다. 모두 입을 다물고 자신의 심장과 싸우고 있다.

기기묘묘한 풍경이었다. 생전 처음 보는 갖가지 구도가 잇따라 나타나니 머릿속에서 정보처리가 다 따라가지 못하겠다. 수많은 벌거벗은 여인이 다양한 포즈로 드러누운 광경을 보는 것처럼 점점 무덤덤하게 된다.

나무줄기와 가지가 공중에 온갖 굵기의 선을 긋고 있다. 그 선을 뒤덮은 이끼가 선의 윤곽을 흐린다. 땅에는 무수한 뿌리가 물결치고 그 틈을 풀이 메운다.

복잡한 곡선을 그리며 지면을 빽빽이 뒤덮은 나무뿌리를 보고 있으려니 지면이 흐르는 것 같다. 푸른색이 감도는 갈색 물결이 밀려오는 것 같은 착각마저 든다.

이곳 풍경에는 복잡한 리듬이 있었다. 머릿속에서 누가 리듬을 맞추는 것 같은데 너무나도 복잡해서 나는 그 노래를 부르지 못하겠다.

"잠깐 쉬자."

아키히코의 말에 모두 기다렸다는 듯 걸음을 멈추었다.

타월로 땀을 닦고 숨을 골랐다. 세쓰코가 캐러멜을 나눠주었다. 포장지를 벗겨 캐러멜의 차가운 감촉을 치아로 느꼈다.

다들 망연히 서서 눈앞 풍경을 바라봤다.

"저거 돼지 같지 않니?"

세쓰코가 정면에 쓰러져 있는 삼나무 줄기를 가리켰다. 부러져서 깔쭉깔쭉해진 부분이 돼지 옆얼굴처럼 보였다.

"어머, 진짜."

리에코가 고개를 끄덕였다.

"이쪽은 닥스훈트."

"진짜네."

별것도 아닌 놀이에 신이 나서 키득키득 웃는 두 사람.

닮았다는 것은 우스운 일이라는 아키히코의 이야기가 생각났다. 하지만 인간은 눈앞 풍경에서 늘 어떤 이미지를 찾아내려 한다. 어디에 있든 누군가의 얼굴을, 자기 기억 속의 것을 끌어내어 안심하려 한다.

"나 어렸을 때 사람 얼굴을 잘 기억 못 했거든."

세쓰코가 느닷없이 이야기하기 시작했다.

"어머, 의외다. 지금이랑은 정반대네."

리에코가 놀란 듯 세쓰코를 봤다. 나도 의외였다. 그녀는 사회에 나온 이래로 한 번 본 사람은 절대 잊지 않는다고 큰소리치고는 했다. 실제로도 그런 모양이다.

"사람 얼굴을 잊어버리지 않는다는 건 어떤 거지? 다음번에 만났을 땐 복장하고 머리 모양이 다를지도 모르고, 다른 각도에서 보게 되는 일도 많잖냐. 그런데도 만난 적 있는 사람이다, 그 사람이다, 하고 안다니 신기하지."

아키히코가 담배를 꺼내 불을 붙였다. 나도 피울까 생각했으나 어쩐지 피우고 싶은 기분이 아니었다.

"얼굴이라기보다는 이미지야. 그 사람이 가진 핵 같은 걸 기억하는 것 같아."

세쓰코가 아무렇지도 않게 대답했다.

"어머, 그래? 핵이라니 무슨 뜻이야?"

"음, 핵이라고밖에 표현할 수 없는데. 머리 모양이니 복장 같은 외면적인 걸 뺐을 때 남는 부분."

"그런 설명으로 알겠냐."

세쓰코는 답답한 모양이었지만 이미지가 잘 전달되지 않았다. 그녀가 하는 말은 이해할 수 있을 듯했다. 그 사람답다 하는 부분, 그 사람이 지닌 분위기 같은 것을 말하는 것이리라.

"어느 골프장에 기억력이 굉장히 좋은 여자가 있었다지? 그때까지 골프장에 온 손님의 얼굴과 이름과 경력을 죄다 기억한다는."

"아, 들은 적 있어. 신문에 나지 않았냐?"

리에코의 이야기에 아키히코가 맞장구쳤다.

"그런데 그 사람 어머니가 또 그렇게 기억력이 굉장했대. 전후 가난했던 시절에 어머니가 자기가 바느질한 기모노를 도둑맞았는데, 무슨 시장이었다던가, 도둑맞은 기모노를 입은 사람을 보고 돌려달라고 했대. 하지만 상대방은 착각이다, 이건 자기 옷이다, 하고 시치미를 뗐대. 그랬더니 어머니가 '그럼 바늘땀이 몇 개인지 말해봐요'라고 했다는 거야. 어머니는 소매가 몇 개, 옷깃이 몇 개, 하고 바늘땀 수를 죄다 기억하고 있었대."

"어이구야. 그런 사람 머릿속은 대체 어떻게 생겨먹었을까."

"왜 이 이야기가 나왔더라?"

"세쓰코가 어렸을 때는 사람 얼굴을 잘 기억 못 했다는 이야기."

"응, 맞다. 이유가 뭐였는데? 거꾸로 말해서 뭘 계기로 그렇게 잘 기억할 수 있게 된 거야?"

나도 모르게 세쓰코를 봤다. 세쓰코는 생각에 잠긴 얼굴로 변하더니 이내 입을 열었다.

"음, 역시 그거려나. 아무도 안 믿어주는데 나 초등학교 때까진 소심하고 어두운 애였거든."

"그걸 어떻게 믿냐."

아키히코가 울컥한 표정으로 중얼거렸다.

"진짜야. 상당히 소극적이라서 통지표에도 늘 '세쓰코는 좀 더 친구들과 이야기를 많이 하도록 노력해 봅시다'라고 쓰여 있었는걸."

세쓰코는 입을 뾰족하게 내밀었다.

"사람 얼굴을 기억 못 하는 것도 당연해. 정면에서 얼굴을 못 보고 늘 밑을 보면서 우물쭈물하고 있었으니까. 다른 사람한테 관심이 없었기도 하지만."

"그거라는 건 뭐야? 무슨 계기가 있었다는 이야기야?"

"응, 아마. 나 초등학교 5학년 때 지명수배 중인 강도를 발견했거든."

작은 탄성이 터져 나왔다.

"어머, 처음 들었어."

"방금 생각났는걸."

"오쿠보 기요시*도 어린애가 알아보지 않았냐?"

"그러게."

"세쓰코는 어떻게 알아봤는데?"

관심이 생겨 물어봤다. 상당히 강렬한 체험이었겠다.

"현내 우체국을 세 군데나 턴 녀석이었을 거야. 중상자도 여러 명 나온 흉악범. 사진은 꽤 많이 붙어 있었어. 선명하지도 않고 선글라스에 마스크까지 쓴 사진이었지만. 내가 다니던 서예학원 옆이 파출소였거든. 버스를 기다리는 동안 늘 파출소에 붙은 그 녀석 포스터를 쳐다보고 있었어."

먹물로 얼룩진 빨간 비닐 가방을 든 소녀의 모습이 눈에 선했다.

세쓰코가 어렸을 때 소심했다는 이야기를 듣고도 그리

---

* 일본의 악명 높은 연쇄살인범.

의외라는 생각은 들지 않았다. 쾌활하고 사교적인 사람 중에 은근히 그런 타입이 많다.

"어느 날, 이유는 잊어버렸는데 엄마랑 역에 갔거든. 아마 먼 데서 오는 친척을 마중 나갔을 거야. 엄마는 작은어머니랑 이야기하고 있고, 나는 대합실을 돌아다니고 있었어. 그런데 대합실을 둘러보는데 왜 그런지 자꾸 마음에 걸리는 남자가 있는 거야. 눈에 띄지 않는, 느낌이 온화한 남자였거든. 옷차림도 단정했고. 책을 읽으면서 열차를 기다리고 있었어. 물론 모르는 사람이었지만, 왠지 너무너무 신경이 쓰여 죽겠더라고. 그래서 나 혼자 안절부절못했어."

듣는 사람도 어쩐지 안절부절못하겠다.

세쓰코가 입술을 핥았다.

"점점 심장이 쿵쿵 뛰데. 그런데 나도 왜 그런지 이유를 모르겠는 거야. 그래서 도저히 가만히 앉아 있을 수가 없어서 서성거리는데, 역구내에도 파출소가 있잖아? 파출소에 붙은 그 포스터가 눈에 들어왔어. 그 순간, 저기 앉아 있는 사람이 포스터에 나온 사람이구나 하고 번쩍 깨달았어. 서예 학원 갔다가 돌아오는 길에 늘 보던 얼굴이구나 하고. 직감이라고 할 수밖에 없지만, 사진에 있는 사람이 저기 있구나, 하고 안 거야. 자신은 있었지만 그래도 한동안 파출소 앞을 오락가락하기만 했어. 어떻게 하면 좋을지 몰라서 엄마한테 말할까, 아니면 경찰한테 말할까 망설이면서. 경찰한테 말을 건다는 게 당시 나한테는 엄청난 모험이었으니까. 그런데 절박한 표정으로 오락가락하는 나를 경찰이 먼저 알아챘어. 미아인 줄 알았나 봐. 그래서 용기를 내서 말했지. 저기 저 포스터에 나온 사람이 저쪽에 앉아 있다고."

모두들 진지한 얼굴로 열심히 들었다.

"처음엔 경찰도 반신반의했어. 젊은 경찰관이었는데, 어리둥절해하더라고. 설마 지명수배 중인 범인이 이런 데에 태평하게 앉아 있을 거란 생각 안 하잖아. 경찰에선 줄곧 간사이 쪽으로 도주하지 않았을까 생각한 모양이야. 다들 어떻게 하면 좋을지 난처했나 봐. 그렇지만 내가 너무나 확고하게 주장하니까 안에 있던 나이 든 경찰관이 나왔어. 머리가 희끗희끗하게 새고 몸집이 다부진 아저씨였는데, 나를 보면서 정중하게 묻더라고. '애야, 어떻게 포스터에 나온 사람인 줄 알았지? 저기 앉아 있는 사람은 선글라스도 마스크도 안 썼잖아?'라고. 그래서 내가 이렇게 대답했거든. '귀가 똑같이 생겼어요' 하고."

무심코 손을 귀로 가져갔다. 이상한 모양을 한 기관.

"그 순간은 선명하게 기억이 나. 내가 그렇게 말하니까 경찰이 안색이 확 달라지더라고. 나중에 알았는데 성형수술로 얼굴을 바꾸는 범죄자는 많아도 귀까지 바꾸는 사람은 별로 없대. 하지만 귀는 의외로 특징이 있기 때문에 프로는 귀를 보고 같은 사람인지 아닌지 확인한다는 거야. 포스터 사진은 얼굴은 가려져 있었지만 왼쪽 귀가 뚜렷하게 드러나 있었거든. 좀 이상하게 생긴 귀였어. 만화에 나오는 등장인물처럼 숫자 3이랑 비슷한 모양인 게. 그때부터 갑자기 파출소가 부산스러워지고 경찰이 여기저기 전화를 걸어댔어. 지원을 요청한 거겠지. 그러더니 금세 엄청나게 많은 경찰들이 나타나데. 그걸 보고 남자가 슬그머니 역에서 나가려고 하다가 순식간에 포위돼서 붙잡혔어. 역 안이 한동안 시끌벅적해졌지.”

“오오, 대단한데. 그래서 표창도 받았냐?”

아키히코가 큰 소리로 감탄했다.

“에이, 아무리. 붙잡히는 걸 보고 나서 나는 얼른 엄마 있는 데로 돌아갔어. 엄마는 마침 친척이 도착해서 이야기에 푹 빠져 있느라고 내가 파출소에 간 것도 전혀 모르더라고. ‘어머, 뭐지, 어수선하네’ 하고 태평하데. 그래서 나도 아무 일 없었던 것처럼 엄마를 따라가고 그걸로 끝.”

“아이고, 아까워라. 공을 세워놓고 가만히 있다니.”

“눈에 띄는 일은 절대 사양이었으니까. 하지만 그때부터 사람 얼굴을 정면에서 볼 수 있게 됐어. 상대방의 얼굴에 흥미를 갖게 됐고, 동시에 사람 그 자체에도 관심을 갖게 된 것 같아.”

“재미있네.”

“그 녀석도 멍청하군. 뭐 하러 그렇게 눈에 띄는 곳에 있냐.”

"등잔 밑이 어둡다는 거겠지. 설마 살던 곳에 돌아와 있을 거라고 생각하는 사람은 아무도 없었고, 겉보기엔 완벽하게 온후할 것 같은 신사였으니까 들킬 리 없다고 생각한 게 아닐까."

"어린애 눈은 정말 대단하군."

미키오의 눈이 생각난다. 말, 이라고 하며 가만히 나를 쳐다보는 아들의 눈이.

미키오는 얼굴은 나를 닮았는데 성격은 마나미를 닮았다. 아담하고 콤팩트한 아이.

이 얼마나 이상한 생물인가. 작은 머리통에 달라붙은 가벼운 머리털, 조그만 손바닥, 가느다란 뼈의 감촉. 손과 손 사이에 끼고 힘을 주면 금세 납작하게 짜부라질 것 같은 약한 생물.

아이는 늘 무방비하게 달려와 안긴다. 무조건적으로 애정이 주어지리라 믿으며. 물론 나도 웃으며 아들을 안아 올려 빙글빙글 돌린다. 아이는 흥분해서 꺅꺅 소리를 지르며 얼굴을 새빨갛게 붉히고 좋아한다.

괜찮겠어, 그렇게 아무 생각 없이 웃어도? 이대로 던져버릴 수도 있는데. 땅바닥에 내동댕이쳐진 채, 목이 이상한 각도로 꺾여 있는 아들의 모습이 떠오른다. 이 어린 생명의 생사여탈을 내가 쥐고 있다 생각하면 목덜미에 오싹 소름이 돋으며 겁이 난다. 동시에 와인의 코르크 마개를 따듯 이 목을 비틀어보고 싶은 유혹을 느낀다.

세쓰코의 이야기가 끝난 것을 신호로 다시 걷기 시작했다.

숲이 허파로 들어온다. 몸속 공기가 새것으로 교체된다.

이렇게 줄 맨 끝을 걸으면 마음이 편안해진다. 내게는 이 위치가 잘 맞는다. 다른 사람들 등을 보며 맨 끝에서 따라가는 이 위치가. 나는 아키히코처럼 선두에 서 다른 이들을 인솔하는 인간이 아니다. 나는 시력이 좋아서 교실에서 늘 뒤쪽에 앉아 있었다. 쉬는 시간에도 교실 뒤쪽에서 전체를 한눈에 볼 수 있는 위치에 서 있는 것을 좋아했다. 다른 애들 뒷모습을 보고 있다. 아무도 나를 보지 않는다. 그게 내 위치다.

어제 걸은 장엄한 숲과는 분위기가 전혀 딴판이다. 이곳은 어딘지 모르게 온화하고 여성적인 숲이다. 어제 숲이 단정한 투피스를 입은 여자라면 오늘 숲은 육감적인 원피스를 입고 몸을 붙여오는 여자다. 은밀한 음탕함. 기묘한 요염함. 숲에는 이런 표정도 있다.

완만한 내리막길이 됐다. 리드미컬한 템포로 구불구불한 좁은 길을 나아간다.

"아키히코, 오늘은 무슨 수수께끼 없어?"

리에코가 물었다. 걷기 편해지자 이야기할 여유가 생겼나 보다.

"실은 아까부터 뭐 적당한 게 없나 생각 중인데 말이야. 역시 사흘째쯤 되니까 힘들군."

"아키히코 수첩은?"

"하나같이 찌꺼기뿐이라."

"현실에서 일어난 사건 중에 뭐 없을까. 〈퀴즈 더비〉 문제 같은 게 딱 좋은데. 그거 거의 전부 세계 여러 신문의 사회면 기사에서 출제한 거였잖아."

이러니저러니 하면서도 리에코와 세쓰코도 아키히코가 제안한 '수수께끼 지참'에 푹 빠진 모양이다. 이런 여행 중이 아니면 결코 오갈 리 없는 대화다. 아무런 이득이 없는 대화, 전혀 쓸모가 없는 대화. 그러나 우리는 이야기하기를 그만두지 않는다. 시간을, 공간을, 인생을, 의미 없는 대화로 계속 메운다.

세쓰코가 이어서 말했다.

"그 프로 문제 괜찮았지. 영화 문제도 꽤 많았는데. 잭 레먼이 〈아파트 열쇠를 빌려드립니다〉에서 스파게티를 삶을 때 체 대신 쓴 게 뭐였느냐는 문제도 있지 않았니?"

"테니스 라켓이지. 그거야 유명하잖냐."

"난 그걸 보고 기억했는걸."

"〈퀴즈 더비〉 문제에 쓴 사회면 기사를 모아놓은 책이 나오면 나 산다."

"이런 때 써먹을 수 있겠다, 그렇지?"

"그냥 지식만 있는 퀴즈는 재미없어. 생각해 보면 알 수 있는 문제여야지."

"예를 들면 어떤 거?"

"예를 들면 말이지."

아키히코가 생각에 잠겼다.

그러더니 문득 고개를 들고 이야기하기 시작했다.

"어느 마을 외곽에 집 두 채가 있었습니다. 두 집에는 각각 형과 동생이 살았습니다. 동생은 낮에는 형네 집에 가서 함께 점심을 먹고 자기 집으로 돌아오곤 했습니다. 어느 날, 저물녘에 관리가 찾아와서 형네 집에 안내해 달라고 부탁했지만 동생은 못 한다고 거절했습니다. 다음 날도 동생은 형네 집에 가서 점심을 먹었습니다. 그날 저녁, 또다시 관리가 찾아와서 형네 집에 안내해 달라고 부탁했습니다. 하지만 역시 동생은 못 한다고 고개를 저었습니다. 그다음 날, 이번에는 아침 일찍 관리가 왔습니다. 그러자 동생은 관리를 형네 집으로 안내했습니다. 자, 문제입니다. 어째서 동생은 처음 두 번은 관리의 부탁을 거절했을까요?"

"못된 인간이라 그런 거 아냐?"

세쓰코가 간단하게 대답하자 아키히코가 분개했다.

"야, 그래가지고 퀴즈가 되겠냐?"

"그럼 관리가 세 번째에 뇌물을 줬다."

내가 끼어들었다.

"너다운 대답이다."

아키히코가 독설을 내뱉었다.

세쓰코가 갑자기 얼굴을 빛내며 말했다.

"시간을 벌려는 속셈이었구나. 형이 관헌한테 쫓기는 도망자였던 거야. 그래서 동생은 이틀 밤 시간을 벌어서 형이 도망친 걸 확인한 다음 데리고 간 거지."

"도망자가 바로 코앞에 있는 줄 알면서 관헌이 느긋하게 기다리겠냐?"

"알았다! 관리랑 형은 소꿉친구였어. 분명히 어쩔 수 없는 슬픈 사연이 있어서 죄를 지은 거야. 옛날에 둘이 서로 차지하려고 다퉜던 사랑하는 여자를 위해서라든지. 그래서 형한테 도망칠 시간을 주려고, 일부러 동생 집에 먼저 가서 추적의 손길이 뻗쳐왔다는 걸 완곡하게 알려준 거야."

"넌 왜 맨날 그렇게 이야기를 아침 멜로드라마로 만들고 싶어 하냐?"

"그 이야기의 요점은 즉 아침이면 괜찮고 밤은 안 된다는 거네."

늘 그러하듯 리에코가 냉정하게 중얼거렸다.

아키히코의 얼굴에 안도의 빛이 떠올랐다.

"그래그래, 그런 식으로 나와야지. 알겠냐, 세쓰코 어린이?"

"아, 그렇구나. 이제 진짜 알았어! 동생은 야맹증이었어. 그래서 밤에 못 다녔던 거야."

"그래, 방향성 면에서는 차라리 그쪽이 맞다."

"밤은 안 된다."

리에코가 또다시 중얼거렸다.

"이 이야기는 마을 외곽의 집이라고만 하고 어떤 곳이란 설명은 없지. 열대 정글이면 어떻게 될까? 밤에는 맹수가 활동하니까 집 밖으로 나갈 수 없다든지. 아니면 툰드라지대라서 밤에는 기온이 뚝 떨어져서 땅이 얼어 못 걷는다든지. 혹시 집이 위치한 곳의 환경이 포인트 아냐?"

"응, 좋다."

"알았다."

나도 모르게 입을 열었다.

"마을 외곽이라는 게 핵심이군? 그렇지, 아키히코?"

아키히코가 콧김을 흥 내뿜는 것을 듣고 내 생각이 옳다는 것을 알았다.

"어, 무슨 소리야?"

세쓰코가 나를 돌아봤다.

"이 두 집은 바닷가에 있는 거야."

"정답."

아키히코가 어깨를 으쓱하고 중얼거렸다.

"형네 집은 작은 언덕 위 같은 데 있겠지. 낮에는 썰물이라 걸어갈 수 있지만, 저물녘에는 밀물이 들어와서 섬이 돼. 그래서 동생은 형네 집에 가기를 거부했어."

아키히코다운 문제다.

"그렇구나. 하지만 보트 정도는 준비해 둬라 이거야."

세쓰코가 불만스레 투덜댔다.

"조류 때문에 접근할 수 없을지도 모르잖아."

나는 거들어주었다. 그때 문득 머릿속에서 번뜩 떠오른 게 있었다.

"그러고 보니 나 그걸 좀 해결해 주면 좋겠는데. 현실 속 사건이라 하면 말이지."

아키히코가 얼핏 이쪽을 돌아봤다.

"아주 오래전에 어느 학교 운동장에 누가 숫자 9 모양으로 책상을 늘어놓은 사건이 있었잖아?"

"아아, 맞다, 그런 거 있었지."

"그걸 합리적으로 풀이해 봐."

"아직 해결 안 됐지?"

"당시에 꽤 화제가 되지 않았니? 신문에 사진이 크게 실렸는데. 운동장 한복판에 책상이 두 줄로 질서정연하게 나열된 사진."

"게다가 범인은 여러 명이고 밤중에 경비원을 붙잡아 묶어놓고 나서 교실에서 책상을 내와 그 모양으로 늘어놨다며? 계획 범행이라는 이야기야."

"불법 침입, 상해 미수, 기물 파손쯤 되겠군."

"이목을 끌기 위한 범행치곤 어쩐지 담담한 게 섬뜩하지."

"어째서 9일까."

"꼭 9라곤 장담 못 한다. 글자를 쓰다 만 걸지도 모르고."

"어떻게 봐도 9던데 뭐. 6일지도 모르지만."

"실은 히라가나의 요よ라든지, 네ね의 일부라든지."

"아하, 닫힌 부분이 있는 글자란 말이구나. 마ま, 미み, 스す, 하は. 해당되는 게 꽤 많은데. 루る는 반대 방향이라 안 되겠네."

리에코는 손바닥에 손가락으로 글씨를 써보며 생각 중이다.

아키히코는 진지한 표정으로 우리를 둘러봤다.

"실은 더 긴 문장을 쓰려고 한 건 아니었을까? 그런데 학교 책상이란 게 워낙 꽤 무게가 나가니까 그게 얼마나 엄청난 중노동인지 중간에 깨달았겠지. 일일이 교실에서 내오려면 시간도 걸리고. 그렇다고 트럭에 실어서 운반할 수도 없어. 소리가 이웃에 들릴 테니까. 밤중에 차가 출발하거나 서거나 하는 소리 꽤 먼 데까지 들리거든. 그렇게 무거워서야 어른도 한 번에 하나씩밖에 못 나를 거다. 모두 몇 명이었는지는 모르지만, 가령 책상 스무 개를 넷이 나른다면 그것만으로도 다섯 번 왕복이야. 시간이 엄청나게 걸리겠지."

"하지만 경비원을 감금해 가면서까지 저지른 계획 범행이라면, 그 정도 시간이 걸릴 건 미리 생각해 두지 않았겠어? 그런 위험을 감수할 정도니까 책상을 나열하는 본편에 시간이 얼마나 걸릴지 그것부터 생각할 것 같은데."

"아니, 잠깐. 책상을 나열하는 게 본편이라고는 장담 못한다."

"응?"

"그런 척하면서 진짜 목적은 다른 데에 있었는지도 몰라. 경비원을 구속하는 게 목적이었다든지."

"뭐 때문에?"

"다른 걸 훔치려고."

"하지만 그 사건은 도둑맞은 게 아무것도 없어서 그래서 이상한 사건이라고 한 거 아니었어?"

"그건 모르는 일이다. 누가 부정한 비자금이 있는 걸 알고 훔치러 왔을지도 몰라. 도둑맞아도 신고할 수 없는 돈이라는 걸 알고 있었던 거지. 경비원까지 묶어놓고 아무 일 없었다는 것도 이상하잖냐. 밝힐 수 없는 뭔가를 도둑맞았다고 경찰이 의심하는 사태는 범인도 피하고 싶었던 게 분명해. 부정한 물건의 존재를 아는 사람은 몇 명뿐이었을 테니까 금세 꼬리가 잡혔을 거 아냐. 범인은 어디까지나 책상을 운동장에 늘어놓는 게 주목적이라고 생각되기를 원했어."

"그렇군."

"그럼 그 9는 경찰의 관심을 다른 데로 돌리는 게 목적이었다고?"

"내 생각엔 그래. 그러면 일부러 번거롭게 책상을 밖에 내가기로 한 것도 이해가 되지. 세간의 주의를 건물 안이 아닌 밖으로 돌리고, 시간 걸리는 행위를 하기 위해 경비원을 묶었다고 생각하게 할 수 있으니까. 하지만 실제로는 범인들 중 한 명은 금고가 있는 곳을 찾고 있었어. 금고를 찾아서 열

때까지 나머지 멤버는 책상 내가는 일에 동원됐고. 경비원한테는 책상을 내가는 소리밖에 안 들리지. 금고를 발견해 돈을 손에 넣은 시점에서 책상 반출 작업은 중지. 글자는 뭐라도 상관없었을걸."

아키히코의 이야기는 꽤 일리가 있는 것 같았다. 경비원은 다치지 않았거니와, 책상은 다시 갖다 놓으면 그만이다. 손이 많이 가기는 했지만 실질적인 피해는 거의 없다. 강한 자기과시 욕구에서 비롯된 장난. 그렇게 보이게 할 수 있으면 계획은 성공이다.

다른 두 사람도 납득한 표정이었다. 그런데 세쓰코가 입을 열었다.

"그렇지만 어째 좀 시시하다. 합리적이긴 하지만 낭만이 없어."

"네 낭만은 아침 멜로드라마냐."

"안 그래. 그냥 조금만 더 가슴이 콩닥콩닥 뛰었으면 좋겠다 이거지."

"콩닥콩닥은 무슨."

"그럼 이런 건 어때? 어제 문패 도둑의 변주로."

"변주?"

"아키히코 말대로 책상을 잔뜩 늘어놓은 건 위장이었어. 실은 책상이 하나 없어진 거야. 그 책상을 훔치는 게 진짜 목적이었다. 어때?"

"이번엔 좋아하는 여자애 책상이냐? 어처구니없는 남자구먼."

"어머, 애, 그건 모르는 일이야. 엘비스 프레슬리가 땀 닦은 타월도 팔리잖아? 편집광적인 남자라면 책상 정도는 훔치고도 남을걸. 책상에 그 여자애 낙서가 있을지도 모르고."

"……책상이란 말이지."

리에코가 나지막하게 중얼거렸다. 세쓰코가 흠칫한 표정을 지었다.

"어머, 뭐야? 네가 그런 식으로 중얼거리면 괜히 가슴이 덜컥 내려앉아."

나도 같은 생각을 하고 있었다. 어젯밤의 리에코가 생각났다. 이럴 때 그녀의 목소리는 냉랭해서, 듣는 사람은 장난치다 야단맞는 어린애 같은 기분이 든다.

"뭔데, 리에코? 의견이 있으면 말해봐."

아키히코의 재촉에 리에코는 쓴웃음을 지었다.

"그렇게 대단한 건 아니고. 그 사건이 있었던 데가 중학교였던가?"

리에코가 내 쪽을 돌아봤다. 나는 고개를 흔들었다.

"생각 안 나는데. 중학교 아니면 고등학교. 초등학교는 아니었을 거야."

"응, 맞아. 나도 분명히 그렇게 어린애가 아니었다는 기억이 있어."

리에코는 막연한 목소리로 맞장구를 쳤다. 생각에 집중할 때 목소리다.

"그럼 책상 속에 교과서가 많이 들었겠지? 초등학생은 책가방에 죄다 쑤셔 넣고 집에 들고 가지만, 중학생 고등학생쯤 되면 교과서는 학교 책상 속에 두고 가방은 홀쭉하게 해서 들고 다닌 학생이 대부분이었던 것 같은데."

문득 옛날 생각이 났다. 책가방이 뚱뚱하게 사전과 교과서를 집어넣고 번번이 집에 들고 가는 것은 공붓벌레라고 업신여김을 당했다. 실은 다들 가져가 공부하고 싶으면서 공붓벌레라는 말을 듣는 게 싫어서 학교 책상에 교과서를 두고 다녔다. 공부를 잘하는 학생도 공붓벌레라는 말을 듣는 것은 상당한 굴욕인 모양이었다.

리에코는 혼잣말처럼 나지막이 이야기를 계속했다.

"진짜 중노동일 거야. 아무것도 안 든 책상도 꽤 무거운데 교과서가 꽉꽉 들어찬 책상 같으면 남학생이라도 무거워서 휘청거릴걸. 책상 속에 들어 있던 물건을 어디 다른 곳에 쏟아놨다는 이야기도 없었고."

"그럼 뭐냐, 책상 속에 든 게 목적이었다는 이야기냐? 교과서 같은?"

"아, 그것도 괜찮겠네. 원하는 물건이 책상 속에 들어 있었다. 그게 목적이었다는 걸 감추기 위해 책상을 여러 개 운동장에 내갔다."

“어머, 속에 든 게 목적이 아냐?”

세쓰코가 물었다.

“내가 얼핏 생각했던 건 속에 뭐가 든 책상이 스무 개나 있으면 무게가 상당하겠다는 거였어. 어디에 쓸지는 전혀 모르겠지만 누름돌이나 추가 되지 않을까 싶어서.”

“누름돌?”

“응. 운동장에 책상 스무 개를 내간 건 역시 무슨 필연성이 있지 않았을까. 운동장에서 무슨 일을 하려고 했을지도 몰라.”

“무슨 일이라니, 무슨 일?”

“그건 나도 모르겠어. 그냥 그런 생각이 든다는 것뿐이야. 뭐랄까, 난 늘 이렇더라. 발상은 나쁘지 않은데 실질적인 결과로 연결하는 능력이 없어.”

리에코는 쓴웃음을 지었다. 상당히 정확한 자기분석이다. 하지만 어쩌면 또 깨닫지 못한 척하고 있을 뿐인지도 모른다. 나는 입을 열었다.

“혹시 그 반대일지도 모르지.”

다들 흘깃 나를 돌아봤다.

“반대?”

“책상을 내간 건 운동장에 늘어놓기 위해서가 아니라 교실을 비우기 위해서였을지도 모른다는 뜻이야.”

“스무 개 갖고는 안 비어.”

세쓰코가 불평했다.

"뭐, 그야 그렇지만. 책상을 치운 교실이 목적이었을 수도 있지 않겠어? 무슨 작업을 하기 위해서 교실을 비울 필요가 있었어. 예를 들면 이런 건 어때? 1층 교실 바닥 밑에 묻힌 걸 꺼내기 위해 책상을 내갔다."

"오오, 그렇군."

아키히코가 고개를 끄덕였다. 나는 이야기를 계속했다.

"1층이 아니어도 돼. 교실 바닥은 어차피 얇은 합판이니까. 교실 바닥 어딘가에 뭔가가 숨겨져 있었어. 종이 한 장 정도면 바닥의 합판하고 콘크리트 사이에 끼워두는 것도 가능하겠지. 편지라든지 사진이라든지. 다만 어디에 숨겨져 있는지는 몰랐어. 그래서 책상을 내가고 합판을 모조리 뜯어봤어. 일일이 책상을 치워가며 하면 시간 낭비가 너무 크지. 책상을 운동장에 그럴싸하게 늘어놓은 건 역시 빈 교실이 목적이라는 걸 들키지 않기 위한 위장이었고."

"응. 그것도 괜찮다."

아키히코는 멋대로 납득했다.

"잠깐 기다려봐, 나도 하나 생각났어."

세쓰코가 손을 들었다. 아키히코는 회의적인 표정으로 그녀를 냉랭하게 돌아봤다.

"또 비련이냐?"

"흥, 이번엔 아니거든."

세쓰코는 새침하게 턱을 바짝 쳐들었다.

"뭔데, 말해봐."

"예행연습이야."

"뭐라고?"

"범인들은 어딘가를 습격할 계획이었던 거야. 그곳이랑 학교랑 조건이 비슷했던 게 아닐까? 같은 회사가 경비를 맡고 있고, 경비원이 밤에 비슷한 시간에 순찰을 돌고, 건물 구조도 아주 비슷하고, 책상 스무 개 정도로 무거운 물건을 빠른 시간 내에 내가야 해. 계획을 실행에 옮기기 전에 학교에서 테스트해 보지 않았을까? 분명히 시간을 재본 거야. 건물에 침입해서 경비원을 제압하고 책상을 스무 개 내갈 때까지 얼마나 걸리는지."

"책상이랑 무게가 비슷한 물건이 뭔데?"

"돈다발이 꽉꽉 들어찬 알루미늄 케이스라든지."

"일부러 위험을 감수하면서까지 그런 일을 하겠냐?"

"어머, 대사를 위한 소사지. 이까짓 일을 완벽하게 해내지 못한다면 훔치러 들어가는 건 무모한 짓 아니겠어?"

"세쓰코의 비즈니스관이 드러나는 말이군."

"응, 그럴지도."

"하지만 이야기로선 재미있다. 예행연습이란 말이지. 그 사건의 범인이 어디선가 강도 짓을 했을지도 모르겠군."

"진짜는 뭘까."

“무지무지하게 시시한, 그냥 임기응변적인 장난은 아니면 좋겠다.”

“하지만 현실은 종종 그런 법이죠.”

“멋대가리 없는 세상이다.”

그래, 세상은 진부하다. 세상은 비참하고 아름답지만 그럼에도 불구하고 역시 진부하다. 비참함도, 아름다움도 이미 진부한 것이 됐다. 좌우지간 인류의 탄생 이래로 세상은 항상 그래 왔으니까. 항상 존재하는 것을 진부하다 하지 않고 뭐라 하랴.

“마키오는 말은 별로 안 하는데 과묵하다는 인상은 없더라. 하지만 생각해 보면 역시 말은 별로 안 하거든.”

세쓰코가 갑자기 나를 돌아보기에 당황했다.

“나?”

“응.”

“뜬금없이 무슨 소리야.”

“마키오는 태도가 거만해서 말을 많이 하는 것처럼 느껴지는 거지.”

아키히코가 빈정거렸다.

“태도가 거만하다기보다는 늘 느긋하지. 말이 없는 사람은 존재감이 없는 사람이 많지만 마키오의 경우는 아니잖아.”

리에코가 앞을 향한 채 중얼거렸다. 목소리에서 아무런 감정도 발견할 수 없었지만, 그 제삼자적인 말투에 상처를 입은 나 자신을 깨달았다. 물론 상처 입는 자신의 오만함도.

남자는 과거에 사귀었던 여자를 모두 아직 자기 것인 양 생각하는데 여자는 그렇지도 않은 모양이다. 여자들 이야기에 따르면, 가끔은 그 남자와 사귀었던 자기 자신을 부정하고 싶어질 만큼 과거의 남자에게 혐오감을 느낀다고 한다.

어젯밤 아키히코에게 아직 리에코가 나를 좋아한다고 들었을 때는 솔직히 성가시게 느꼈다. 그런데 나에 대해 아무런 감정이 없어도 허전하게 느껴지니 마음이라는 것은 참 뻔뻔하게 생겨먹었다.

넌 언제나, 네가 느긋하면 안 될 부분에서도 느긋하더라.

리에코가 내게 말한 유일한 빈정거림이었다.

어쩌면 빈정거림이 아니었을지도 모른다. 그것은 나에 대한 그녀의 감상이었다. 리에코만이 아니다. 어렸을 때부터 친구들에게도 자주 들었던 말이다.

너 용케 아무렇지도 않다.

늘 멀쩡한 얼굴이지.

넌 진짜 긴장 안 하더라. 어떻게 그렇게 늘 느긋할 수 있냐?

그건 때로는 찬사고, 때로는 비난이었다. 그런 말을 들을 때마다 나는 아무 대답도 하지 않고 실실 웃기만 했다. 나는 그저 아무래도 상관없을 뿐이다. 침착한 것도, 느긋한 것도 아니다. 그렇지만 그 때문에 다른 사람들 눈에 내가 깊이 있는 인물처럼 보인다는 것은 어렸을 때부터 눈치챈 터라 굳이 착각을 수정하려 들지는 않았다.

쓰지 씨는 무슨 생각을 하는지 전혀 모르겠어요.

정답은 아무 생각도 하지 않는다, 다.

"마키오는 멀끔한 얼굴이라 감정이 별로 노골적으로 얼굴에 안 드러나. 나나 아키히코는 그런 점에서 손해라니까."

"난 노골적으로 드러나지."

세쓰코의 말에 아키히코가 고개를 끄덕였다. 나는 쓴웃음을 지었다.

"외국계에선 이런 얼굴이 되레 손해야. 화를 내도 박력이 없지, 그쪽 사람들은 내가 화내는 줄도 몰라. 그쪽 사람들은 감정의 기복이 뚜렷하고 알기 쉬운 사람을 좋아한다고."

"그렇구나. 국제적으로는 그렇단 말이지. 하지만 마키오, 화내면 박력 있던데."

"어?"

철렁했다.

세쓰코는 어디서 내가 화내는 모습을 봤나? 지금까지 그럴 기회가 있었던가?

당혹감이 목소리에도 드러났나 보다. 세쓰코가 잠시 주저하더니 나를 돌아보려다가 도중에 그만둔 것을 알 수 있었다.

"나 세쓰코 앞에서 화낸 적이 있었나?"

나는 태연한 말투를 가장해 세쓰코에게 물었다.

세쓰코는 앞을 향한 채 어깨를 으쓱했다. 한순간 보였던 주저는 그림자도 없었다.

그녀는 고개를 돌려 옆얼굴을 보이며 씩 웃었다.

"있어. 나한테 화낸 건 아니지만. 헤헤, 모르겠지? 언제 일인지는 비밀."

딱 잘라 그렇게 말하고는 고개를 앞으로 돌려버렸다. 가르쳐줄 마음은 없는 모양이다.

나는 괜히 마음이 불안해졌다. 가슴속에서 뭔가 묵직한 게 꿈틀거렸다.

세쓰코에게 화를 낸 게 아니다? 내가 다른 사람에게 화내는 걸 봤다고?

어느새 필사적으로 기억을 더듬고 있었다.

도대체가 최근 몇 년간 다른 사람에게 진심으로 화낸 적이 없는데. 그야 울컥하는 정도는 얼마든지 있지만, 남에게 노여움을 들이댄 기억은 전혀 없다. 심지어 헤어진 아내에 대해서도 노여움도, 원망도 없다. 오히려 격노한 것은 그쪽이고 양가 부모였다. 그건 지극히 당연한 일이라 나는 그 부분에 대해 이의를 제기할 생각은 조금도 없다.

그럼 아예 한참 거슬러 올라가서 고등학교 때? 아직 새파란 애송이였을 무렵이라면 그런 일도 있었을지 모른다. 교실에서? 아니면 특별활동?

나는 멍하니 걸으며 고속으로 기억의 테이프를 되감았다.

기억력은 그리 나쁘지 않다고 생각하는데, 이럴 수가, 고등학교 시절의 구체적인 에피소드가 아무것도 생각나지 않았다. 머릿속에 흐릿한 영상이 달칵달칵 투사되면서 움직이는 급우들, 학교 축제 장면이 보일 뿐. 다들 웃고 떠드는데 내용은 전혀 되살아나지 않았다.

항복이다. 나는 마음속으로 한숨을 내쉬었다.

앞을 걷는 세쓰코의 뒤통수를 쳐다봤다.

언제냐, 세쓰코. 언제 내가 그런 표정을 보였지?

불안은 어느새 순수한 호기심으로 바뀌었다. 내가 어떤 상황에서 그런 격정을 보였을지 궁금했다.

세쓰코는 내 마음속을 아는지 모르는지 리에코와 나직하게 잡담을 주고받고 있었다.

아니, 모를 리 없다. 세쓰코가 눈치채지 못할 리 없다. 내가 세쓰코의 말에 놀란 것, 언제 일이었는지 알고 싶어 한다는 것, 지금 내가 그 생각을 한다는 것. 그녀도 지금 속으로 그 생각을 하고 있을 것이다.

입 밖에 내어 말하지는 않지만 지금 그녀와 나는 같은 생각을 하고 있다. 나는 언제였을지 생각하고 있지만, 그녀는 그 장면 자체를 생각하고 있을 게 틀림없다. 내 눈으로 볼 수 있으면 좋을 텐데.

눈앞에 있는 세쓰코의 뒤통수를 보며 빌어봤다.

지금 세쓰코의 마음속에 떠오른 정경이 내게도 보이기를.

물론 그런 일은 불가능하다. 가능하면 곤란하다.

그러나 어쩐지 재미있어졌다. 심리적인 줄다리기. 상대방에게서 어떻게 정보를 빼낼 것인가. 그건 내가 흥미를 느끼는 몇 안 되는 행위 중 하나였다. 오늘 중으로 반드시 세쓰코에게 그 이야기를 듣고 말겠다고 마음먹었다.

회사에서는 협상 능력이 있다고 인정받고 있다. 나는 협상을 좋아한다. 냉정하게 일종의 게임이라 여기는지라 스트레스를 받지 않는다.

협상은 상대방을 얕보면 안 되지만 두려워해서도 안 된다. 온유한 자세로 성의 있게 협상 테이블에 임하는 게 중요하다. 투지만만하게 협상에 임해 상대방을 압도하고 굴복시키는 것을 터프한 협상이라 착각하는 작자들이 많은데, 상대방이 '졌다'는 굴욕감과 패배감 같은 부정적인 감정을 가지고 자리를 뜨게 한다면 그건 삼류 협상이다. 상품 판매와 마찬가지라 고객에게 '상대방의 설득에 넘어가서 샀다'라고 생각하게 하면 끝장이다. 좋은 영업사원은 고객에게 '나 스스로 좋은 물건을 골랐다'라는 만족감을 갖게 한다.

그러나 협상 방법은 하나가 아니다. 상대방이 어떤 타입이고 무엇을 바라는지에 따라 달라진다. 나는 그걸 파악하는 재주가 있다고 내심 자부했다.

세쓰코는 어떤가? 그녀는 어떤 협상을 해야 할 상대인가?

비즈니스 모드로 생각하기 시작했다가 나는 아연했다.

오늘 아침, 세쓰코가 동료였으면 꽤 의지가 됐을 것이라고 생각했던 게 기억났다. 바꿔 말하면 그건 그녀가 적이 된다면 적잖이 애먹을 상대라는 뜻이다.

그런데 나는 세쓰코라는 여자에 대해 아는 게 거의 아무것도 없다는 사실을 그때 처음으로 깨달은 것이다.

그때까지 전혀 소리가 없었던 숲속에 멀리서 사락사락 부드러운 소리가 들리기 시작했다.

"무슨 소리지?"

모두 동시에 그 소리를 깨달은 듯 멈춰 서서 귀 기울여 들었다.

"비군. 빗발이 세진 모양이야."

아키히코가 위를 올려다보며 중얼거렸다.

그래도 비는 숲속까지 들이치지는 않았다. 머리 위를 덮은 초목 우산의 방수 능력이 상당한 모양이다.

그렇지만 역시 얼마 지나자 바위 면의 이끼를 타고 가느다란 물줄기가 발치까지 내려오고 곳곳에서 똑똑 빗물 떨어지는 소리가 들리기 시작했다.

빗소리를 들으며 말없이 숲속을 나아갔다.

마음이 차분해졌다. 잔잔한 기분. 이런 기분으로 한평생 살 수 있다면 분명 훌륭한 사람이 될 수 있을 것이다. 다소 따분할지는 모르지만.

빰은 싸늘한데 온몸은 후끈후끈하고 기분은 상쾌했다. 이대로 한없이 걸을 수 있을 것 같다.

오늘 하루에 갇혀서 이 하루가 영원히 반복된다 해도 상관없다.

문득 그런 생각이 들었다. 그런 영화가 있었다. 눈을 뜨면 매번 똑같은 아침. 영원히 똑같은 날을 반복할 운명에서 벗어나려고 주인공이 악전고투하는 이야기.

형편없는 하루라면 몰라도, 이 숲속을 영원히 걷는 것이라면 괜찮다. 그 정도로 숲은 매력적이었다. 누가 뭣 때문에 이런 풍경을 준비해 두었을까. 누구를 위해 이곳은 이렇게 아름다울까. 평소에 무감동하게 사는 나조차도 그런 감동을 느끼게 된다.

"아름답다. 어째서 이렇게 아름다울까. 어째서 이런 걸 아름답다고 느낄까."

리에코가 감개무량하다는 듯 중얼거렸다.

비슷한 생각을 하던 터라 흠칫 놀랐다.

아아, 그러고 보면 그랬다.

그녀와 내가 감동을 느끼는 포인트가 비슷했다는 것을 향수와 더불어 생각했다. 아름답다고 느끼는 게 같으면 두 사람은 틀림없이 잘해나갈 수 있다, 라는 말이 있었던가. 광고 카피였을지도 모른다. 우리의 경우, 그건 거짓말이었던 셈이다.

아니.

마음속에서 차가운 목소리가 속삭였다.

그건 아니지. '우리'가 아니지. 여자들을 너랑 같이 취급하지 마. 잘해나갈 수 없는 건 늘 너뿐이니까.

심장을 차가운 손이 슥 어루만진 것 같았다.

걸으면서 조용히 심호흡을 하고 입술에 일그러진 미소를 띠어봤다.

그래. 성격파탄자는 나뿐이다. 그러나 나를 사랑한 건 그 여자들이다. 나를 선택한 그 여자들도 공범이다, 그렇게 말할 수는 없나? 연애도, 결혼도, 상대가 있을 때 비로소 성립되는 법. 어느 쪽이 제안했든, 다른 한쪽이 받아들인 시점에서 두 사람은 50 대 50이다. 그러니 나는 말하련다. '우리'는 잘되지 않았다. '우리'는 서로에게 환멸을 느끼고 헤어졌다. 이 말 어디에 거짓말이 있나?

나는 마음속으로 대답을 기다렸지만 아무것도 들리지 않았다.

적당한 장소도 없고 비도 계속해서 내리는 터라 선 채로 점심을 먹었다.

그래도 별 불만은 없었다. 아키히코에게 점심 휴식을 갖자는 말을 듣고 나서 비로소 그렇게 시간이 지났다는 것을 깨달았을 정도였다. 주먹밥을 보고 비로소 배고픔을 느꼈다. 숲의 농밀한 공기에 정신적으로 배가 불러 있었던 것이다.

"너무 오래 쉬면 오히려 더 지치니까, 든든하게 배를 채우지 말고 두 번쯤으로 나눠서 먹자."

아키히코는 도시락 꾸러미를 열기 전에 우선 담배에 불을 붙였다.

줄곧 선두에 서는 것은 아무리 거리낄 것 없는 친구들이라도 상당히 피곤할 것이다. 태평하게 꽁무니에서 따라가고 있던 나는 미안한 마음이 들었다. 그렇다고 내가 선두에 설 수 있을 리도 없으니 늘 그러하듯 '느긋하게' 있다.

살짝 커브가 진, 지금까지보다 폭이 좀 넓어진 길에서 휴식을 취했다.

커브 진 지점에서 리에코와 세쓰코의 거리가 약간 벌어져 있었다. 커브를 지난 곳에서 아키히코와 리에코가 나지막한 목소리로 이야기하고 있다. 어쩐지 세쓰코와 단둘 같은 분위기가 됐다.

"아, 땀범벅이네."

세쓰코는 목에 둘렀던 타월로 땀을 닦고, 오늘도 호텔에서 준비해 준 주먹밥 꾸러미를 조심스럽게 열었다. 장아찌의 물이 밥에 뱄다.

나도 꾸러미를 풀어 배낭 바닥에서 흔들린 탓에 다소 모양이 일그러진 주먹밥을 덥석덥석 먹었다. 소금기가 있어 맛있었다.

얼마 동안 우리 둘 다 말없이 입을 움직였다.

한 개를 다 먹고 손가락에 붙은 밥알까지 모조리 뱃속에 넣은 뒤, 세쓰코는 입을 열었다.

"마키오, 아까 내가 말한 게 언제 일인지 나한테 캐물을 생각이지?"

마음속으로 뜨끔했지만 나는 포커페이스를 가장하고 말없이 페트병에 든 녹차를 마셨다. 아까는 방심하다가 당했지만 지금은 마음의 준비가 되어 있다. 그 정도는 이미 눈치챘을 여자라는 것은 알고 있었다.

"응."

나는 순순히 대답했다. 이 여자에게 시시한 잔꾀는 통하지 않는다. 정면에서 부딪치는 게 정답이다.

세쓰코는 씩 웃더니 두 번째 주먹밥을 집었다.

"아직 생각 안 나니?"

그러고는 주먹밥을 덥석 물었다. 호쾌하게 먹는 여자다.

"전혀."

나는 솔직하게 인정했다. 아무래도 간단히 가르쳐줄 마음은 없는 것 같기에 다른 방법을 써보기로 했다.

"힌트."

세쓰코를 보며 그렇게 묻자, 세쓰코는 얼굴을 찌푸리며 고개를 흔들었다.

"안 돼. 무슨 힌트를 줘도 금세 맞힐 테니까."

그렇게 말하고는 세쓰코는 내 얼굴을 빤히 들여다봤다.

“진짜 생각 안 나는구나. 거짓말 아니네. 나 마키오가 그렇게 무서운 표정 짓는 거 처음 봤어.”

또다시 이유를 알 수 없는 불안이 되살아났다.

나는 대체 무슨 일을 했을까. 그렇게 무서운 표정이라고?

생각하다 지쳐버린 나를 보고 세쓰코는 한층 어이가 없어진 듯했다.

“애개, 뭐야, 그렇게 깨끗하게 잊어버린 걸 보면 별 이야기 아니었구나.”

“별 이야기?”

나는 정보를 얻기 위해 세쓰코의 말에 매달렸으나 세쓰코는 차갑게 흥 코웃음을 쳤다.

“역시 안 가르쳐줄래. 스스로 생각해 봐. 너 그때 신사답지 않은 행동을 했었어.”

그러고는 나를 무시하고 주먹밥을 덥석덥석 먹었다.

나는 나대로 정신이 딴 데 팔려 있었다.

신사답지 않은 행동. 나는 대체 무슨 짓을 한 건가.

어렸을 때부터 여자들에게 ‘쓰지는 상냥하구나’라는 말을 많이 들었지만, 그와 비슷한 정도로 ‘쓰지는 쌀쌀맞아’라는 말도 많이 들었다. 소년 시절에 한동안 이유를 진지하게 고민해 본 적이 있었는데, 결국 그들은 ‘친절하다’, ‘신사적이다’와 ‘남을 배려할 줄 안다’를 혼동한다는 것을 깨달았다.

나는 매너를 존중하는 사람이었다. 그러는 편이 만사가 순탄하게 풀린다는 것을 어린 마음에도 실감했기 때문이다. 자기 할 일을 똑바로 하면 주위로부터 신뢰를 얻어 자기가 하고 싶은 일에 도움을 받을 수 있는 가능성이 높아진다. 그렇게 해서 신속하게 목적을 달성할 수 있다는 것을 어렸을 때부터 학습했던 것이다.

그렇기에 기본적으로는 다른 사람에게 친절했다. 무거운 것을 든 아이가 있으면 같이 들어줬고, 바람이 너무 세면 창문을 닫아줬다. 특별히 친절을 베푼다는 의식은 없었다. 그 편이 모두에게 이롭고 합리적이라 생각하기 때문에 실행했을 뿐이다.

하지만 그런 자세를 다른 아이들은 이해할 수 없었던 것 같다. 여자들은 '양동이를 들어주었으니 쓰지는 상냥하다'라 생각하고, 남자들은 '저놈 자식, 혼자 착한 척하고 재수 없다'라 생각한 모양이다.

내가 소위 상냥한 사람이 아니라는 것은 어렸을 때부터 어렴풋이 눈치채고 있었다.

남보다 조금 더 주의가 세세하게 미치는 덕에 '친절한' 사람처럼 보일 수는 있어도 '남을 배려할 줄 아는' 사람은 아니라는 것을 나는 알고 있었다. 교사들에게 '배려'라는 말을 들을 때마다 가슴속에 검은 이물질을 삼킨 듯한 위화감을 느꼈다. 내가 그 말을 나 자신의 것으로 이해하는 일은 평생 없으리라는 확신이 있었다.

그리고 그 확신은 옳았다.

양동이를 들어주고 문을 열어주었으니 '상냥하다'라 하던 여자들은 이윽고 내 정체를 깨달았다. 1학기 초에는 얼굴을 붉히며 나를 보던 아이가 3학기에는 희미하게 경멸 어린 눈빛으로 나를 보게 됐다. 멋대로 착각할 때는 언제고 멋대로 경멸한다. 내 입장에서는 억울하기 짝이 없는 일이었지만 그것도 곧 익숙해졌다. 어차피 나는 '남을 배려할 줄 모르는' 사람이니 어쩔 수 없다. 세상에는 진짜로 성격이 좋고 남에게 자연스레 친절을 베풀 수 있는 사람이 있다. 훌륭한 사람이라 생각하고 남들에게 칭찬받아 마땅하다고 생각한다. 그건 매우 훌륭한 일이고, 그런 사람만 있다면 좀 더 좋은 세상이 될 것이라고는 생각한다. 하지만 나는 '남을 배려할 줄 아는' 사람인 척할 생각은 털끝만큼도 없었다. 쓸데없는 노력은 하지 않는 주의다.

그런데 중학교 후반 정도가 되자 형세가 달라졌다.

또다시 여자들이 접근하기 시작했다. 이 정도 나이가 되면 어렸을 때와는 반대로 다소 차가운 이미지가 이성에게 매력으로 작용하는 모양이다. 그 무렵에는 나도 조금은 똑똑해졌는지, '친절하고 신사적'의 비율을 낮게 잡았다. 대부분은 무관심과 무뚝뚝함을 가장하다가 아주 가끔 신사적인 행동을 보인다. 그러는 편이 다른 사람의 평가가 훨씬 높아진다는 사실을 발견해서다. '신사적이지만 실은 쌀쌀맞다'보다는 '평소에는 무뚝뚝한데 실은 친절하다' 쪽이 훨씬 인상이 좋다. 당연히 남에게 좋은 평가를 받는 편이 인생을 훨씬 수월하게 살 수 있다. 그에 맛을 들인 나는 앞으로 이 비율로 살기로 작정했다.

'상냥하다'라는 말만큼 모호하고 오만한 말은 없다. 끈적끈적하고 주관적인 가치를 일방적으로 상대방에게 강요하는 말이다. 세상에 범람하는 '지구에 상냥하게'라는 말의 추잡함을 생각하면 알 수 있을 것이다. 요새는 '상냥하시네요'라는 말을 들으면 이 자식 무슨 정신 나간 소리를 하나 싶어 상대방에게 멸시에 가까운 감정마저 느낄 때가 있다.

하지만 역시 마키오는 상냥한 사람이라고 생각해.

이런 이야기를 남에게 자세하게 한 적은 없지만 그 비슷한 말을 얼핏 흘린 적이 있었다. 그때 리에코는 이렇게 대답했다. 나는 코웃음을 쳤다.

왜.

리에코는 담담하게 대답했다.

자기를 상냥하다고 생각하는 사람보다는 자기가 상냥하지 않다는 걸 아는 사람이 훨씬 상냥하다고 생각해.

다소 패러독스 같은 답이었지만 나는 납득했다. 그런데 리에코는 이어서 이렇게도 말했다.

가끔씩 굉장히 잔인하긴 하지만.

잘 들리지 않을 정도로 작은 목소리였다.

내가?

되묻자 리에코는 살짝 웃었다. 긍정이라고도, 부정이라고도 볼 수 있는 웃음이었다.

속이 빤히 들여다보이는 빈말은 안 하는 게 네 좋은 점이지만, 그래도 역시 속이 빤히 들여다보이는 위로를 받고 싶을 때도 있거든.

그 말을 듣고 그녀에게 강한 환멸을 느낀 것을 기억한다. 지금이라면 그녀의 말을 이해할 수 있지만 당시 나는 그녀의 약한 모습을 보고 싶지 않았다.

내가 좋아하는 리에코는 그런 말을 할 여자가 아니다.

명확한 개념은 아니었지만 그런 위화감이 그때 마음속에 숨어들었다.

모순이었다. 그녀는 나를 한 남자로, 자신의 파트너로 인정했기 때문에 자신의 약점을 보이는 것이다. 그러나 나는 그녀의 유일한 남자이고 싶으면서도 그녀가 나 아닌 다른 남자를 대할 때처럼 항상 의연하기를 원했다.

그 두 가지가 양립되지 않는 것에 나는 차츰 짜증과 당혹감을 느끼고 있었다.

그녀는 고등학교 때부터 차분해서, 남자들에게 두 살 연상의 누나를 대하는 듯한 감정을 품게 하는 여자였다. 성가시게 잔소리는 하지 않지만 동생의 소행은 확실하게 파악하고 있다. 청초하고, 여자답고, 좋은 냄새가 나고, '엄마한테는 비밀로 해줄게'라고 하면서 몰래 뒷문을 열어놔 줄 것 같은 누나. 모두 그녀에게 세속적인 연애 감정이 아닌, 일종의 신격화에 가까운 동경을 품고 있었다. 나도 그녀의 그런 점에 매료된 사람 중 하나였다.

그러나 당연한 일이지만 실제로 사귄다는 것은 곧 동경하던 대상이 자신이 있는 곳까지 내려온다는 뜻이다. 그것은 근사한 체험이지만 동시에 환멸이기도 하다.

사람에 따라서는, 상대방이 자신과 같은 눈높이에 서는 것을 환영해 마땅한 사태로 생각하며 상대방이 자기 것이 됐다는 만족감을 느끼는 이도 있을 것이다. 그러나 내 경우는 환멸이 더 컸다.

그녀 입장에서 보자면 더없이 자기 본위적이고 불쾌한 주장일 것이다. 그래도 그게 내 본심이었다.

하지만 신사적이지 않다는 것은 이야기가 다르다.

나는 천박하고 난폭한 사람은 아니거니와 그런 사람만큼은 되고 싶지 않았다. 그렇다면 함께 살기 싫어졌다는 이유로 처자식을 버린 남자가 천박하고 난폭하지 않느냐는 의문도 들지만, 좌우지간 폭력을 휘두르거나 위협하지는 않았다.

여전히 기억을 더듬으면서 걷다 보니 빗소리에 섞여 명백히 다른 물소리가 들리기 시작했다.

계곡의 물소리다. 가까이에 계류가 있나 보다.

숲이 끝나면서 앞쪽이 밝아졌다. 정비된 포장길과 다리가 보인다. 계곡 양옆이 포장된 산책로인 모양이다.

비가 내리는데도 숲 밖이 밝게 느껴져서 놀랐다. 지금까지 숲의 분위기에 흠뻑 젖어 있었던 탓에 꿈을 꾸다 깨어난 기분이었다.

물살이 빨라 가파른 비탈면에서 거품이 하얗게 이는 게 보였다.

"오오, 대단한걸. 도마 같다."

맨 먼저 숲을 빠져나간 아키히코가 환성을 질렀다.

그 말의 의미는 바로 알았다.

거대한 직육면체 모양 바위가 V자로 깎여 그곳이 물길이 되어 있었다. 돌로 된 홈통 속을 물이 하얗게 흘러내려 오는 모습은 상당히 다이내믹한 광경이었다.

"이거 역시 물 때문에 이렇게 깎인 거겠지?"

"그렇겠지."

후드를 쓰면 견디기 어려울 정도의 비는 아니었다. 모두 다리에 서서 발밑으로 흐르는 급물살을 내려다봤다.

물살에서 벗어난 부분에 바위에 둘러싸인 웅덩이 같은 곳이 있었다. 물이 무섭게 맑아서 바닥이 비취색으로 보였다. 어찌나 맑은지 빨려 들어갈 것만 같다.

넷이서 목을 길게 빼고 물살을 내려다보는데, 문득 산책로 저편에서 걸어오는 사람이 보였다.

“어머, 쟤 아까 그 애 아냐?”

세쓰코가 큰 소리로 말했다.

파란색 아래윗벌. 여전히 리드미컬한 템포로 걸어오는 소년.

기이한 것은 그가 주변 풍경에는 눈도 주지 않고 맹렬한 기세로 걷고 있다는 점이었다.

여행자가 아닌가? 무슨 운동선수라 단순히 워밍업 중일지도 모른다.

아까와는 달리 이번에는 정면에서 오는 것을 구실로 우리는 소년을 빤히 바라봤다.

“꼭 무슨 트레이닝이라도 하는 것 같다, 얘.”

“하이커 같지는 않지?”

“그렇지만 저 큼직한 배낭을 봐라.”

“합숙 중일지도.”

“그럼 왜 혼자 걸어?”

“벌칙 게임이라든지.”

소년은 우리 시선을 깨닫고 예의 바르게 살짝 머리 숙여 인사했다.

하얀 얼굴이 붉게 상기되어 있었다. 아까부터 내내 그런 페이스로 걸었다면 상당한 거리를 걸었을 것이다.

“안녕.”

아키히코가 쾌활하게 손을 들었다.

“안녕하세요.”

소년은 정면에서 우리를 보며 또렷하게 대답했다. 때 묻지 않은 맑은 시선에 민망한 기분이 들었다. 이런 순간에 자신이 나이 들었다는 것을 깨닫게 된다.

"굉장히 빨리 걷네. 여행이야?"

아키히코가 물었다. 소년은 아키히코를 놀란 표정으로 보고 있었다. 아키히코의 미모에 가슴이 두근거리는 것이다. 속 알맹이를 알고 있으면 별로 못 느끼지만, 이럴 때는 내 친구의 외모가 얼마나 눈에 띄는지 다시금 깨닫게 된다.

"네."

소년은 아키히코에게서 시선을 떼지 못한 채 대답했다.

"여행치고는 꼭 조깅하는 것 같은데?"

말을 걸고 싶어서 입이 근질근질했는지 세쓰코가 물었다. 소년은 머리를 긁적였다.

"아, 예. 그게 실은, 대학 조정부에서 원정경기를 겸해서 놀러 왔는데 싸워서요. 전 이쪽으로 가겠다고 와버렸는데, 역시 혼자선 심심하기도 하고 비탈길을 보면 그만 평소 하던 버릇대로 뛰게 되더라고요."

인상이 괜찮은 소년이었다. 확실히 대학생 같으면 이 대자연도 별 감흥이 없을지도 모른다. 젊음과 자연은 나이를 먹을수록 가치를 알게 된다. 양쪽 모두 그 한가운데에 있을 때는 가치를 알지 못한다.

"꽤 미끄러우니까 조심해. 트레킹슈즈가 아니니까 숲엔

안 들어가는 게 좋겠어."

아키히코가 그렇게 말하고 손을 들었다.

"네."

소년은 고개를 꾸벅 숙이고 아쉬운 듯 아키히코의 얼굴을 본 다음 다시 빠른 걸음으로 산책로를 내려갔다.

"유령이 아니었군."

"어쩐 분하네. 저 애, 계속 아키히코만 넋 놓고 쳐다보고 말이지. 예쁜 누나도 있는데."

"어디?"

"역시 넌 좋은 부분이 성격으로 안 가고 죄다 얼굴로 가버렸다니까."

아키히코와 세쓰코가 주고받는 말을 들으며 나도 모르게 웃음을 참았다.

아름다운 외모. 그건 어느 시기의 청소년에게는 큰 위력을 갖는다. 자신의 외모와 다른 사람의 외모가 인생의 전부인 것처럼 생각될 때도 있다. 좀 더 어른이 되면 외모가 반드시 내면과 일치하지는 않는다는 것, 내면이 따르지 않으면 아무리 외모가 근사해도 초라해 보인다는 것을 알게 된다. 또 잘생긴 외모가 곧 행복이 아니라는 것도 알게 되고, 오히려 평범한 사람에게는 비범한 외모 따위 처치 곤란일 뿐이라는 것도 깨닫게 될 것이다.

내게는 아키히코라는 견본이 있었던 터라 특히 마지막

항목에 대해서는 복잡한 심정이었다.

그가 좀 더 거만하거나 둔감한 남자였다면 상황이 조금은 달랐을 것이다. 그랬더라면 아키히코는 은 숟갈을 물고 태어난 남자로서 그저 세상이 모두 자기 것인 양 인생의 봄을 구가하고 있었을 것이다. 그러나 겉 포장과는 달리 그는 소박하고 섬세한 성품이었던 탓에 계속해서 본의 아닌 간섭을 받고 살아야 했다. 시오리가 그렇게 집착했던 것도 그가 탁월하게 아름다웠기 때문이다. 다만 내 생각에 그 소박한 내면이 오히려 그를 아름답게 보이게 한 것 같다. 내면의 저속함은 얼굴에 여실히 드러난다. 그가 비열하고 거만한 남자였다면 이 나이가 되어서까지 이렇게 아름다운 얼굴을 유지하지는 못했을 것이다.

아키히코가 자기 약혼자를 소개했을 때 이 두 사람은 동류라는 생각이 들었다.

그녀도 모두 눈을 휘둥그레 뜰 만큼 기품 있는 외모의 여자였다. 그러나 그 외모는 물리학자라는 직업을 선택한 그녀에게 분명 그리 마음 편한 게 아니었을 것이다. 그녀는 자신의 외모를 팔자라고 체념하는 듯한 분위기가 있었다.

연구자의 세계는 혹독하다. 보수적이고 폐쇄적인 남자 중심 사회. 그녀가 아무리 우수한 연구자라 해도 얼마나 많은 근거 없는 비방과 중상을 받을지 상상이 되고도 남는다. 우수하고 아름다운 여자에게 남자가 보이는 비열함은 같은 남자가 봐도 구역질이 날 정도다. 조금만 애교 있게 대하면 상사나 거래처와 잠자리를 같이한다고 수군거리고, 진지하게 일하면 거미줄 쳤을 것이라며 멸시한다. 그녀가 그런 종류의 잡음을 필사적으로 차단하면서 상당한 경력을 쌓아왔을 것을 생각하면 가여운 생각마저 든다.

결혼으로 두 사람은 뭣보다도 동지를 얻어 안심한 것처럼 보였다.

두 사람은 같은 적을 가졌고, 같은 아픔을 경험해 왔다. 그 두 사람은 잘해나갈 수 있을 것이다.

아키히코를 흘깃 봤다.

결혼한 이래로 그는 더욱 표정이 좋아졌다. 전에는 없던 온화함이 생긴 것 같다.

그의 얼굴을 빤히 보던 소년은 돌아가서 친구에게 뭐라고 보고할까?

자연히 다리 위에서 짧은 휴식을 취하게 됐다. 돌연히 담배 생각이 나 셔츠 주머니를 더듬었다.

담배를 입에 문 순간, 왜 그런지 멀어지는 소년의 뒷모습이 눈앞에 떠올랐다.

파란 아래윗벌을 입은 잔상.

길 저편에서 온 소년. 그건 내가 잘 아는 누군가. 그리고 별로 만나고 싶지 않은 누군가.

나는 반사적으로 뒤를 돌아봤다.

파란 아래윗벌을 입은 소년이 이쪽을 등진 채 비 내리는 산책로에 우두커니 서 있었다.

그 모습을 보는 사람은 나 하나뿐이었다. 다른 세 사람은 시끌시끌하게 무슨 이야기인가를 하고 있다.

누구냐? 넌 누구냐?

나는 마음속으로 그 뒷모습에 말을 걸었다.

소년이 천천히 이쪽을 돌아봤다.

파란 후드 속에서 긴 머리털이 튀어나왔다.

여자?

후드가 벗겨지더니 긴 생머리가 쏟아졌다.

시오리? 시오리가 어째서 이런 곳에?

머리털이 살랑 흔들렸다.

여자가 슬로모션으로 이쪽을 돌아봤다.

살빛이 하얗고 날씬한 아름다운 여자. 사람을 꿰뚫어 볼 것처럼 날카로운 눈동자. 딱딱한 표정.

마음속으로 앗 하고 소리쳤다.

가지와라 유리.

그녀는 산책로 한가운데에서 이쪽을 잠자코 쳐다보고 있었다.

아무 말도 하지 않았다. 그저 그 강한 눈동자로 잠자코 나를 볼 뿐.

그래, 너였냐.

20미터쯤 거리를 사이에 두고 우리는 무표정하게 서로를 응시했다.

너였냐.

가슴속에서 석연치 않던 뭔가가 눈 녹듯 사라져 버린 기분이었다.

잠시 눈길을 떼고 물고 있던 담배에 불을 붙였다.

다음 순간 고개를 들자 그곳에는 아무도 없었다.

빗방울 떨어지는 포장길이 이어져 있을 뿐.

"마키오, 뭐 해? 그만 가자니까."

세쓰코의 목소리에 "응" 하고 건성으로 대답한 뒤, 나는 다시 한번 아무도 없는 포장길을 돌아봤다.

초목의 파노라마는 끝이 없었다.

걸어도, 걸어도 새로운 페이지가 이어졌다.

참신하고 무궁무진한 자연의 디자인. 계곡을 벗어나 숲 안쪽으로 들어간 우리 앞에 한층 요염함을 더한 초록 어둠이 펼쳐졌다.

비는 계속해서 내리고 있었다. 쏴쏴 하는 부드러운 소리가 숲의 낮은 반주처럼 귀에 스며들었다.

숲에는 뭔가가 숨어 있다. 찾아오는 사람을 불시에 기습하려 가만히 숨죽이며 웅크리고 있다. 아무 생각 없이 찾아오는 방문자의 얼굴을 굳어지게 하려고 회심의 미소를 띠며 기다리고 있다.

숲속에는 무수한 얼굴이 보인다. 세쓰코가 돼지와 닥스훈트의 얼굴을 발견한 것처럼 발을 들여놓은 자는 그곳에서 과거의 환영을 본다.

내 눈에는 뭐가 보일까. 아, 저기 내 아이들의 시체가 있다. 맞은편 나무 그늘에는 내 옆자리에 앉으려는 결혼 전의 마나미가 보인다. 저기 저쪽 쓰러진 나무 반대편에서 손짓하는 것은 시오리?

그리고 저 안쪽에 있는 커다란 나무, 그 텅 빈 구멍 안에서 무릎을 끌어안고 있는 것은…….

여자들의 숨소리가 들려오는 것 같았다.

여자들의 한숨, 중얼거림, 한탄, 저주가 숲속에 소용돌이치고 있어 숨이 막힐 것 같다. 시오리가 쓰던 향수 냄새가 난 듯해서 나도 모르게 주위를 둘러봤다.

시오리를 처음 만났을 때가 생각났다.

아키히코는 어딘지 모르게 서먹한 표정으로 그녀를 소개했다. 그녀가 나를 건드리지 않을까 내심 불안했을 것이다.

나는 깜짝 놀랐다. 그녀와 아키히코가 너무나도 똑같이 생겼기 때문이다. 그리고 그렇게 똑같이 생겼는데도 인상이 전혀 달라서도 놀랐다.

아키히코가 일종의 결벽성을 느끼게 하는 데 비해 시오리는 너무나도 요염했다. 하지만 근저에 기품과 지성이 존재하는 점은 두 사람이 같았다.

시오리는 냉랭하게 인사하고 무관심한 눈빛으로 흘깃 본 뒤 방에서 나갔다.

아키히코는 안도의 표정을 감추지 않았다. 내가 그녀 마음에 들지 않았다고 생각한 것이다.

닮았구나, 너랑 너희 누나.

나는 솔직하게 감탄하며 천진하게 그녀의 미모에 찬사를 보냈다. 시오리를 본 젊은 남자에 어울리는 반응을 보이려 한 것이었다.

아키히코의 뭐라 말할 수 없는 복잡한 표정이 생각난다.

그러나 그때 이미 나는 확신이 있었다. 내가 가까운 장래에 그녀와 관계를 갖게 될 것이라는. 그리고 그 관계가 꽤 오래 지속될 것이라는.

나중에 들은 이야기로는 시오리도 그렇게 생각했던 모양이다.

왜냐하면 우리는 동류이기 때문이다. 그녀와 처음 눈이 마주친 순간, 우리는 동류라는 것을 알았다. 우리가 똑같은 인간쓰레기라는 것을.

시오리가 아키히코의 가방에서 수첩을 몰래 꺼내 내 전화번호를 알아내고 전화를 건 것은 그로부터 일주일 뒤였다.

수화기에서 흘러나오는 그녀의 목소리를 들었을 때, 나는 조금도 놀라지 않았다. 수화기를 내려놓고 나서 당연한 일처럼 그녀를 만나러 나갔다.

자기혐오는 하지 않기로 했다.

먹고사는 데 도움이 되지도 않고 시간 낭비이기 때문이다.

그래도 1년에 몇 번은 자기혐오 쪽에서 멋대로 나를 찾아온다.

그쪽에서 안 올 거면 이쪽에서 가주마.

그렇게 중얼거리면서 거침없이 사다리를 타고 올라와 내 안에 털썩 주저앉는다.

이런 여행 중에 그 녀석이 찾아올 줄은 몰랐던 터라 나는 곤혹했다.

이거 봐, 지금 한창 즐거운 여행 중이라고. 하필 이럴 때 올 건 없잖아.

내가 불평하자 그 녀석은 비웃었다.

그러셔? 너 요새 들어 점점 더 나를 안 불러주더라. 슬슬 내가 출동하지 않으면 안 되겠다 싶더라고. 야, 너 이대로 가면 곤란하다.

아닌 게 아니라 나는 그것을 자기혐오라 한다는 것조차 반쯤은 잊고 있었다. 하지만 그래서 뭐가 곤란하다는 건가? 나는 내가 한 일을 후회한 적이 없거니와 앞으로도 아마 하지 않을 것이다.

그럼 그 여자는 어떻지? 지금은 이미 이 세상에 없는 그 여자는?

목소리는 묘하게 부드러운 목소리로 속삭였다. 나를 치근 치근 괴롭힐 작정이다.

야, 나도 이번만은 놀랐다. 너도 참, 어떻게 그렇게 그 여 자를 까맣게 잊었냐. 하여튼 신기하지. 신사답지 않은 행동!

그 여자의 얼굴을 때린 네가 막돼먹지도 않았고 난폭하 지도 않다고 큰소리치다니 웃긴다, 웃겨.

그건 그렇군.

내가 순순히 인정하자 목소리는 놀란 듯했다.

나는 인간쓰레기인 데다가 막돼먹고 난폭한 남자였군. 드 디어 알았어. 이제 됐지? 자, 납득했으니까 얼른 가. 좀처럼 하기 힘든 삼림욕을 하는 중이야.

흥, 그렇게 얼버무리면 통할 줄 알고? 난 그래가지고는 안 간다.

목소리는 금세 태세를 바로잡고 침착한 말투로 말했다.

뭐라고? 그 이상 더 무슨 이야기를 하고 싶은데? 네 녀석 의 쇼 타임은 끝났어. 별 대단한 소재도 없는 주제에.

아니지. 이것만큼은 분명하게 인정해 주셔야지. 네놈은 인간쓰레기인 데다가 막돼먹고 난폭한 남자가 아니야. 네놈 은 인간쓰레기인 데다가 살인자야. 엄청난 차이잖아?

살인자? 내가 왜?

왜 시치미를 떼고 그러실까? 네가 그 여자를 죽였잖아.

나는 화가 났다.

웃기지 마. 네 차례가 왔다고 그렇게 튀고 싶은 거야? 난 그 여자 얼굴을 때리긴 했어도 죽이지는 않았어.

그건 내 본심이었다. 목소리가 말한 대로다. 인간쓰레기와 살인자는 전혀 다르다. 하지도 않은 살인까지 규탄당할 생각은 없었다.

호, 과연 그럴까.

목소리는 메마른 어조로 대답했다. 나는 그 어조에 작은 불안을 느꼈다.

그것 봐, 불안하지? 그게 바로 네놈이 거짓말을 한다는 증거야.

아니, 난 결백해.

나는 완강하게 주장했다.

글쎄, 어떨까. 한번 천천히 생각해 봐. 그러기 위한 즐거운 여행이잖냐? 분명히 아키히코도 처음에 말했지. 우리는 과거를 되찾기 위해 여행한다. 과거에야말로 진짜 미스터리가 있다. 십수 년 전의 시간과 자기 자신을 환기시켜 주는 멤버, 보다 깊은 사색을 하는 데에 안성맞춤인, 속세와 단절된 목적지. 여기서 천천히 과거의 죄를 생각해 내기 위해서 네놈은 여기에 온 거 아니냐?

닥쳐.

마침내 인내심이 바닥난 나는 녀석을 쫓아버렸다.

녀석은 일어나 민첩한 몸놀림으로 사다리를 내려가기 시작했다.

천천히 생각해 봐. 시간은 아직 충분히 있으니까.

그런 말을 남기고 녀석은 내 안에서 사라져 버렸다.

이상한 공간이었다.

빠끔하게 열린, 작은 광장 같은 공간이 길 끝에 있었다. 굵직한 나무들이 둘러서 있고 쓰러진 나무들이 벽을 만들어 마치 허술하게 차단된 방 같았다.

우리는 빨려들듯 그 공간에 가까이 다가갔다.

왜 그런지 그곳만 따사롭고 밝은 것 같은, 특별한 느낌이 드는 장소였다.

넷이서 그곳에 이르러 한숨을 돌렸다.

"오늘 골인지점은 여기로 하자. 날씨가 좋아질 성싶지 않으니까 해도 빨리 질 테고. 천천히 가도 4시 정도면 차 있는 데로 돌아갈 수 있을 거다. 내일은 날이 밝기 전에 출발하니까 일찍 쉬고."

아키히코가 그렇게 선언했다. 물론 다른 사람들에게 이의가 있을 리 없다.

어제는 이곳저곳 다양하게 많이 다녔지만 오늘 숲을 산책한 몇 시간 쪽이 훨씬 밀도가 높았던 것 같다. 숲의 독기에 치였다고 해도 될 듯했다.

여자들도 왠지 모르게 피곤해 보였다.

"내일은 드디어 J삼나무랑 삼고의 벚나무겠네. 과연 올라갈 수 있을까?"

리에코가 걱정스레 중얼거렸다.

"오늘 힘들었냐?"

아키히코가 팔짱을 끼고 물었다. 리에코는 잠시 생각하다가 대답했다.

"아니, 힘들다고 할 정도는 아닌 것 같아."

"그럼 괜찮아. 힘든 부분은 마지막 한 시간 정도고, 대부분은 걷기 쉬운 임업 도로니까."

"난 과연 벚나무를 볼 수 있을지 그게 궁금하다, 얘."

세쓰코가 어깨를 주무르며 말했다.

"오, J삼나무까지는 자신 있으시다 이거지? 믿음직스러운데."

아키히코가 손뼉을 딱 치며 히죽거렸다.

"그런 게 아냐. J삼나무는 분명히 있는 걸 알지만, 벚나무는 마음에 켕기는 게 있는 사람한테는 안 보인다며? 나한테만 안 보이면 아니꼽잖니. 하긴 이 멤버들 같으면 그런 일은 없겠지만."

"너 그거 무슨 뜻이냐?"

아키히코가 세쓰코를 노려봤다.

"다 같이 보이면 좋겠지만 다 같이 안 보이면 진짜 한심하겠다. 하하하."

세쓰코는 자기가 말해놓고 웃었다.

"그 벚나무 진짜 있을까?"

리에코는 벚나무의 존재 자체에 회의적이었다. 나도 굳이 따지자면 그냥 전설일 뿐 실체는 없지 않을까 생각하고 있었다.

아키히코는 자신만만하게 가슴을 폈다.

"있어. 대학 선배들 중에서 봤다는 사람이 여러 명 있었는데. J삼나무보다 좀 더 들어간 데에 있다는 것 같더라. 켕기는 게 있는 사람 운운하는 건 갔을 때가 마침 꽃이 안 피었을 시기였다는 뜻이겠지. 1년에 세 번이나 꽃이 피니까 하필 안 피는 시기에 가다니 재수가 없다 정도의 뜻이 아닐까 하는데. 벚나무는 꽃이 없으면 수수하고 눈에도 안 띄잖냐."

"봄이랑 가을이랑 겨울에 핀다고 했지? 가을 겨울은 범위가 너무 넓은데. 몇 월쯤 피는지는 모르는 거야?"

단호하게 말하는 아키히코에게 리에코가 물었다.

"그건 모르겠어. 기후에 따라서 조금씩 시기가 달라진다는 것 같더라. 한 번에 피는 꽃의 양도 제각각인 모양이고."

"그럼 봄에 필 때처럼 한꺼번에 확 피는 게 아냐?"

세쓰코가 불만스레 물었다.

"아마도."

"애개. 그렇게 활짝 핀 벚꽃을 상상했더니."

"뭐, 직접 보고 확인하셔."

"내일은 맑을까?"

"오늘 밤부터 갠다더라."

"다행이다. 하지만 오늘 같은 날씨도 재미있던데. 어제랑은 다른 숲의 표정을 볼 수 있었다고 할까, 굉장히 신비적이었어."

세쓰코는 아까 하나 남겨둔 주먹밥을 꺼내 천천히 먹기 시작했다. 왜 그런지 그 모습에서 볼주머니에 음식을 저장해두고 부지런히 먹는 다람쥐가 연상됐다.

나는 어느새 세쓰코를 가만히 관찰하고 있었다.

그녀는 그날 밤, 나와 유리를 본 것이다. 대학을 졸업한 그해 봄, 단둘이 있던 나와 유리를.

세쓰코는 어디까지 알고 있을까? 우리 이야기를 들었을까?

나 마키오가 그렇게 무서운 표정 짓는 거 처음 봤어.

애개, 뭐야, 그렇게 깨끗하게 잊어버린 걸 보면 별 이야기 아니었구나.

세쓰코의 목소리가 뇌리에 되살아난다.

아니, 그녀는 우리 이야기까지는 듣지 못했다. 내 표정을 보고, 내가 유리를 때리는 장면을 먼발치에서 봤을 뿐이다. 그래서 그런 식으로 말한 것이다. '무서운 표정을 지었다'라고. 이야기 내용까지 들었더라면 '무서웠다'라 대답했을 것이다.

그녀를 가만히 바라보고 있으려니 점점 묘한 기분이 들었다.

아까는 내가 그녀에 관해 거의 아무것도 아는 게 없다는 사실에 아연했는데, 이번에는 어쩌면 이 여자는 내가 지금까지 세쓰코라고 상상했던 사람과 전혀 다른 사람이지 않을까 하는 생각이 들기 시작했다.

리에코는 전에 사귀던 애인이고, 아키히코는 대학 때부터 사귄 친한 친구다. 두 사람에 관해서는 웬만큼 파악했다 생각해도 자만이 아닐 것이다.

하지만 세쓰코 같은 위치는 미묘하다. 깊이 알지 않아도 친구로 지낼 수 있고, 그녀 같은 성격이면 더욱 쉽사리 친구로 지낼 수 있다. '있으면 즐거운 친구'라는 관계는 '없어도 문제는 없다'라는 관계이기도 하다.

생각해 보면 이 세 사람 중 내가 가장 오래 알고 지낸 사람은 세쓰코다. 그녀와는 한동네에 살면서 유치원부터 시작해 내내 같은 학교를 다녔으니까. 어머니들은 비교적 교류가 있었던 것 같다. 게다가 중3 때는 같은 반이었다.

그녀는 당시 이미 지금 같은 성격으로(어둡고 소심한 소녀 시절은 이미 끝난 뒤였나 보다), 누구에게나 호감을 주었다. 팔방미인은 아닌데 누구와도 똑같은 거리를 두며 균형을 유지했다는 기억이 있다. 누구에게 물어도 서글서글하고 재미있는 애라는 답이 돌아온다는 것은 그녀가 흔치 않은 평형감각의 소유자라는 뜻이다.

똑같이 '서글서글하고 재미있는 애'라 말해도 의미하는 바는 사람마다 차원이 다를 것이다. 세쓰코는 각각의 상대방이 '이 애는 서글서글하고 재미있다'라 생각할 여자가 될 수 있다.

그녀는 중학교 때부터 내내 테니스부에 있었고, 고등학교 때도 같은 부 남학생과 사귀었다고 알고 있다. 이목구비가 또렷또렷한 미인에 성격도 밝았으니 인기는 있었을 것이다. 그러나 나는 그녀가 연애 대상으로 생각되지 않았다. 그녀는 당시 사귀던 상대와도 '친구 같은 부부'라는 느낌이었다. 세쓰코는 너무나도 건전했던 것이다.

고등학교 때 형제처럼 친하게 지냈던 남자들과도 지금은 완전히 소원해졌건만, 세쓰코와는 특별히 친하지도 않은데 이러니저러니 하면서 관계가 지속된 것을 생각하면 신기하다.

그리고 지금 그녀는 눈앞에서 주먹밥을 먹고 있다.

무심하게 입을 오물오물하는 모습을 보니 웃음이 났다.

지금 이렇게 보면 그녀는 우리 셋과도 균등하게 거리를 두고 있다. 누구에게도 지나치게 가까이 접근하지 않는다. 누구와도 똑같은 정도로 친구다. 리에코와는 대학에 들어와서부터 친하게 지내게 됐다는데, 그때도 가까운 친구라 할 만큼 늘 함께 붙어 다닌다는 인상은 없었다. 생각해 보면 그녀는 언제나 친구들 가운데 있었지만, 어디에 가든 꼭 함께

다니는 그런 친구는 없었던 것 같다.

이상한 여자다. 모두 세쓰코에게 편하게 마음을 열지만 어쩌면 그녀는 아무에게도 마음을 열지 않는지도 모른다. 자기 정체를 드러내지 않는지도 모른다.

어쩌면 이 중에서 누구보다도 똑똑한 어른은 세쓰코일지도 모른다.

거기까지 생각했을 때 세쓰코가 갓난아기처럼 꺽 트림을 하기에 좀 지나치게 과대평가를 한 것 같다고 반성했다.

"미안."

다들 쓴웃음을 짓는 것을 보고 세쓰코가 입을 가렸다.

"어이구야, 너 설마 북유럽 임원하고 회식할 때도 그렇게 요란하게 트림하지는 않았겠지?"

"설마. 너희들 앞이니까 그러지. 그쪽에선 먹을 때 쩝쩝 소리 내는 사람이랑 트림하는 사람은 인간 취급을 못 받잖아."

"일단 알고는 있는가 보군."

"아키히코, 뭔가 마음에 촉촉하게 스며드는 이야기 좀 해 봐. 모처럼 반환점까지 왔는데."

세쓰코는 생수가 든 페트병에 입을 댔다.

"마음에 촉촉하게 스며드는 이야기라. 찬송가라도 불러 주랴?"

"레드 제플린이 아니고?"

"아키히코네 학교, 기독교계였니?"

리에코가 물었다. 아키히코는 고개를 끄덕였다.

"유치원부터 고등학교까지."

"그럼 하늘에 계시는 우리 아버지, 했겠구나."

"암, 했고말고."

"아키히코는 겉모습은 천사 같으니까 기도하고 있으면 꼭 그림 같겠다."

"덕분에 신부가 몇 명이나 갈렸다지."

"뭐?"

"꽤 많거든, 동성애자. 날 보는 눈초리로 대개 알 수 있다. 난 눈치가 빨랐기 때문에 다행히 피해는 안 입었지만."

"가톨릭에서 동성애는 안 되지 않니?"

"안 되니까 하고 싶어지는 건 뭐든 마찬가지 아니냐. 신이 보고 있다는 정신적 압박이 크니까 그만큼 금기를 깨는 쾌락도 커지는 거겠지. 일본처럼 겉으로만 멀쩡하면 뒤에서 무슨 짓을 해도 된다는 것하곤 전혀 이야기가 달라. 신 대對 자기 자신이니까."

"하긴 일본은 원래 성적인 금기가 거의 없지. 불륜이 안 되는 건 사회적으로 죄가 되니까 그런 거고. 사회적으로 체면 깎이는 일에 관해선 엄하지만 그 부분만 어떻게 해결되면 뭐든 오케이잖아."

"하지만 그쪽엔 고해 시스템이라는 게 있잖아. 신이시여, 저는 죄를 지었습니다, 하고 회개하면 죄다 용서받는 거 아냐?"

세쓰코가 끼어들었다.

"그야 그렇지만 역시 절대적인 신한테 자진신고를 해야 하는 거잖냐. 모른 척 시치미 떼는 일본하곤 비교가 안 돼. 사회는 사회지, 신이 아니야."

"일본에서도 '해님이 보고 계신다'라고 하잖아."

"그건 서민층에서 생겨난 윤리 규범이고, 애니미즘에 가깝지 않겠냐."

"그럼 신은 어디서 생겨났는데? 일단 교조敎祖가 있다곤 하지만 교조를 발생시킨 건 서민이잖아? 결국은 서민층에서 생겨난 거 아니니?"

오랜만에 학술적인 화제가 나왔기에 흥미롭게 듣고 있었다. 평소 예정조화적인 대화만 듣고 사는 터라 다들 마음 내키는 대로 하는 이야기가 기분 좋았다. 그러고 보니 이런 대화도 있었지, 하고 다시금 생각한다.

"난 솔직히 신은 없다고 생각하는데도 아까 이 숲속을 걷고 있을 땐 신의 존재가 느껴지더라."

리에코가 중얼거렸다. 그녀가 이런 말을 할 줄은 몰랐다.

아키히코도 조금 뜻밖이라는 표정을 보이더니 씩 웃었다.

"그럼 안 되지, 리에코. 느꼈으면 '오, 신이시여!' 하고 외쳐야지."

리에코가 작게 웃었다.

"너희는 안 느껴졌어? 미리 말해두는데 나 사차원 아냐."

세쓰코를 보며 동의를 구했다. 세쓰코도 고개를 까딱했다.

"응, 느껴졌어. 신인지 아닌지는 모르지만 그렇게 말할 수밖에 없는, 어떤 커다란 존재였어."

두 사람이 하는 말의 의미는 알지만, 나나 아키히코는 좀처럼 입 밖에 내서 인정하기 어려운 문제다. 여자는 장소나 분위기에 공명하기를 거부하지 않지만, 남자는 굳이 따지자면 그것을 거부하는 버릇이 들었다.

확실히 이곳에는 뭔가가 살고 있다. 그 녀석은 지금도 우리 대화를 가만히 귀 기울여 듣고 있다. 그 녀석의 존재를 느낀다는 것을 들키지 않기 위해 나와 아키히코는 입 다물고 있다.

"한때 삼나무 채벌 때문에 임업 도로까지 닦았지만 옛날엔 다들 무서워해서 절대로 산속 나무를 베지 않았다더군. 산신이 벌을 내린다고."

아키히코는 담배를 꺼냈다. 이번에는 나도 동참했다.

"그런데 어떤 스님이 나무를 베서 섬사람들 생활에 보탬이 된다면 산신도 노하지 않을 거라고 설득해서 나무를 베게 했다더라."

"스님이 환경파괴에 앞장선 거네."

"당시엔 그런 감각이 없었겠지. 나무는 귀중한 현금 수입원이었을 테고. 교토나 나라까지 운반해서 사원 건립에 썼다던데. 바꿔 말하면 그 정도로 당시 섬사람들 생활이 어려웠다는 뜻이겠지. 스님이 보다 못해 사람들을 구하기 위해서 나무를 베게 한 거야.”

“실제로 눈앞에 이렇게 우뚝 선 나무를 보면 역시 베기 어려울 것 같지 않니? 자, 이 나무를 톱질해라, 하면 나 같아도 싫다고 하겠어.”

“박력이 넘치지.”

우리를 에워싼 나무들을 올려다봤다.

나는 잠자코 있다. 내가 그 녀석 존재를 눈치채고 있다는 것을 들키지 않기 위해.

내 과거의 죄를 그 녀석이 절대 모르도록.

죄란 뭘까. 남에게 알리고 싶지 않다고 생각할 때부터 그건 죄가 되는 게 아닐까. 남들에게 알려져도 상관없다면 그건 딱히 죄가 아니지 않을까.

“난 신이라는 건 습관이라고 생각해.”

아키히코가 가지 끄트머리를 올려다보며 중얼거렸다.

“습관이라니?”

세쓰코가 설명해 달라는 듯 아키히코를 쳐다봤다.

아키히코는 어깨를 살짝 으쓱했다.

“습관은 습관이야. 배우고 날마다 접하면서 비로소 몸에 익어. 어느 날 갑자기 할 수 있게 된다든지, 처음부터 할 수 있다든지 그런 게 아냐. 그 때문에 서양 사람들도 어렸을 때부터 끈질기게 각인을 계속하는 거야. 신은 습관 안에만 존재할 수 있다는 걸 아니까. 뒤집어 말하면 습관이라도 들이지 않으면 신의 존재 같은 걸 믿을 수 없겠지. 사람은 쉽게 싫증 내고 쉽게 잊는 동물이니까."

아키히코는 담배를 한 모금 빨더니 연기를 후 내뱉었다.

"그렇기 때문에 날마다 여기를 다니던 섬사람들은 산신을 믿었지만, 외부에서 와서 처음 여기에 들어온 녀석은 그런 존재를 안 믿어. 그 녀석한테 여기는 습관이 아니니까."

"알 듯 말 듯 아리송한걸."

세쓰코가 정직하게 고개를 갸우뚱했다.

"뭐, 유치원부터 고등학교까지 종교계 학교에 다닌 내 개인적인 의견이다."

"그럼 아키히코는 그런 환경에 있으면서 신을 믿게 된 거니?"

"그럴 리 있냐. 매일 예배당에서 한 발자국만 나오면 까먹고, 고등학교를 졸업한 순간 다 까먹었다. 집에 가면 불단과 위패의 세계 아니냐. 생활에 밀착되지 않은 종교는 액세서리도 못 되더라. 그런 경험을 한 사람으로서의 감상."

마나미와 결혼하기 전 몇 번 교회에 끌려갔던 일이 생각났다.

마나미는 꼭 그 교회에서 식을 올리고 싶다고 주장했다. 연예인 커플 여러 쌍이 식을 올린 교회라 터무니없는 액수를 뜯겼다. 우리는 믿지도 않는, 심지어 습관조차 아닌 남의 나라 신에게 생애를 맹세했다.

그 이름 아래 엄청나게 많은 사람들이 피 흘리게 한 신이다. 생각하기 나름으로 우리와 어울렸을지도 모른다.

어이구, 또 그러시네. '우리'가 아니지. '나'지.

나는 마음속으로 혀를 찼다.

생각할 시간이 충분히 있다는 것은 그리 좋은 일만은 아닌 모양이다. 평소 들을 일 없는 쓸데없는 속삭임이 들리는 것은 별로 기분 좋은 일이 아니다.

담배를 깊숙이 빨아들였다가 천천히 내뱉었다.

문득 고개를 들었다가 정면 바로 위쪽에 있는 것에 시선이 못 박혔다.

나뭇가지에 걸린 붉은 벨벳 리본이 나부끼고 있었다.

온몸이 싸늘하게 식어버린 느낌이었다.

붉은 리본.

나는 리본과 나뭇가지를 응시했다.

이윽고 나뭇가지가 하얀 팔이 되더니 리본을 이쪽으로 내미는 해골 같은 손이 됐다.

순간 하얀 벽으로 둘러싸인 방에 서 있다는 착각이 들었다.

하얀 벽, 높다란 창문에서 부드럽게 들이비치는 빛. 청결한 침대.

침대에 누운 유리가 천천히 나를 향해 리본을 내밀었다.

웃기지 마!

시간을 뛰어넘어 그때 느낀 거센 분노가 되살아났다. 온

몸을 떨게 하는 증오, 눈앞이 시뻘게질 듯한 혐오감.

다음 순간, 가지에 걸린 리본은 무슨 표시인 듯한 붉은 비닐 테이프로 변해 있었다. 때 묻은 붉은 테이프가 바람에 팔랑팔랑 흔들렸다.

웃기지 마.

조금 흥분이 가라앉은 뒤 다시 한번 마음속으로 욕설을 내뱉었다.

난 살인자가 아냐. 그 여자가 멋대로 죽은 거야.

목소리를 향해 나는 중얼거렸다.

그러나 나는 지금 처음으로 후회하고 있었다. 그때 내 손으로 죽였어야 했는데. 그랬으면 얼마나 속이 후련했을까.

어느새 숲속에 정적이 돌아와 있었다.

비가 잦아든 모양이다. 어딘지 모르게 공기가 가벼워진 것 같다.

햇빛을 줄곧 보지 않았더니 시간 감각이 흐려졌다.

시간이 몹시 길게 느껴지기도 하고, 고무줄처럼 늘어났다 줄어들었다 하는 것도 같다.

시계와는 무관한 이곳에 있으니 시간이 결코 한 방향으로 흐르지 않는다는 것을 알겠다. 시간은 움직이고 있고, 흔들리고 있다.

그건 동시에 기억이라는 게 얼마나 불확실한지를 보여주

는 일이기도 하다.

기억도 움직이고 있고, 흔들리고 있다.

뇌리에 남은 조그만 잔상. 그게 반드시 진짜 기억인 것은 아니다. 기억은 감정과 분리되기 어렵다. 기억은 감정에 의해 왜곡된다.

여행 첫날 가지와라 유리의 이름이 나온 것은 알고 있었다. 그러나 그건 이름이라는 기호에 불과했고 아무런 느낌도 없었다.

어젯밤, 아키히코가 그 이름을 거론했을 때도 갑작스럽다는 느낌이 들었을 뿐이었다.

네가 죽였냐?

어젯밤은 시오리 일만 머리에 가득했는데 지금 생각하면 이쪽이 더 중요한 말이었다.

네가 죽였냐?

가지와라 유리에 관해 아키히코와 이야기한 적이 있었던가. 리에코와 친했으니 몇 번 화제에 오른 적은 있었을 것이다. 실은 그의 먼 친척이라는 이야기는 들은 것 같지만, 직접 이야기해 본 적은 없는 모양이다.

어째서 아키히코는 나와 가지와라 유리의 관계를 의심하고 있었을까?

늘 나는 교실 뒤쪽에 있으면서 관찰하는 쪽이라 생각한 것은 착각이었을지도 모르겠다. 아무도 나를 보는 사람이 없다는 생각은 잘못이었다.

　비밀주의자라는 말을 종종 듣는다. 사적인 이야기를 거의 하지 않는다고. 딱히 일부러 그러는 것은 아니다. 그저 자기 이야기를 남에게 할 마음이 들지 않을 뿐이다. 사적인 이야기를 누군가에게 하는 데에는 위험이 따르거니와 에너지도 든다. 터놓고 이야기한다는 게 나는 옛날부터 싫었다. 게다가 내 사생활 따위 남에게 이야기할 만큼 대단한 것도 아니다. 끝도 없이 제 이야기만 늘어놓는 사람은 전혀 이해가 되지 않는다. 그게 일종의 재주이자 서비스가 되는 사람도 간혹 존재하지만, 대다수는 타인의 시간을 폭력적으로 빼앗는 데 불과하다.

　상사 중에도 그런 남자가 있다. 이 남자와 대면하는 시간은 그저 고통일 뿐이다. 1분이면 끝날, 우선순위가 낮은 문제를 30분씩 끌 때마다 시간 도둑놈이라고 생각한다. 이 인간에게 그럴 권리가 어디에 있나? 이 인간은 눈앞에 있는 사람은 죄다 자기 청중이라고 생각하나? 나는 지금 이 인간의 토사물 봉지구나 생각하면 불쾌하기 짝이 없다.

　하지만 적당한 정도로 정보를 공개해 두지 않으면 되레 쓸데없는 호기심을 사는 것도 사실이다. 타인의 호기심은 어마어마한 파괴력을 갖는다. 그 때문에 질문을 받으면 순순히 대답하기로 하고 있다. 처자식과 별거 중이고 가까운 시일 내에 이혼한다는 것은 함께 일하는 스태프에게 처음부터 이야기해 두었다. 이쪽이 태연자약하면 다른 사람들의 호기심도 오래가지 않는다.

그리고 지금 기분 좋은 고독을 손에 넣어 아무도 나를 보는 사람이 없다고 안심한 바로 그 순간, 아주 오래전부터 생각했던 것 이상으로 나를 관찰하는 눈이 있었다는 것을 알았다.

아키히코, 세쓰코, 리에코. 세 사람이 단편적으로 나와 유리에 대한 정보를 가지고 있다. 어느 정도의 정보인지는 모른다. 하지만 나와 그녀 사이에 실제로 무슨 일이 있었는지 아는 사람은 없을 것이다.

그건 나 자신도 모르니까.

"아키히코는 UFO 본 적 있니?"

세쓰코가 갑자기 입을 열었다.

"응."

"어머나, 의외네."

"네가 물어놓고 그게 뭐냐. 그러는 넌 있냐?"

"아니. 한 번쯤 보고 싶은데 말이야. 리에코, 넌?"

"나도 없어. 하지만 요새는 별로 이야기 없더라? 유행이 아닌가 봐."

"UFO에도 유행이 있냐?"

"UFO를 목격했다는 증언이 많이 나온 게 60년대 중반 아니었나? 어느 날 갑자기 전 세계에서 급증했잖아. 그러니까 역시 집단 히스테리의 일종이 아닐까 해서.”

“동시성이란 그거?”

“하지만 난 봤다.”

아키히코는 불만스러운 목소리로 말했다.

“혼자?”

“산에 오르다가 넷이서 같이 봤어. 맑게 갠 날 오후였는데, 문득 고개를 들었더니 번쩍번쩍 광택이 나는 금속성 물체가 공중에 정지해 있더라. 다들 입을 딱 벌리고 봤지. 이른바 시가형이었어, 그때 본 건.”

“크기는?”

“글쎄. 워낙 멀었으니까 실제 크기는 모르겠는걸. 그래서 멍청하게 1분쯤 쳐다보고 있었더니 순식간에 어디론가 날아가 버리더라. 그러고 나서 난리가 났지. 넷이서 동시에 봤으니까 저건 분명히 진짜라고.”

“흠. 대체 뭘까, UFO라는 거. 외계 생명체라면 30년씩이나 슬쩍슬쩍 나타나지만 말고 무슨 말이든 좀 하면 좋잖아.”

“요즘 대세는 UFO가 아니라 납치 아니니?”

“아아, 우주인에 의한 유괴 말이지? 〈X파일〉이네.”

“미국에선 임사체험이랑 마찬가지로 무슨 뇌 속 물질의 작용이 아닐까 하는 설이 나왔대.”

“그럼 UFO는 뭐냐?”

아키히코가 불평했다.

"분명히 피로와 정신적인 한계가 보인 환각이었을 거야."

"아냐. 절대 아니다."

"아키히코, 유령은?"

리에코가 정색하고 주장하는 아키히코에게 물었다.

"유령은 본 적 없다."

"나도 없는데."

"나도."

"이래가지곤 괴담은 안 되겠다, 얘. 아, 맞다, 마키오는? 우리 중에서 가장 현실적인 마키오니까 아무리 봐도 초자연 현상 체험은 없을 것 같지만."

세쓰코가 생각났다는 듯 나를 돌아봤다.

"나? UFO는 본 적 없는데."

왜 그런지 그때 문득 심술궂은 기분과 장난치고 싶은 기분이 마음속에서 고개를 들었다.

"하지만 유령은 봤지."

"어머머? 언제?"

다른 두 사람도 뜻밖이라는 표정으로 나를 돌아봤다.

"방금 전에, 그 다리 있는 데서."

"뭐?"

세쓰코의 얼굴이 파랗게 질리는 것을 알 수 있었다.

"설마 그 남자애 이야기는 아니지?"

리에코가 웃으며 물었다.

나는 고개를 흔들었다.

"아냐. 이미 죽은 여자가 산책로에 서서 날 보더라."

갑자기 공기가 묵직해진 것 같았다.

명백히 나는 그 순간 뭔가를 파괴한 것이다.

세 사람이 동시에 멈춰 서기에 나는 어리둥절했다. 고개를 들자 세 사람이 기묘한 표정으로 나를 보고 있었다. 그것도 왜 그런지 세 사람이 모두 흡사한 표정이었다.

"……그거 누구 이야기니?"

리에코가 메마른 목소리로 물었다.

나는 어깨를 으쓱하고 가볍게 아하하 웃었다.

"농담이야. 유령을 본 적 있다고 한번 말해보고 싶었을 뿐이야."

천연덕스럽게 말했지만 파괴된 뭔가의 파편이 한동안 네 사람 사이에서 짤깍짤깍 소리를 내는 듯했다.

하지만 그것도 서서히 지면으로 떨어져 숲속에 녹아들었다.

여자들은 어느새 다시 나지막이 잡담을 시작했다.

숲은 온갖 것을 버리는 곳이기도 하다. 백설공주도, 헨젤과 그레텔도 숲속에 버려졌다.

나는 아까 뭘 부서뜨렸을까? 우리는 뭘 숲속에 버렸을까?

멍하니 숲속 깊은 곳을 바라보는 나 자신을 깨달았다. 마치 버려진 뭔가를 찾는 것처럼.

여자의 아름다움에는 여러 종류가 있는데, 가지와라 유리는 남자를 주눅 들게 하는 타입의 아름다움이었다.

어렸을 때부터 아역배우로 무대에 섰다는 그녀는 비일상의 세계에 살고 있다는 오라를 발산하는 터라, 자존심과 콤플렉스 사이를 오가는 청소년에게는 처음부터 어떻게 해볼 마음조차 먹을 수 없는 머나먼 존재였다.

유리 케이스에 든 것 같은 아름다움이군.

리에코가 처음 그녀를 소개했을 때 그렇게 생각했던 기억이 있다.

무기질의 아름다움. 빈틈이 전혀 없는, 누군가와 공명하지도 않는 날카로운 아름다움.

이런 여자는 어떤 남자를 선택할까.

단순한 호기심으로 그런 생각도 했다.

그녀는 대화도 냉정하고 논리 정연해서 파고들 틈새가 전혀 보이지 않았다. 찻집에 앉아 이야기하는 동안에도 인형 같은 여자의 존재만이 날카롭게 돌출되어 숨 막히는 느낌이었다. 그녀는 총명하고 세세한 곳까지 주의가 미쳤지만 상대방을 긴장하게 했다. 나는 이런 여자는 좋아하지 않았다.

나는 마음이 불편했다. 나와 가지와라 유리 사이에는 기묘한 긴장감이 있었다. 가지와라 유리도 그것을 눈치챘건만, 이상하게도 리에코만은 전혀 눈치채지 못했다.

리에코는 무척 즐거워 보였다. 가지와라 유리를 전폭적으로 신뢰한다는 것을 알 수 있었다. 두 사람은 겉으로만 그런 게 아니라 정말로 사이가 좋아 보였다.

다음 수업이 있어서 그만, 하고 자리에서 일어섰을 때 나는 마음속 깊이 안도했다.

리에코는 '조금만 더 이야기하다 가겠다'며 그녀와 둘이 찻집에 남았다.

가지와라 유리에게 가볍게 고개를 숙이고 먼저 찻집을 나섰을 때, 왜 그런지 해방감이 느껴졌다.

다음 순간, 나는 찻집을 돌아봤다.

시선이 느껴졌던 것이다.

찻집 창가에서 즐겁게 이야기하는 리에코의 모습이 보였다. 그 맞은편에서 가지와라 유리는 나를 보고 있었다.

나는 그녀의 시선에 몸 한구석이 싸늘해지는 것을 느꼈다.

그녀의 시선에 담긴 것은 적의였다.

숲에서 나왔을 때 비는 완전히 그친 다음이었다.

산 위를 구름이 엄청난 기세로 움직이는 게 보인다. 아무리 봐도 싫증 나지 않는 광경이었다. 독창적이고 힘과 속도감이 넘친다. 시시각각 모양을 바꿔가며 산면을 꿈틀꿈틀 기어 고개를 넘는 모습을 넋 놓고 바라봤다.

확실히 날씨는 좋아지고 있었다. 아키히코의 일기예보대로 내일은 맑을 것 같다.

주차장으로 돌아가는 자갈길에 발을 들여놓은 순간, 현실 세계로 돌아왔다는 실감이 들었다. 그러나 몸속에는 숲의 잔향이 감돌아 머리가 좀처럼 현실로 돌아오지 않는다.

숲속에서는 역시 뭔가에 홀려 있었던 것이다.

다리에서 본 여자. 나뭇가지에 감겨 있던 리본.

그 환영도, 아까 한 발언도, 숲의 농간이 틀림없다. 저벅저벅 거칠게 소리 내어 걸으며 나는 비로소 그 발언을 후회하기 시작했다.

내 발언은 세 사람에게 상상했던 것 이상으로 큰 파문을 일으켰다. 그 파문이 오늘 밤 부메랑처럼 되돌아올 것이라는 예감이 있었다. 나는 계기를 제공하고 만 것이다.

하지만 한편으로 자신이 어딘지 모르게 들떠 있다는 것도 눈치챘다. 어젯밤 시오리와의 관계를 아키히코에게 털어놓았을 때 맛본 상쾌한 기분이 가슴속에 되살아났다. 진실은 시시하지만, 고백에는 카타르시스가 있다.

"헉, 이거 뭔 것 좀 봐. 숲에서는 몰랐는데."

세쓰코가 발을 들어 바짓단을 살펴봤다.

그러고 보니 내 바지에도 진흙이 꽤 묻었다. 트레킹슈즈도 진흙으로 변색됐다. 하지만 5시 전에 호텔에 돌아갈 수 있을 테고, 방은 건조하니 빨아두면 밤새 마를 것이다.

주차장에 이르러 젖은 우비를 벗고 잠시 휴식을 취했다.

결국 소년을 제외하면 다른 하이커는 한 사람도 마주치

지 않았다. 그는 친구들과 합류했을까? 지금쯤 화해했을까?

구름이 흘러간다.

먹물을 떨어뜨린 듯한 색의 농도가 잇따라 달라진다.

구름 새로 빛이 반짝 스며든다. 빛의 균열이 구름을 갈라벌린다. 광선이 비스듬히 계속해서 지상에 쏟아진다.

"야곱의 사다리."

어느새 바로 곁에 서 있던 아키히코가 중얼거렸다.

"뭐?"

나는 되물었다.

"저렇게 구름 새로 비치는 빛을 유럽에선 '야곱의 사다리'라고 해."

"저런."

확실히 그 사다리는 신성하고 장엄한 느낌이 들었다. 천상의 세계와 이어진 것 같다.

점차 사다리의 수가 늘더니 이윽고 구름 틈으로 파란 하늘이 내비치기 시작했다.

그 순간, 왜 그런지 목구멍에 몹시 쓴맛이 났다. 가슴이 죄어드는 듯한 무딘 아픔이 온몸을 뒤흔들었다.

뭐지? 이 마음 불편한 충동은 대체 뭐지?

한순간 동요한 나는 이내 충동의 의미를 깨닫고 아연했다.

울고 싶다.

울부짖고 싶다. 두 손으로 얼굴을 가리고 큰 소리로 엉엉 울고 싶다. 그건 그런 충동이었다.

어째서? 어째서 울고 싶지? 그럴 이유는 아무것도 없을 텐데.

나는 식은땀을 흘리면서도 태연함을 가장했다. 간신히 마음속 혼란이 가라앉았다.

"아까는 놀랐다."

아키히코가 앞을 향한 채로 중얼거렸다.

나는 아무 말도 하지 않았다. 조금씩 세력범위를 확장해가는 파란 하늘을 바라봤다.

"네가 먼저 그런 말을 꺼낼 줄은 몰랐다. 이젠 도망 못 쳐."

아키히코는 희미한 웃음을 띠며 곁눈으로 흘깃 봤다.

나는 계속 묵묵부답했다.

"유령의 정체는 오늘 밤 천천히 들어보자고."

아키히코가 단호하게 말했다.

나는 어깨를 으쓱했다.

"유령의 정체는 마른 억새풀이라지."

"글쎄, 그건 어떨까."

아키히코는 세워둔 왜건을 향해 천천히 걷기 시작했다.

가지와라 유리의 적의에 찬 시선을 느낀 이래로, 그녀와 리에코가 함께 있는 장면을 보면 어렴풋이 불쾌감을 느끼게 됐다.

처음 소개를 받은 이래로, 두 사람의 모습이 보이면 늘 움찔했다. 그게 그 시선을 눈치챘을 때 내가 얼마나 큰 충격을 받았는지를 나타냈다. 그 움찔하는 느낌이 싫었고, 나를 발견한 유리가 나를 보는 순간이 싫었다. 처음에 찻집에서 보인 것처럼 노골적인 적의를 내비치지는 않았지만, 나를 향하는 시선에서 냉랭함이 사라지는 일은 없었다. 나는 점차 두 사람이 함께 있는 것을 보면 다가가지 않게 됐다.

불쾌감이 노여움으로 바뀐 것은 내가 두 사람을 피하게 되고, 두 사람이 나타날 법한 곳에서 먼저 자리를 뜨게 된 다음이었다. 그건 굴욕적인 행위였지만 몸이 저절로 그 두 사람을 피했다.

나는 질투와 비슷한 기묘한 감정을 맛보게 됐다. 두 사람은 사이가 매우 좋았을뿐더러, 리에코와 함께 있는 유리는 발랄하고 매우 즐거워 보였기 때문이다. 나 스스로도 리에코를 질투하는지, 유리를 질투하는지 잘 알 수 없었다.

그런데 얼마 지나지 않아 유리가 적의를 보이는 대상이 나만이 아니라는 사실을 깨달았다.

두 사람이 즐겁게 이야기하며 걷는 모습은 매우 매력적이었고 사람들의 이목을 끌었다. 이따금 남자들이 둘에게 말 거는 장면을 목격했는데, 그러고 싶은 기분은 남자로서 충분히 이해할 수 있었다.

그런데 그 순간, 유리는 파고들 틈새가 전혀 없는 냉랭함을 온몸에 드러내며 접근하는 남자들의 기를 죽였다. 마치 마을 처녀의 얼굴이 야차로 변하는 순간 같았다. 그 급격한 변모에 모두들 기겁하며 허둥지둥 달아났다.

이상한 여자다.

서서히 그렇게 생각하게 된 나는 리에코에게 넌지시 그녀에 관해 묻기 시작했다. 리에코는 내게 단짝 친구 이야기를 하는 것을 기뻐했다. 극단에 나이 차가 많이 나는 애인이 있다는 것 같다는 이야기를 들었다. 그래, 중년 아저씨 취향이었군, 이라고 생각하면서도 한편으로 어렴풋한 위화감이 느껴졌다. 그 위화감이 뭔지는 나도 설명할 수 없었다.

그런 식으로 상당한 시간이 지났지만 직접 유리와 얼굴을 마주치는 일은 없었다. 그런데 그로부터 얼마 지나지 않아, 나는 그 적의에 담긴 의미를 그녀에게 직접 듣게 됐다.

아침에 왔을 때와는 대조적으로 평온하고 맑은 하늘이 펼쳐졌다.

운전대를 잡은 아키히코도 느긋한 얼굴로 해안선을 따라 달리는 것을 즐기는 듯했다.

그러나 그 느긋함에서 나는 다른 것을 느끼고 있었다.

아키히코는 기대하고 있다. 오늘 밤 일어날 일, 오늘 밤 내가 할 이야기를 기대하는 것이다. 어젯밤이라는 고비를 넘기며 자신의 지난 죄를 인정한 그는 이제 안심하고 관객이 될 수 있다. 그의 차례는 끝났다. 오늘 밤은 내 차례인 것이다.

자신의 사생활이 작은 이벤트가 될 수 있다는 게 이상했다. 하기야 그 사생활은 아키히코나 리에코와도 관계가 있으니 완전히 개인적인 것이라 할 수 없지만.

주의해서 살펴보니 아키히코만 내심 기대를 품고 있는 게 아닌 듯했다. 뒷자리에 앉은 두 여자도 피곤하다 하면서도 어딘지 모르게 긴장한 것 같았다. 뭘 기대하는 걸까. 진실 따위 늘 보잘것없고 시시한데.

그들은 정말 내 이야기가 듣고 싶을까? 그럴 용기가 리에코에게 있을까.

그러고 보면 고해 시스템은 위대하고, 신은 역시 위대하다. 고백한 사람은 그게 어떤 내용이라 해도 마음이 편해지게 마련이다. 힘든 것은 고백을 듣는 쪽, 고백을 받아들이는 쪽이다. 모든 사람의 참회를 들어주는 신은 잔혹하지만 다른 한편으로는 관대할지도 모른다.

내 고백을 들어줄 신은 관대할까?

저물어가는 하늘이 투명하리만치 맑아지기 시작했다.

완만한 해변 도로를 따라 네 사람은 밤을 향해 실려 간다.

시오리와의 관계는 생활의 일부가 됐다.

한 달에 한두 번, 그녀에게서 전화가 왔다. 대개 평일 밤 어딘가의 도심 호텔로 불려 나갔다. 돈은 늘 그녀가 냈다. 미사키가는 유복할 뿐 아니라 딸에게 너그러웠다. 우리의 이해는 완벽하게 일치했다. 그녀는 동생의 가장 친한 친구와 자는 게 목적이었고, 나는 근사한 육체를 가진 여자와 자는 게 목적이었다. 그건 흡사 비즈니스 같기까지 했다. 우리 둘은 기묘한 공범관계에 있었고, 기묘한 강박관념에 쫓기고 있었다. 대화도 거의 나누지 않았다. 처음부터 끝까지 한마디도 하지 않은 채 헤어지는 일도 드물지 않았다.

그 애 요즘 어때?

어쩌다 주고받는 대화는 모두 아키히코에 관한 것이었다. 그녀가 그렇게 물으면 나는 담담하게 그의 근황을 보고했다. 대학 입학과 동시에 그는 시내에 아파트를 얻어 집을 나간 터라 그녀는 아키히코를 만날 기회가 많지 않았다.

그녀가 아키히코에게 보이는 집착에 관해서는 처음부터 눈치채고 있었다. 물론 나는 질투 같은 것은 하지 않았다. 마음도 애정도 개입하지 않는 관계는 이쪽에서 바라는 바였다.

한편으로 우리는 정말 닮은 꼴이었다. 관계가 그렇게 오래 지속된 것은 이해관계가 일치한 덕도 있지만 역시 우리가 동류여서였을 것이다. 자신과 다른 사람에 대한 냉담함, 느슨한 도덕관념, 세간에 대한 가치관. 그런 부분이 그만큼 비슷한 여자는 없었다. 그녀와 시간을 보내고 있으면 어두운 거울을 들여다보는 기분이 들 때가 있었다. 마치 여자가 된 자기 자신과 자는 것 같다는 생각까지 들었다.

아키히코에 대해서도, 리에코에 대해서도 죄의식은 전혀 없었다. 물론 나는 리에코와도 잤지만, 자신이 나쁜 짓을 한다고도, 약삭빠르게 행동하고 있다고도 생각하지 않았다. 시오리는 리에코에 대해 알고 있었지만 조금도 관심을 보이지 않았다. 아키히코가 그녀를 좋아했다는 것을 알았더라면 크게 흥미를 보였을지도 모른다. 그랬더라면 우리 관계도 조금은 달라졌을 것이다.

두 여자와의 관계를 오랜 기간 병행하다 보면, 겉모습과 성격이 대조적이어도 점점 두 사람의 차이를 느끼지 않게 된다. 입구는 달라도 일단 안에 들어가면 여자라는 세계는 모두 하나로 이어져 있다. 어느 여자를 안아도, 결국 여자라는 하나의 거대한 생물의 일부에 접할 뿐이라는 막연한 무력감을 느낀다.

인간쓰레기.

그런 생활을 하는 자신을 그런 말로 정의해 본 적은 한 번도 없었다.

인간쓰레기.

목소리가 들린다. 여자 목소리다. 그 여자의 목소리.

처음 나를 인간쓰레기라고 정의한 것은 지금 생각하면 가지와라 유리였다.

"인간쓰레기라."

"뭐?"

나와 아키히코는 어두운 정원이 내다보이는 창을 등지고 욕탕 안에 나란히 앉아 있었다.

"인간쓰레기래."

나는 다소 자포자기한 말투로 말했다.

"네가?"

아키히코는 졸린 얼굴로 돌아봤다.

"응, 가지와라 유리가 그러더라."

"그래."

아키히코는 무슨 말인가 하고 싶은 표정을 보이더니 결국 그만두었다. 이야기는 식사 후를 위해 남겨둘 생각이리라. 그대로 둘이서 기분 좋은 온기에 몸을 맡겼다.

"마키오."

아키히코가 어딘지 모르게 정색한 목소리로 말했다. 그 목소리에 멍하니 있던 머리 한구석이 각성했다.

"빠지지 마라."

나는 어리둥절했다.

"목욕물에?"

"바보. 너 자신한테 말이야. 너 아냐? 너한테 자기 파멸 욕구가 있다는 거?"

"자기 파멸 욕구? 나한테?"

"역시 모르는군. 전에도 그런 경향이 있었지만 요새 들어 점점 심해지고 있어.”

“그야 처자식도 집도 잃었으니 파멸을 향해 나아가는 중일지도 모르지.”

나는 쓴웃음을 지었다. 그러나 아키히코는 웃지 않았다.

“넌 모래 늪에 빠져서 어푸어푸 가라앉는 자기 자신한테 희열을 느낄 타입이야. 자기가 추락하는 걸 자조하면서 바라봐.”

떨어지고 싶어서 그래.

리에코의 목소리가 뇌리에 되살아났다. 언제였더라? 대학 때였던가?

아니, 어제였다. 폭포로 가는 길에 그녀가 차 안에서 한 말.

폭포 밑으로 떨어지는 자신의 모습이 뇌리에 떠오른다.

“모래 늪에 빠진다 이 말이지. 영상으로는 아름답지만 기분은 별로 안 좋을 것 같은데.”

“엄청 고통스러울걸. 모래가 허파에 들어와서 숨을 못 쉬게 되다니 상상만 해도 무섭지 않냐? 너 혼자 빠지는 건 상관없는데 길동무는 만들지 마라.”

“길동무?”

“리에코 말이야. 넌 가라앉는 걸 즐길 수 있을지 모르고, 마지막 순간에 마음이 바뀌었다고 돌아 나올 수 있을지도 몰라. 하지만 리에코는 한번 빠지면 두 번 다시 못 떠오른다.”

그건 그의 경고이자 탄원이기도 하다는 것을 깨달았다.

오늘 밤 내가 할 이야기가 리에코에게 충격을 줄 내용이지 않을까 우려하는 것이다.

아키히코가 그녀를 배려하는 마음을 감지함과 동시에 그에게 심술을 부리고 싶은 마음이 불끈불끈 치솟았다.

지금의 나는 시오리다. 지금 내 안에는 시오리가 있다. 아키히코에게 상처를 주라고 큰 소리로 외치고 있다.

"그래도 알고 싶다고 하면?"

아키히코는 입을 다물었다. 나는 계속해서 말했다.

"우리는 과거를 되찾기 위해 여행하는 거잖아?"

잔혹한 말이었다. 여행이 시작될 때 자신이 한 말을 듣고 아키히코가 어렴풋이 주춤하는 것을 알 수 있었다. 나는 마음 한구석에서 만족했다.

"그래."

아키히코가 작은 목소리로 중얼거렸다.

"우리는 절대 과거를 되찾을 수 없다는 걸 알고 있으니까."

아키히코는 고요한 눈빛으로 나를 봤다.

나는 대답하지 않았다.

식사는 오늘도 화기애애하게 진행됐다.

호쾌한 건배, 순조롭게 소비되는 와인. 균형 잡힌 대화는 유쾌하고, 지적이고, 적당히 저속했다.

균형의 한 귀퉁이를 짊어지면서도 나는 세 사람의 얼굴이 유난히 아름답게 보이는 데에 놀라고 있었다.

오늘 밤 만나는 이 모두 아름답구나.

누군가의 시 한 구절이 생각났다.

리에코도, 세쓰코도, 아키히코도 영화 속 등장인물 같았다. 뒤에 카메라가 있는 게 아닐까 가끔씩 뒤를 돌아봤을 정도다.

와인잔을 든 리에코의 이전과 변함없는 청초함, 눈썹을 찡긋찡긋하면서 능란하게 대화를 보조하는 세쓰코의 쾌활함, 턱에 손을 대고 히죽히죽 웃는 아키히코. 이 녀석들은 어째서 이렇게 아름다울까. 나는 그렇게 마음속에서 중얼거리고 있었다.

자기 파멸 욕구.

느닷없이 뇌리에 아키히코에게 들은 말이 점멸하기 시작했다.

그렇군. 나는 지금 파멸에의 과정에 있는 것이다.

죽음을 앞둔 환자는 꽃이나 세계가 무섭도록 아름다워 보인다고 한다. 나도 지금 그런 상태일지도 모른다. 이 식사를 경계로 어딘가로 추락할지도 모른다.

하지만 즐거움도 언젠가는 끝이 나는 법.

어느새 식사는 디저트와 커피에 이르러 있었다.

아키히코는 이대로 자리를 파할 생각이었던 것 같다. 방으로 돌아가 단둘이 이야기를 할 생각이었나 보다.

"그럼……."

그는 손을 마주 비비며 식사를 마무리하는 말을 시작했다.

"내일은 5시에 호텔을 출발하겠습니다. 아직 깜깜할 시간이니까 까딱 잘못해서 다시 잠드는 일이 없도록 주의해 주세요. 화장실은 산 입구에 한 군데밖에 없으니까 그렇게 알아두시고. 갈아 신을 양말하고 반창고는 잊지 말고 지참하실 것. 물도 충분히 준비하시고. 그리고……."

"마키오."

아키히코가 잠시 숨을 돌린 순간을 리에코는 놓치지 않았다.

나는 리에코를 쳐다봤다. 그녀는 차분한 눈으로 나를 보고 있었다.

그녀의 눈을 정면에서 보는 것은 오랜만이었다.

옛날 생각이 났다.

사람이 부르면 뭐라도 좋으니까 대답 좀 해.

그녀가 당장이라도 화내며 그렇게 말할 것 같았다. 자기가 부르는데 내가 고개만 돌리고 대답하지 않는 것을 그녀는 몹시 싫어했다.

테이블이 순간 고요해졌다. 암묵의 이해로 가득 찬 침묵이었다.

"유리 이야기를 해줘."

리에코는 침착하게 말했다.

아키히코와 세쓰코가 마른침을 삼키며 리에코와 나를 번

갈아 봤다.

"그 녀석은 죽었어."

나는 나 자신도 놀랄 만큼 차가운 목소리로 대답했다.

리에코의 눈빛이 흔들렸다.

"언제?"

목소리가 희미하게 떨렸다.

"올해 늦여름에. 난 유리가 죽기 직전에 만났어."

"어떻게 죽었는데?"

"오래전부터 심한 거식증이 있었어. 직접적인 원인은 폐렴이었다더라."

리에코의 얼굴은 이미 침착함을 잃고 있었다.

"넌 그 이야기를 누구한테 들었어?"

"유리의 변호사. 난 한 번 속은 적이 있었기 때문에 좀처럼 안 믿겼지만."

리에코는 서서히 혼란에 빠져들고 있었다. 그녀 안에서 뭔가가 무너져 내리려 하고 있었다.

아키히코가 줄곧 내 얼굴을 응시하는 것은 눈치채고 있었다. 빈 그릇을 치우러 온 직원이 우리를 이상스레 봤다.

"정말 듣고 싶어?"

나는 리에코에게 물었다. 내가 생각해도 공갈이라도 하는 것 같은 목소리였다.

리에코는 이제 내 눈을 보고 있지 않았다. 창백하게 질린 얼굴로, 그래도 몇 번이고 고개를 끄덕였다.

"들을래."

얼마 지나 겨우 쥐어짜는 듯한 목소리로 대답했다.

"다른 사람들도 들어도 되겠어?"

틈을 주지 않고 묻자 리에코는 굳은 얼굴로 크게 고개를 끄덕였다.

아키히코가 자리에서 슥 일어섰다.

"자리를 옮기자."

단호한 어조로 나머지 세 사람을 둘러봤다.

"우리 방에서 30분 후에. 내일 준비를 먼저 해두는 게 좋을 테니까."

세 사람은 말없이 동시에 일어나 서로 시선을 마주치지 않고 레스토랑을 떠났다.

나와 아키히코는 방으로 돌아와 묵묵히 짐을 싸기 시작했다.

내일 가지고 갈 것. 내일 입을 것. 침대 위에 차례대로 짐을 늘어놓는다.

그 일이 끝난 다음에는 방 안을 정돈하고 의자 두 개를 침대 곁으로 옮겨놨다. 그러고는 누가 먼저라 할 것 없이 위스키를 준비하기 시작했다.

"……거식증이라고?"

막대로 얼음을 짤랑짤랑 휘저으며 아키히코는 반쯤 성난 목소리로 중얼거렸다.

나는 가볍게 고개를 끄덕였다.

"내가 만났을 때는 30킬로 정도밖에 안 나가지 않았을까. 수도원 계열 병원에 입원해 있었어. 거의 호스피스 같은 곳이었어."

"30킬로."

아키히코는 믿기지 않는 듯한 표정을 지었다.

"그 인형 같던 얼굴이 그림자도 없더라."

나는 일부러 냉담한 투로 말했다.

거짓말이었다. 몸은 뼈와 가죽뿐이었지만 얼굴만은 이상하게도 그리 달라지지 않았다. 뺨은 홀쭉하고 피부는 거칠거칠하고 생기도 없었지만, 얼굴은 인형처럼 아름다운 모습 그대로였다.

"정신상태는?"

아키히코는 더는 참을 수 없다는 듯 물었다.

"멀쩡했어. 그건 일종의 자살 같은 게 아니었을까 생각해."

"어떻게 그럴 수가."

상대방이 동요하면 동요할수록 내 목소리는 싸늘해진다. 그 어떤 심한 말도 주저 없이 할 수 있다. 타인의 불안과 공포가 내게 큰 동력으로 작용한다는 것을 처음으로 깨달았다.

인간쓰레기.

유리 목소리가 들렸다. 그 목소리가 지금의 내게 용기를 주었다.

그래. 얼마든지 인간쓰레기가 되어주지. 모두들 내게 그걸 바라니까. 나는 다른 사람들이 할 수 없는 일을 하고 있으니까.

아키히코는 할 말을 잃고 양손으로 잔을 쥔 채 침대에 주저앉았다.

혼란스러워하는 아키히코. 당혹하는 아키히코. 나는 그런 아키히코가 좋다. 상처 입은 그는 아름답다. 시오리가 아니어도 그건 누구나 인정할 것이다. 그러나 너는 깨닫지 못했다. 자신이 사랑받고 있다는 것을.

"할 이야기가 있어."
완전히 기습당한 꼴이었다.
캠퍼스 안뜰에서 쉬고 있던 나는 하마터면 들고 있던 담배를 떨어뜨릴 뻔했다.
돌아보기 전부터 목소리의 정체는 알고 있었다.
어째서 내게 말을 걸었을까?
나는 그 눈과 마주 바라볼 게 내심 겁났지만, 태연함을 가장하고 뒤에 선 가지와라 유리를 돌아봤다.
그 눈에 적의는 없었지만 고요한 노여움이 있었다. 어느 쪽이든 나에 대한 부정적인 감정이라는 데에는 다를 바가 없다. 나는 기분이 울적해지는 것을 느끼며 담배를 빨았다.

"뭔데?"

"여기서 할 수 있는 이야기가 아니야. 같이 좀 가주면 좋겠어."

"리에코는?"

"오늘은 나카노에서 영화를 볼 거야. 지금 평소에 보기 힘든 단편영화를 모아서 상영 중이거든."

그렇군. 방과 후에 체육관 뒤로 불러내기냐. 하기야 베일 속의 보스는 원래 총명하고 아름다운 법. 〈아이와 마코토〉도 그랬다.

"그 말은 즉 리에코한테는 이 만남을 안 알리는 게 좋다는 뜻?"

"아마."

유리는 그렇게 짤막하게 대답하고 앞장서서 걷기 시작했다. 따라오라는 뜻인가 보다. 그녀는 눈에 띄는 존재인 터라 나와 나란히 걷는 모습을 누가 목격해도 이상할 것 없었다. 리에코가 누구에게 우리 둘이 같이 있었다는 이야기를 들을지 알 수 없는 일이었다.

나는 거리를 두고 관계없는 척하면서 유리 뒤를 따라갔다.

유리는 성큼성큼 걸어 뒷문을 빠져나가더니 오래된 상가 쪽으로 향했다. 그녀는 걸음이 매우 빨랐다. 나는 그녀를 놓칠까 봐 필사적으로 뒤쫓아 갔다.

대체 어디까지 갈 생각인가 싶어 슬슬 지치기 시작했을 무렵, 그녀는 작은 찻집으로 들어갔다. 낡고 수수한 가게였다. 이런 곳에 이런 가게가 있는 줄도 몰랐다.

가게는 폭은 좁은데 의외로 안쪽으로 깊었다. 직장인이 외근 중에 만화잡지를 읽으며 눈을 붙일 것 같은 가게였다. 그런데 그녀는 처음 온 게 아닌 듯했다.

그녀는 주저 없이 맨 안쪽 자리로 들어가 앉았다. 어두침침한 펜던트 조명 아래 그녀는 도전적인 눈빛으로 나를 봤다. 그 눈에 상처받는 것도 지겨워진 나는 드디어 이 눈의 의미를 들을 수 있게 됐다는 사실에 되레 안도하고 있었다.

"할 이야기가 뭐야?"

"아카사카의 T에서 너랑 시오리 씨가 나오는 걸 봤어."

유리는 단도직입으로 말을 꺼냈다. 웨이트리스에게 블렌드 커피를 주문하고 담배를 꺼내려던 나는 무심코 손을 멈추고 말았다.

T는 시오리가 자주 이용하던 호텔 이름이었다.

게다가 그녀의 입에서 시오리의 이름이 나왔다는 데에도 놀랐다.

"그 사람, 미사키 아키히코의 누나지? 저쪽은 나를 모를지도 모르지만 난 알아. 워낙 유명하니까."

유리는 '유명'에 빈정거림을 담아 말했다.

나는 아무 말도 하지 않았다. 그녀가 든 카드를 먼저 모두 꺼내게 하고 싶었다.

"처음엔 우연인 줄 알았어. 넌 미사키 아키히코와 친한 것 같으니까 시오리 씨와 아는 사이일 수도 있겠지. 호텔 커피숍에서라도 만났나 보다, 그렇게 생각했어. 나 밤에 아카사카에 있는 스튜디오에 레슨 받으러 다녀. 끝나는 시간은 늘 11시쯤."

그렇군. 우리가 마침 호텔에서 나올 시간대다.

"그런데 한 번이 아니었어."

유리는 분개한 목소리로 말했다.

"너희가 T에 들어가는 것도 봤어. 레스토랑이나 커피숍이 아니라 객실이 있는 층으로 올라가더라."

아아, 그렇게 된 일이군.

나는 침착함을 되찾았다. 담배에 불을 붙이고 천천히 빨아들였다.

"그래서? 리에코한테는 말했어?"

유리는 흠칫 놀란 얼굴로 변하더니 이어 자존심에 상처를 입은 표정을 지었다. 내가 동요하며 '리에코한테는 말하지 말아 달라'라고 울며 매달리기라도 할 줄 알았나.

"난 그런 고자질은 안 해."

"하지만 정의의 편이잖아?"

내 대답에 유리는 점점 더 노여움을 드러냈다.

"대체 어떻게 그럴 수 있어? 리에코 같은 훌륭한 사람이 있으면서. 그 애는 널 전적으로 신뢰해.”

“그래서?”

“시오리 씨하고 헤어져. 그 사람이 어떤 사람인지 알아? 지금은 푹 빠져 있을지 몰라도, 마지막엔 다들 헌신짝처럼 버림받는단 말이야.”

나는 무표정하게 그녀를 봤다. 그녀가 흥분하면 흥분할수록 그건 내 에너지가 된다. 나는 눈앞에 있는 여자에게 강한 증오심을 느꼈다. 친구의 애인에게 정의와 우정을 앞세우며 설교하려 드는 이 여자에게.

“너 그 사람을 만나본 적 없군?”

내가 그렇게 묻자 유리는 어리둥절한 표정을 지었다.

“시오리.”

그렇게 덧붙이자 “응”이라며 의아스레 고개를 끄덕였다.

“어쩐지.”

나는 담배를 빨아들이고 그녀를 빤히 봤다. 그녀는 거북한 듯했다.

“한번 그 사람하고 테이블을 사이에 두고 마주 앉아봐. 너한테 뭐가 부족한지 알 수 있을 테니까.”

유리는 놀라 움찔한 듯했다.

“배우라며? 워낙 아름다우시니까. 무대 경력은 길다고 들었어. 분명히 두 손을 번쩍 치켜들고 목청 높여가면서 ‘이것이 진짜 연기다’ 하는 훌륭한 연기를 하시겠지.”

유리의 얼굴에 불쾌감이 떠올랐다. 당연하다. 그렇게 되도록 하고 있으니까. 나는 이런 때 나 자신이 얼마나 밉살스러운 녀석인지 잘 안다. 그리고 이때는 자신의 비열함을 진심으로 즐기고 있었다.

"하지만 요즘 막다른 골목 아냐? 성적인 매력이 부족하단 말 듣지?"

유리는 발끈한 듯했다. 그러나 한편으로 그녀가 어렴풋이 동요한 것에서 내가 사실을 지적했다는 것을 알 수 있었다.

"넌 예쁘긴 하지만 다른 사람을 거절해. 흡인력이 전혀 없어. 사람을 끌어들이는 파워가 없어. 그러니까 이렇게 마주 앉아 있어도 전자계산기랑 마주 보는 것 같기만 하지, 감흥이 눈곱만큼도 없어. 시오리 앞에 앉아봐. 엄청난 파워가 있어. 그 눈으로 쳐다보기만 해도 나도 모르게 끌려들어 가거든. 당장 테이블을 뛰어넘어서 잡아먹고 싶어져."

나는 무릎으로 나지막한 테이블을 확 밀었다.

유리가 몸을 흠칫 뒤로 빼는 것을 알 수 있었다.

어라?

뭐지, 이 위화감. 전에도 어디서 이런 위화감을 느낀 것 같은데.

나는 머릿속으로 기억을 더듬었다.

"너 정말 형편없구나. 인간쓰레기."

유리는 몸을 부들부들 떨며 노골적으로 경멸을 드러냈

다. 나를 죽일 듯 바라보는 시선에 무시무시한 증오가 담겨
있었다.

그녀는 계산서를 움켜쥐고 벌떡 일어나 계산대로 향했다.
그 와중에도 계산서를 챙긴 것을 보면 자기가 나를 불러냈다
는 것을 잊지 않은 모양이다. 가정교육을 잘 받은 여자라는
생각이 들었다.

나는 담배를 피우며 작은 승리에 취해 있었다.

그러나 마지막에 느꼈던 위화감이 마음 한구석에 걸려
있었다. 뭐지, 이 느낌. 뭐가 이렇게 마음에 걸리는 거지?

문이 열리고 유리가 나가는 것을 알 수 있었다.

그 순간 뇌리에 번뜩이는 게 있었다.

나도 모르게 방금 그녀가 나간, 닫혀버린 문을 쳐다봤다.

망설이는 것 같은 초인종 소리가 났다.

아키히코는 표정을 가다듬고 일어나 문을 열러 갔다.

굳은 표정을 한 두 여자가 서먹서먹하게 들어왔다.

나는 두 사람의 술을 준비하려 일어섰다.

오늘도 넷이 와인 두 병을 마셨는데도 모두 완벽하게 말
짱한 얼굴이었다.

"의자에 앉아라. 내일 준비는 끝났냐?"

"응, 대충."

아키히코가 두 사람에게 의자를 권했다.

"술은 적당히 해둬. 안 좋게 취하면 곤란하니까."

"마시기 전부터 안 좋게 취할 것 같은데, 뭐."

세쓰코가 겨우 농담을 했지만 다들 굳은 미소를 띨 뿐이었다.

나는 천천히 술을 따랐다.

어두침침한 찻집에서 문을 돌아본 순간이 생각났다. 나는 그 순간 깨달았던 것이다. 가지와라 유리의 이유가 정의도, 우정도 아니라는 것을.

"너희들 뭔가 기대가 상당한 모양인데, 별 대단한 이야기 아냐. 금방 끝날 거야."

나는 견제하듯 중얼거렸다. 입시 직전의 학부모 면담 같은 긴장감이 방 안에 감돌고 있었기 때문이다. 수험생은 아마도 리에코. 세쓰코와 아키히코는 학부모이고, 나는 교사일 것이다.

그래, 별 대단한 이야기 아니다. 어디나 있는 평범한 이야기다. 빗자루로 쓸어버리고도 남을 만큼 흔한 이야기. 하지만 그 너무나도 진부한 사건이 사람의 일생을 좌우하는 일도 있다.

"자, 어디서부터 들을래? 내가 가지와라 유리를 죽이지 않았다는 건 이제 납득했겠지? 어쩨 아키히코도 내가 그 여자를 죽여서 암매장하지 않았을까 의심한 것 같던데. 하여간 정말 훌륭한 우정이다. 뭐, 나란 사람을 잘 안다고 할 수 있을 것 같기도 하지만."

나는 평소처럼 태연자약한 투로 말하며 그들을 둘러봤다.

납득 좋아하네.

마음 한구석에서 목소리가 들렸다.

전혀 납득 안 했어. 네가 그렇게 말할 뿐이지, 저 사람들이 그 장면을 실제로 본 것도 아니니까. 야, 잘 생각해 봐. 실은 네가 어디다 갖다 묻은 거 아니냐?

나는 그 목소리를 무시했다.

"유리랑 사귀게 된 계기를 가르쳐줘."

평정을 되찾은 리에코가 조용한 목소리로 물었다.

"다른 사람들도 들어도 괜찮겠어?"

"괜찮아."

나는 작게 한숨을 쉬었다. 확실히 이제 더는 달아나지 못할 듯했다.

"계기는 단순해. 휴강이라 캠퍼스에서 어슬렁대다가 유리하고 마주쳤어. 넌 그때 나카노에서 단편영화 특집을 보고 있었어. 어쩌다 차라도 한잔하자고 이야기가 돼서 근처에서 차를 마셨어. 잡담을 하면서. 그게 처음이었어."

너 정말 형편없구나. 인간쓰레기.

내뱉듯이 외치고 계산서를 움켜쥔 유리의 표정이 뇌리에 되살아났다. 실상은 험악하기 짝이 없는 만남이었지만, 지금 생각하면 그녀의 격노한 표정에 매력을 느꼈던 것도 사실이었다.

"그다음엔?"

리에코는 어린애처럼 이야기를 재촉했다.

"그다음엔 우연이 몇 번 이어졌어. 거리를 걷다가 딱 마주친다든지, 대학 밖에서 마주치는 일이 계속됐어."

리에코는 카펫에 시선을 떨어뜨린 채 무심한 얼굴로 말없이 듣고 있었다.

아키히코와 세쓰코는 검은 옷을 입은 무대 보조자처럼 꼼짝도 하지 않았다.

"언제부터 그렇게 됐는지는 몰라. 조금씩 조금씩, 어느새 그 여자가 마음속에 숨어들기 시작했어."

유리가 내 주변을 맴돌기 시작했음을 깨달은 것은 그로부터 3주일쯤 지난 다음이었다.

찻집에서 있었던 일은 이미 과거의 기억이었다. 그녀의 자존심을 생각하건대 리에코에게 고자질하지는 않을 것이라고 안심하고 있었다.

그날도 아카사카에 있는 호텔에 체크인하려 했을 때였다.

시야 끄트머리로 재빨리 숨는 그림자를 알아챘다.

수상한 동작이 어쩐지 마음에 걸려 주의해서 살펴보니 젊은 여자였다.

유리다.

직감으로 깨달았다.

노여움과 곤혹감이 몸속에서 치솟았다. 무슨 생각이냐. 사진이라도 찍어 리에코에게 보여줄 생각이냐.

나는 무시하고 시오리와 방으로 갔다.

대체 어떻게 나와 시오리의 약속을 알아냈는지 지금 생각해도 이상하다. 아마 흥신소를 사용하지 않았을까. 그녀는 돈은 많았다. 아르바이트도 하지 않았고 늘 옷을 잘 입었다. 아무리 그래도 자신이 직접 나를 24시간 감시하기는 불가능했을 것이다.

그 이래로 나와 시오리가 가는 곳마다 그녀가 그림자처럼 나타났다. 그렇다고 어떻게 하는 것은 아니었다. 그저 먼 발치서 나를 가만히 지켜볼 뿐. 어쩌면 시오리를 보고 있었을지도 모른다. 연기에 참고하는 것이야 아니었겠지만. 호텔 로비에 멍하니 앉아 있는가 하면 한번은 옆방에 투숙한 적까지 있었다.

도중에 시오리도 그녀의 존재를 깨달았지만 시오리는 재미있어했다.

저거 봐, 오늘도 있어, 우리 수호천사가.

유리의 모습을 발견하고는 기쁜 듯이 웃었다.

저 애 정말 예쁘네. 그냥 세워두기는 아깝잖아. 괜찮으니까 불러와. 셋이서 사이좋게 즐기자.

시오리가 진심으로 그런 말을 하기에 어이가 없었다.

너도 무시 못 하겠다. 저 애 너한테 홀딱 반했잖아. 칼 맞지 않게 조심하셔.

그게 아냐, 상대는 내가 아냐, 라는 말을 나는 가슴속에 삼켰다. 아무리 시오리라도 거기까지 간파하지는 못한 모양이다.

당시에는 아직 스토커라는 말이 없었지만 유리가 바로 그것이었다. 내내 무시했지만 그러는 동안에도 섬뜩함과 노여움이 마음속에서 줄다리기했다. 학교에서 만나도 그녀는 나를 무시했다. 마치 모르는 사람처럼 굴었다. 그러면서 시오리와 만날 때에만 나타난다는 게 불쾌했다. 완전히 행동을 파악당하고 있다는 게 섬뜩했다. 게다가 어떻게 하는 것도 아니다. 그냥 근처에 있을 뿐. 우리를 보고 있을 뿐. 그게 최대급의 비난, 무언의 압력처럼 여겨졌다.

나는 늘 감시당하고 있다는 압박감 탓에 주의력이 산만해지고 짜증이 늘었다.

어느 날, 그게 한계에 도달했다.

나는 행동에 나섰다.

“내가 내 마음에 정직한 건 너도 알잖아? 너한테 불만이 있었던 건 아니야. 그냥 다른 마음이 갖고 싶어졌을 뿐이야. 어느 날 내가 그 여자 마음을 갖고 싶어 한다는 걸 깨달았어. 그래서 만나러 갔어.”

손바닥으로 술잔을 덮히며 나는 나지막이 이야기를 계속했다. 자연스럽게 들리도록 세심한 주의를 기울였다.

나는 인간쓰레기다. 이 정도 거짓말을 못 해서 쓰나.

리에코는 고개를 떨어뜨린 채 잠자코 내 이야기를 듣고 있었다. 다른 두 사람도 마찬가지다.

"나는 솔직하게 털어놨어. 네가 좋아졌다, 사귀자, 하고. 유리는 혼란에 빠져 있었어. 극단에 있는 연상의 애인하고 잘되지 않아서 고민 중이었어. 그럴 때 같은 또래인 내가 열심히 졸라댔으니까 마음이 움직였겠지. 내가 리에코 너한테 이야기한다는 조건으로 받아들였어."

리에코는 그 부분에서 눈살을 희미하게 찌푸리며 고통스러운 표정을 지었다.

연상의 애인. 아닌 게 아니라 유리에게는 연상의 애인이 있었다. 그러나 리에코는 그게 자신과 같은 여자라고는 생각지도 못했던 것이다.

나는 유리를 찾아내 뒤를 밟았다. 마음속에 노여움이 가득했다. 내가 느끼는 것을 그녀에게도 체험시켜 줄 생각이었다.

그녀는 다카나와의 고급 아파트에 혼자 살았다.

비밀번호가 필요한 현관이었지만 그녀에 이어 슈퍼 봉지를 든 중년 여자가 들어가는 틈을 타 숨어들었다. 내가 단정하고 점잖아 보인다는 것은 알고 있었다. 실제로 나를 수상

쩍게 보는 사람은 아무도 없었다. 우편함을 보고 이름을 확인한 다음, 그녀가 탄 엘리베이터를 보내고 옆 엘리베이터에 올라탔다. 그다음은 도박이었다.

그녀의 집이 있는 5층에 내리자 그녀가 복도 끝에서 열쇠를 찾는 모습이 보였다.

복도에 다른 사람은 아무도 없었다.

나는 도박이 적중했다는 것을 알았다. 마음속으로 쾌재를 부르며 복도를 달려가 문틈에 발을 밀어 넣었다.

유리는 무슨 일이 일어났는지 이해하지 못한 것 같았다. 손을 들어 올려 방어 자세를 취하며 몸을 움츠렸다.

"여."

내 목소리를 듣고 그녀는 흠칫해서 나를 봤다. 그게 나라는 것을 깨닫고는 처음에는 얼굴이 파래지더니 이어서 빨개졌다.

"나 들어간다. 평소엔 이야기할 틈이 없잖아."

유리는 체념한 듯 나를 안으로 데리고 들어갔다.

기습 작전이 성공해 기분이 좋았지만, 그녀의 집에 들어가 내부를 본 순간 고조됐던 기분이 급속하게 식어버렸다.

살풍경한 실내였다.

학생 한 명 살기에는 지나치게 큰 집이었다. 방이 두 개는 될 것 같았다. 가구 같은 것도 나쁘지 않았다.

하지만 그곳에는 젊은 여자다운 화사함이 전혀 없었다. 언제라도 짐을 꾸려 도망칠 수 있게 준비하는 것처럼 보였다.

그저 휑뎅그렁하기만 할 뿐, 이십 대 여자가 산다는 사실을 짐작할 수 있는 게 아무것도 없었다. 모델하우스의 세트처럼 인공적으로 보였다.

사는 사람의 얼굴이 이 정도로 보이지 않는 집은 본 적이 없었다.

그 집에서 가지와라 유리라는 사람의 정신이 보이는 듯해서 섬뜩함을 떨칠 수 없었다. 고독과 허무와 찰나적인 것. 내가 그 집에서 느낀 것은 그 세 가지뿐이었다.

어째서. 이렇게 남달리 아름다운 여자가 어째서 이렇게 살벌한 집에 살고 있을까. 가족 운이 없다는 이야기는 얼핏 들은 기억이 있었지만, 그렇더라도 이 집은 이해가 되지 않았다.

나도, 유리도 왜 그런지 서로 얼굴을 볼 수 없었다. 봐서는 안 될 것을 본 것처럼 우리 둘 다 주뼛거렸다.

유리는 말없이 물을 끓여 녹차를 내왔다.

어색한 침묵 속에 다다미방에서 작은 상을 사이에 두고 앉았다.

오늘은 하고 싶은 말을 하고 돌아갈 작정이었는데, 이 집을 본 순간 그럴 마음이 사라져 버렸다.

"부탁이니까 이제 그만 따라다녀. 너도 만족했지? 타격이 컸어."

나는 지친 목소리로 부탁했다. 진심으로 그렇게 애원하고 싶은 심정이었다.

유리는 굳은 표정으로 입을 한일자로 다물었다.

"하지만 그 여자랑 관계를 그만둘 생각은 없지?"

시오리와의 관계를 끝내지 않는 한 스토커 행위를 그만두지 않겠다고 암시하는 어투였다.

나는 대답하지 않았다. 내가 시오리와 계속 만날 것을 알고 있었기 때문이다.

또다시 어색한 침묵이 찾아들었다. 어떻게 해야 좋을지 알 수 없었다.

"그렇게 좋으냐?"

나도 모르게 그렇게 중얼거렸다.

유리는 흠칫 놀라더니 머뭇머뭇 나를 쳐다봤다.

나는 테이블 위에 시선을 고정한 채 말을 이었다.

"너 남자 싫어하지? 네가 좋아하는 건 리에코지?"

유리의 얼굴에 명백히 동요가 스쳤다.

"그게 무슨……."

그렇게 말하며 엉거주춤 일어서려 했지만 표정도, 목소리도 내 말이 옳다는 것을 여실히 드러냈다.

그래, 간단한 이야기였다. 남자들의 접근을 거부하고, 테이블을 미는 내 무릎을 거부한다. 그리고 사랑하는 사람을 등 뒤에서 배신하는 나를 혼내준다.

"내가 시오리랑 헤어지면 되는 거야? 리에코랑은 계속 친구로 남을 수 있으면 그걸로 만족해?”

나는 조용히 물었다.

그녀는 새파란 낯빛으로 입을 다물고 있었다. 숨쉬기조차 망설여지는 긴장에 숨이 턱턱 막혔다.

이윽고 유리는 부들부들 떨기 시작했다. 아름다운 얼굴이 눈앞에서 구깃구깃 일그러졌다.

“몰라.”

쥐어짜는 듯한 목소리와 함께 눈에서 눈물이 흘러넘쳤다.

그 순간, 우리 둘 사이에서 뭔가가 무너졌다.

“어떻게 하면 좋을지 모르겠어. 하지만 괴로워. 리에코를 보고 있어도, 널 보고 있어도.”

목소리에 담긴 절망이 가슴을 찔렀다.

“어떻게도 할 수 없어. 괴로워서 죽을 것 같아. 어떻게 해야 돼?”

유리는 눈물을 방울방울 흘리며 이를 악물고 나를 봤다.

나는 이런 눈을 알고 있었다. 어디서 본 적이 있었다.

자신의 사랑이 절대로 받아들여지지 않을 것을 아는 사람이 보이는 깊은 공포와 절망의 눈.

나도 모르게 팔을 뻗었다.

상을 밀쳐내고 그녀를 거칠게 끌어안아 입술을 맞댄 순간, 그녀의 몸에서 힘이 빠졌다.

"하지만 실제로 내가 너한테 헤어지자고 했더니 유리는 후회했어. 역시 사귈 수 없다고 날 거절하기 시작했어. 거절 당한 나는 점점 더 유리한테 집착했어. 그 일인극을 한 날, 그 여자는 이제 그만 만나고 싶다고 했어. 모두 이 상태를 졸업하자고 했어."

누가 이야기를 하나 했더니 나였다.

역시 나는 대단하다. 앞뒤가 딱딱 맞는다.

"나는 포기할 수 없어서 애원했어. 하지만 유리는 단호했어. 두 번 다시 안 만난다고 해서 화가 치밀어서 때리고 말았어."

그날 밤. 작은 아틀리에로 이어지는 뒷문 통로에 서 있던 나.

"하지만 그걸로 속이 후련해졌어. 유리의 결심이 단단하다는 걸 깨달았어."

나는 가볍게 한숨을 쉬었다. 사실은 내 고백이 그럴싸하게 되어가는 데에 대한 안도의 한숨이었다.

"겉으로 보기엔 연극배우로서 순탄하게 경력을 밟아나가는 것 같았지만, 유리는 막다른 길에 부닥쳐 있었어. 어떻게 해도 자기 껍질을 깨뜨릴 수 없었을뿐더러 같은 극단에 있던 애인하고의 관계도 결국 끝나면서 심한 슬럼프에 빠져버린 거야. 그때부터 거식증이 시작된 모양이야. 난 졸업한 뒤로 안 만났기 때문에 전해 들은 이야기지만."

나와 관계를 가진 뒤, 유리는 극심한 우울함에 시달렸다.

난 이제 끝장이야. 무슨 낯으로 살아.

다다미 바닥 위에 무릎을 꿇고 앉아 멍하니 그렇게 중얼거리는 것을 나는 꿈꾸는 듯한 기분으로 들었다. 그녀는 자신이 규탄하던 시오리와 같은 입장이 된 데에 대해 심한 자기혐오를 느끼고 있었다. 게다가 그녀는 친구뿐 아니라 사랑하는 사람도 동시에 배신한 셈이었다.

유리의 심정이 이해되지 않는 것은 아니었지만 역시 납득은 되지 않았다. 그녀는 나와 잔 게 아니라 나를 통해 리에코와 잔 것이다. 그 때문에 자신을 책할 필요가 어디 있나.

하지만 그건 역시 내가 남자였기 때문일 것이다. 나는 그저 그녀와 보낸 근사한 하룻밤에 취해 있었다. 그녀의 우울함 따위 별로 염두에 두지 않았다.

그래. 그건 본심이었다. 그때 나는 분명히 유리에게 반했다. 이 이상 리에코와의 관계를 계속할 수 없다고 생각했다. 그래서 정직하게 말했다.

이제 더는 리에코하고 사귈 수 없어. 이걸로 끝내고 싶어.

그리고 그때 나는 리에코를 질투하고 있었다. 유리에게 사랑받는 그녀를. 그렇게 몸을 쥐어짜듯 비틀면서 울부짖을 정도로 그녀에게 사랑받는 리에코를.

그렇기에 그 한마디는 두 사람을 질투한 내 모략이었다. 그리고 그건 예상대로 두 사람을 갈라놓는 가장 효과적인 한마디가 됐다.

유리를 좋아하게 됐어. 리에코하고는 이제 안 만나.

리에코를 영원히 잃은 유리는 그래도 필사적으로 자신을 추스르려고 노력했다. 연기에 모든 것을 걸어보려고 일인극을 시도했다.

나는 줄곧 다시 그녀와 관계를 갖기를 바랐지만 그녀는 끝내 받아들이지 않았다. 나와 만나는 것조차 거부했다.

그러나 왜 그런지 그녀는 종종 내게 전화를 걸어 이야기를 하곤 했다. 자신의 속마음을 드러낸 유일한 상대라는 안심감이 있었을까.

처음에는 농담인 줄 알았는데 유리가 죽음을 동경하는 마음이 조금씩 강해지는 것을 깨달았다. 그녀는 리에코를 사랑한 탓에 오랜 세월 그녀를 지탱해 주었던 극단의 애인마저 잃었다.

일인극을 하기 일주일 전 혼란스러워하는 목소리로 유리가 전화를 걸었다.

그 사람이 죽었어. 집에서 죽은 채로 발견됐대. 아무도 모른 채로 쓸쓸하게 혼자 죽었어.

옛 애인이 심근경색으로 죽은 것이다. 나는 동요하는 유리의 목소리를 듣고 위험을 감지했다.

나는 도저히 일인극을 볼 수 없었다. 리에코에 대한 그녀의 갈 데 없는 사랑이 흘러넘칠 것 같아서 직시할 수 없었다.

그래서 나는 연극이 끝나갈 무렵, 아틀리에로 갔다. 연극을 끝낸 뒤 그녀가 그걸 결행하리라는 예감이 있었기 때문이다.

나는 끈기 있게 기다렸다. 친구들은 먼저 뒤풀이 장소로 이동했고, 유리는 뒷정리를 마친 뒤 통로로 나왔다. 그녀가 주머니에서 약병을 꺼내는 게 보였다.

나는 뛰쳐나가 약병을 빼앗았다.

이제 됐어, 이걸로 됐어. 이제 다 끝났어.

유리는 입속으로 똑같은 말만 중얼거렸다.

야, 이 바보야! 정신 좀 차려!

나는 그녀의 뺨을 때렸다.

유리는 저항도 하지 않고 맞은 채로 그 자리에 가만히 서 있었다.

나는 거칠어진 호흡이 가라앉기를 기다려 그녀를 뒤풀이 장소에 데려다주고 혼자 돌아갔다.

그날 이후로 그녀는 홀연히 자취를 감추었다.

"친척이 어느 요양소로 유리를 옮긴 것 같다는 소문은 들었지만 어디에 입원했는지는 몰랐어. 그런데 어느 날, 유리의 변호사한테서 부고가 왔어. 나한테 남긴 유품이 있으니까 꼭 오라는 말이 덧붙여져 있었어."

다들 지쳤는지 구부정하게 앉아 가끔씩 술잔에 입을 댔다.

"나는 상복을 입고 갔어. 그런데 가봤더니 그곳은 병원이고 유리는 아직 살아 있었어. 수도원 같은 곳이었어. 나는 상복을 입었으니 난처해 죽을 지경인데 죽기 전에 주고 싶었다면서 연극에 썼던 붉은 리본을 내밀었어. 난 화가 났어. 상복을 입고 환자를 찾아오게 하다니 이런 저질스러운 장난이 어디 있어?"

간호사도, 수녀들도 내 상복 차림을 보고도 놀라지 않았다. 유리가 미리 예고해 둔 모양이다. 그러나 나는 몸 둘 바를 몰랐다. 이곳은 병원이다. 불길한 정도가 아니다. 나는 되도록 남의 눈에 띄지 않도록 몸을 움츠리며 안내받은 방으로 들어갔다.

새하얀 방이었다. 아무것도 없는 깨끗한 방.

유리가 전에 살던 집과 비슷하지 않은 것은 아니었지만 이 방에는 안식 같은 것이 있었다. 높다란 창으로 부드러운 오후 햇살이 비쳐들었다.

새하얀 침대에 그녀가 누워 있었다.

하얀 이불을 덮은 몸뚱이는 사람의 것 같지 않았다. 말 그대로 해골이 누워 있는 것으로만 보였다.

하지만 얼굴은 기묘할 정도로 예전 그대로였다. 그게 되레 그로테스크한 인상을 주었다.

와줘서 고마워.

그 얼굴을 본 순간, 나는 불같이 화가 났다. 그녀에게 버럭버럭 욕설을 퍼부었다.

화내지 마. 꼭 주고 싶었어.

하얀 이불 위에 놓여 있던 나무토막 같은 물체가 위로 슥 올라온 것을 보고 비로소 그게 유리의 팔이라는 것을 깨달았다.

하얀 나뭇가지 같았다. 그 나뭇가지에 선명한 붉은색 벨벳 리본이 감겨 있었다.

나는 흠칫했다. 그녀가 몸과 마음을 다 바쳐 리에코에 대한 애정을 표현했던 일인극.

이 녀석은 아직도 리에코를.

혐오감이 불끈불끈 치밀었다.

이런 데 불려와서 이런 모습을 보게 된 나. 절대 희망이 없는 상대를 아직까지 사랑하는 여자.

나는 눈앞에 있는 여자를 증오했다. 질투했다. 죽이고 싶다고까지 생각했다.

나 때문이냐? 나 때문에 이렇게 됐다고 생각해?

리본을 거칠게 빼앗고 유리를 노려봤다.

그녀는 힘없이 고개를 좌우로 흔들었다.

아니. 고마워하고 있어. 날 잊지 마. 이기적인 부탁이라곤 생각하지만.

나는 쓴웃음을 지었다.

정말 이기적인 부탁이군. 나도 리에코를 잃었고, 너한테는 두 번 다시 손도 못 댔어. 너만 잃었다고 생각하지 마.

유리가 부드럽게 웃었다. 홀가분한 웃음이었지만 과거에 봤던 절망은 아직 그 속에 선명하게 남아 있었다.

날카로운 아픔이 가슴을 찔렀다.

그래. 나는 이 눈을 알고 있다. 자신이 원하는 사랑을 절대로 얻을 수 없다는 것을 아는 눈. 시오리도 그랬다. 그리고 나도 그렇다. 나를 사랑하는 여자는 내가 연기하는 나를 사랑할 뿐, 나를 사랑하는 게 아니다. 리에코조차도 나 자신을 사랑하지는 않았다. 시오리는 아키히코의 대용품으로 나를 안았고, 유리는 리에코 대신 나와 잤다. 나는 늘 누군가의 대용품일 뿐, 나 자신이 아니다.

그래. 이 눈은 전부터 잘 알고 있다. 이건 나 자신의 눈이다. 사랑받는 것을 모르는 사람의 눈이다.

그 애는 행복할까.

등 뒤에서 유리가 그렇게 말하는 게 들렸다. 나는 아무런 대답도 하지 않고 그곳을 떠났다.

"리에코한테 안부 전해달라고 하더라. 그게 마지막이었어. 그러고 나서 얼마 있다가 이번에야말로 진짜 변호사한테서 부고가 왔지만 난 가지 않았어. 어쩌면 그것도 거짓말이었을지도 몰라. 아직 살아 있을지도 모르는 일이야."

나는 위스키를 들이켜고 크게 한숨을 내쉬었다.

끝났다.

머릿속은 그런 안심감으로 꽉 차 있었다.

술을 음미하는 척하며 나는 필사적으로 머릿속에서 지금까지 이야기한 내용을 점검했다. 어딘가에 허점은 없나? 모순은 없나?

현재로서는 없는 것 같았다.

누가 먼저랄 것 없이 한숨을 쉬었다. 방 안 분위기가 밝아진 느낌이었다.

세쓰코와 아키히코의 얼굴에 강한 안도의 빛이 떠올라 있었다. 유리가 죽었다는 사실은 충격이기는 해도 심각한 범죄가 아니라는 것에 안심했을 것이다. 또 아키히코는 내가 리에코에게 상처를 주지 않기 위해 교묘하게 이야기를 조작한 것을 눈치챈 듯했다. 어느 부분을 조작했는지는 모르겠지만.

"그만 자자. 이제 만족했지?"

나는 기지개를 켜며 시계를 봤다. 9시 반이 지났다.

왠지 모르게 모두 리에코를 돌아봤다.

리에코는 꼼짝도 하지 않고 앉아 있었다. 아까부터 계속 무표정한 얼굴이다.

"리에코, 자자. 내일 코스는 힘들어."

세쓰코가 일어나 방에서 나가려고 했다.

"아키히코, 부탁이야. 10분만 마키오랑 단둘이 있게 해줘."

의연한 어조에 우리 셋은 움찔했다.

"어?"

“부탁이야. 마키오도 부탁할게.”

리에코는 굳은 결심을 내비치며 아키히코와 나를 번갈아 봤다.

나와 아키히코는 얼굴을 마주 봤다. 아키히코는 살짝 고개를 끄덕이고는 세쓰코와 함께 밖으로 나갔다.

나와 리에코는 단둘이 방에 남았다.

왜 그런지 유난히 휑한 분위기로 변했다. 사람은 둘씩이나 있는데 텅 빈 방.

“내 이야기가 마음에 안 들었어?”

나는 장난스럽게 말하며 리에코를 봤다.

“시치미 떼지 마.”

리에코는 날카롭게 말했다. 나는 당혹했다.

“시치미를 떼다니? 뭘 시치미 뗀다는 거야?”

“죄다. 아주 그럴싸하게 이야기했지만 마키오는 거짓말을 하고 있어.”

“어디가?”

내심 당황했지만 나는 일부러 화난 척했다.

“모르겠어. 어디인지는 모르겠어. 하지만 난 알아. 네가 술잔을 흔들 때는 거짓말을 할 때야.”

나는 이번에야말로 뜨끔했지만 필사적으로 무표정한 얼굴을 지었다.

“얘, 마키오. 우리 아마 이제 두 번 다시 만날 일이 없을 거야. 만나도 분명히 누군가의 관혼상제에서 인사를 주고받는 게 다겠지. 그러니까 가르쳐줘. 대체 무슨 일이 있었니? 유리랑 너 사이에 무슨 일이 있었던 거야?”

“아무것도 없어.”

나는 힘없이 고개를 흔들었다.

“왜? 난 이제 괜찮아. 상처받지 않아. 똑바로 들을 수 있어.”

“거짓말 안 했다니까.”

“아직도 시치미 떼니?”

리에코의 눈에 눈물이 맺혔다.

“나한테 넌 한때 세상의 전부였어. 넌 안 그랬겠지. 분명히 난 과거의 여자 친구들 중 한 사람일 뿐이겠지. 하지만 난 안 그랬어. 그런 느낌, 그 뒤로 두 번 다시 맛보지 못했어. 난 너랑 사귈 때 너보다 더 좋은 사람은 이제 평생 안 나타날 거라고 생각했어. 그리고 정말 그랬어. 난 알아. 대체 뭘 숨기는 거니? 그렇게까지 숨기지 않으면 안 되는 사실이야?”

리에코가 본래 가지고 있는 격한 기질이 지금 나를 향해 분출되고 있었다.

예스. 그 답은 예스다. 나는 어떻게든 숨겨야 한다. 그 하얀 나뭇가지 같은 손에 걸고. 그 피 같은 붉은 리본에 걸고.

난 알아. 나한테 넌 세상의 전부였어.

네가 대체 나에 대해서 뭘 안다는 거지? 넌 나의 어디를 사랑했다는 거야.

사랑받는 사람은 언제나 오만하다. 사랑하는 쪽이 스스로를 깎아 사랑을 쏟는 것을 모른다. 사람은 호의에는 민감하지만 사랑받고 있다는 것은 알아채지 못한다. 사랑이 깊으면 깊을수록 상대방에게 도달하지 않게끔 되어 있는 것이다. 다른 한편으로 사랑하는 사람은 고독하다. 사랑한다는 행위만으로 벅차서 그 외에는 아무것도 눈에 들어오지 않는다.

"꼭 알아야겠다 이거지?"

나는 더는 참지 못하겠다는 듯 내뱉었다.

리에코는 움찔했지만 내 눈을 정면에서 바라보며 고개를 힘차게 끄덕였다.

"좋아, 그럼 가르쳐주지."

나는 큰 소리로 말했다.

리에코의 눈에 희미하게 두려움이 떠올랐지만 그래도 다시 한번 나를 째려봤다.

"유리는 괴로워하고 있었어. 내가 접근했기 때문이었어. 널 배신한다는 데 대해 저항감이 있었던 거야."

나는 입술을 핥았다.

"하지만 난 어떻게 해서든 그 여자를 갖고 싶었어. 그 여자한테 눈이 멀어 있었어. 그래서 강제로 안았어. 관계만 가지면 어떻게든 될 거라고 생각했어."

리에코의 눈이 얼어붙은 듯 커다랗게 벌어졌다.

"거짓말."

"한 번뿐이야. 그 뒤로 나하고 관계를 갖기를 거부했으니까."

나는 저속한 웃음을 띠었다.

"유리는 내가 첫 남자였어. 그리고 아마 마지막……."

뺨에 거센 충격이 있었다.

짝 하는 소리가 귓가에서 울렸다.

나는 뺨에 손을 대고 리에코를 봤다.

그녀의 눈동자가 노여움과 멸시에 타올랐다. 뺨을 타고 흘러내리는 눈물을 닦으려 하지도 않았다.

아팠다. 귓가에서 종소리 같은 소리가 윙윙 울렸다.

그러나 나는 어딘가에서 강렬한 환희를 느끼고 있었다.

그 눈은 내가 좋아하는 리에코의 눈이었다.

그래, 이 눈이다. 이 눈으로 봐주기를 나는 늘 바랐다. 의연하고 강한 눈. 나를 위압하는, 자부심 강한 눈.

지금 이 순간이라면 나는 단언할 수 있다. 나는 역시 이 여자를 줄곧 사랑해 왔다고. 교복을 입은 고등학생 시절부터 마음속 깊은 곳에서 늘 동경해 왔다고.

그러나 그 말을 입 밖에 낼 기회는 두 번 다시 오지 않을 것이다.

리에코가 나가고 10분쯤 멍하니 앉아 있었다.

옷을 갈아입을 마음도 들지 않았다. 일어설 기력도 없었다. 겨우 힘없이 담배를 꺼내 입에 물었다.

똑똑 노크 소리가 났다.

나는 말을 듣지 않는 몸을 억지로 일으켜 문을 열었다.

"끝났냐?"

마찬가지로 담배를 문 아키히코가 고개를 쑥 들이밀었다.

"응."

나는 고개를 푹 떨구었다.

"화끈하게 한 대 맞은 모양이군."

"알겠어?"

"손자국이 남아 있어."

"그래."

나는 뺨을 어루만졌다. 아직 얼얼했다.

"그래도 확실하게 리에코를 기슭으로 데려다줬구나. 장하다, 장해. 두 사람 다 모래 늪에 빠지지 않고 무사하게 살아 돌아왔군."

아키히코가 쓴웃음을 지으며 머리를 쓰다듬어주었다.

"멀쩡하지는 않지만 말이야. 그럴싸하게 이야기한 줄 알았는데, 그 녀석 감은 역시 무시 못 하겠다."

"하지만 너 잘하던데. 이야기가 끝난 순간 나도 모르게 박수하고 싶어지더라."

"브라보 해주라."

"브라보!"

우리는 크게 한숨을 내쉬고 침대 위에 몸을 내던지듯 털썩 주저앉았다.

"야, 내가 거짓말할 때 잔을 흔든다더라. 정말 그래?"

문득 생각나서 물어봤다.

아키히코는 생각에 잠겨 천장을 바라봤다.

"그렇군. 기억해 두지."

아무래도 내 무덤을 판 모양이다.

나는 숲길을 걷고 있었다.

길 저편에서 누가 온다.

내가 잘 아는 누군가가. 그리고 별로 만나고 싶지 않은 누군가가.

그 녀석은 파란 아래윗벌을 입고 있었다. 배낭을 등에 메고 리드미컬한 템포로 이쪽을 향해 걸어온다. 그 아이다. 다리 있는 곳에서 이야기를 나눈 소년.

아, 안녕하세요.

얼굴이 붉게 상기된 소년이 나를 보고 고개를 꾸벅 숙였다.

안녕. 친구하고는 화해했어?

네, 덕분에요.

소년은 주위를 두리번거렸다.

왜?

저, 그때 계시던 굉장히 잘생긴 남자분요. 어디 가셨어요? 친구한테 이야기했더니 다들 보고 싶다고 난리였어요.

아키히코는 산에 갔어. 이 시간에 저 산에 오르면 UFO를 볼 수 있다나.

UFO?

소년은 어리둥절한 표정을 지었다.

나이도 잔뜩 먹어서 이상한 놈이지? 얼굴에 속으면 안 돼.

예에. 그럼 안녕히 계시라고 전해주세요.

소년은 인사하고 가버렸다.

나는 소년을 배웅한 뒤, 아키히코를 마중하러 산에 가보기로 했다. 내게도 UFO가 보일까.

마키오.

걸음을 떼려는 순간, 뒤에서 누가 나를 불렀다.

뒤를 돌아보자 소년이 걸음을 멈추고 서 있었다.

왜? 뭐 잊어버린 게 있어?

미안해, 마키오.

후드를 벗자 그곳에는 혀를 내민 유리가 있었다.

나는 비난을 담아 큰 소리로 말했다.

너 거기 있었냐. 이쪽은 아주 난리였어. 리에코는 때리지를 않나, 울지를 않나.

미안해. 하지만 그럼 좀 어떠니? 넌 리에코한테 맞을 수도 있고, 리에코랑 말도 할 수 있잖아.

그것도 그렇군. 하지만 분하니까 그 리본 그 녀석한테 안 줄 거다. 실은 이번 여행에서 기회가 있으면 전해주려고 몰래 갖고 왔거든. 하지만 이제 내 전해주나 봐라. 그 리본은 계속 내가 갖고 있을 거다. 내가 죽으면 관 속에 넣게 해서 지옥까지 가지고 갈 거다.

과장도 참.

유리는 후후 웃었다.

괜찮아. 그거 마키오가 갖고 있어.

어?

나는 놀라 그녀의 얼굴을 봤다.

나도 그러고 나서 생각했어. 처음엔 리에코한테 전해달라고 너한테 줬지만, 역시 네가 갖고 있어주는 게 제일 좋을 것 같다고. 결국 나랑 이 세상을 이어준 건 너뿐이었잖아.

음, 뭐. 그리 유쾌한 작업이라곤 할 수 없었지만.

응, 그랬을 거야. 미안해. 너는 강하니까 나도 모르게 자꾸 의지하게 되지 뭐야.

강하지 않아. 그냥 인간쓰레기일 뿐이야.

고마워, 인간쓰레기 씨.

유리는 후드를 썼다.

가는 거냐?

나는 큰 소리로 물었다. 어쩐지 그녀가 멀어 보였기 때문이다.

응, 이제 그만 가야지. 너도 일찍 자는 게 좋을 거야. 내일은 날이 밝기 전에 출발한다며?

잘도 아네.

그럼 이만. 다른 사람들한테 안부 전해줘.

내가 그쪽에 가면 한 번 더 하게 해줄래?

그렇게 크게 소리치자 멀리서 유리가 웃었다.

그건 어려울걸.

왜? 뭐 어때서 그래?

네가 갈 곳은 지옥이잖아? 나는 천국인걸.

넌 하여튼 진짜 못된 여자다.

웃음소리가 멀어지고 파란 아래윗벌은 숲 안쪽으로 사라졌다.

나는 끝까지 지켜본 다음, 아키히코를 찾으러 반대 방향으로 걷기 시작했다.

TV 스위치가 켜진 것처럼 눈이 번쩍 떠졌다.

방 안은 컴컴했다. 아직 알람도 울리기 전이다.

어둠 속에서 부스스 일어나 앉았다. 아직 머릿속은 혼란에 빠져 있었다. 소년과 유리가 나온 꿈과 어젯밤에 본 리에코의 눈동자가 뒤죽박죽되어 있었다.

옆 침대에서 아키히코가 움직이는 기척이 났다.

"하취."

하품과 재채기가 뒤섞인 소리에 갑자기 잠이 확 깼다.

"어이쿠, 진짜 껌껌하군."

“몇 시냐?”

“4시 15분.”

“귀신같군. 이런 데 오면 알람 없이도 일어날 수 있으니 대단하지.”

잠긴 목소리로 소곤소곤 말을 주고받으며 불을 켜고 침대에서 기어 나왔다.

부드러운 주황색 조명이 눈부시게 느껴져서 눈을 슴벅거렸다.

커튼을 열어보니 칠흑 같은 어둠뿐 아무것도 보이지 않기에 도로 닫았다.

직장인의 습성으로 뇌가 각성하지 않아도 숨골의 반사만으로 몸이 멋대로 준비했다. 그래도 이렇게 컴컴하니 전혀 눈이 떠질 기미를 보이지 않았다. 인간의 체내시계 센서는 무릎 뒤쪽에 있다고 들은 적이 있다. 태양광선을 무릎 뒤쪽에 비추면 몸은 아침이라 생각한다고 한다.

어째 지난밤 여러 일이 있었던 것 같은데, 밀도가 너무나 높았기 때문에 기억이 잘 나지 않았다. 기억나지 않는 편이 낫다. 누가 그렇게 소곤거렸다. 이제 기억해 낼 필요가 없다고. 아마 그 말이 옳을 것이다.

세수를 하려고 손을 얼굴에 댄 순간, 무딘 아픔이 되살아났다.

거울을 향해 가만히 뺨을 만져봤다. 겉으로 보기에는 이미 아무런 흔적도 남아 있지 않았다.

하지만 그럼 좀 어떠니? 넌 리에코한테 맞을 수도 있고, 리에코랑 말도 할 수 있잖아.

유리의 목소리가 머릿속에서 들려왔다.

그래. 아무것도 들리지 않고 아무것도 만질 수 없는 것보다야 훨씬 낫다.

옷을 갈아입고 배낭을 들며 작은 주머니를 가만히 만져 봤다.

그 안에 붉은 리본이 들어 있었다.

너도 우리하고 같이 여행하고 있어.

나는 그렇게 마음속으로 중얼거리고는 배낭을 들고 아키히코와 방을 나섰다.

호텔 현관에 집합하니 기시감이 느껴졌다.

이대로 영원히 똑같은 하루가 되풀이된다면.

어제도 그런 생각을 했던가?

잠에 취한 얼굴로 두 여자가 휘청휘청 나타났다.

“아휴, 깜깜해라.”

“일본의 여명은 멀도다.”

“너희 잠은 제대로 잔 거냐?”

아키히코가 어이없다는 표정으로 두 사람을 봤다. 둘 다 눈이 퉁퉁 부었다.

“자기야 했지만 어제는 마키오 때문에 열받아서 잠이 안

와서 혼났어.”

리에코가 불만스레 나를 째려봤다.

“뭐야, 네가 원한 일이잖아.”

그렇게 불평하면서도 가슴속이 환하게 밝아지는 것을 느꼈다.

그녀는 예전의 리에코였다. 내가 옛날부터 알던 의연한 여자.

그녀는 내가 어젯밤 한 이야기를 믿었을까. 아니면 믿은 척하는 걸까.

나는 슬쩍 그녀의 옆얼굴을 봤다. 침착한 옆얼굴은 바깥의 어둠을 향하고 있었다.

직원이 친절한 태도로 오늘 먹을 아침과 점심 도시락을 건네주었다. 이 상쾌한 미소. 그들은 역시 프로다.

“괜찮겠니, 이렇게 어두운데?”

“불초 미사키 아키히코, 안전 운전하겠습니다.”

칠흑 같은 어둠의 밑바닥이었다.

가로등 하나 없는 길을 헤드라이트와 지도에 의지해 천천히 나아간다.

반대편에서 오는 차도 전혀 없다. 포장된 도로를 끝없이 달리고 있으려니 그대로 어둠에 삼켜질 듯했다.

“날이 밝기 전이 제일 어둡다고 하더니 진짜 어둡다, 얘. 날이 밝을 거라는 게 안 믿어질 정도야.”

창밖을 보려 해도 어렴풋이 유리창에 비친 자기 얼굴이 보일 뿐이다.

"응, 하지만 오늘은 날씨가 좋을 거다. 기온이 낮아져서 공기가 차갑고 바람도 없어. 분명히 맑을 거다. 하이킹하기에 딱 좋은 날씨야."

아키히코는 기분이 좋다.

"그나저나 차가 전혀 안 다니네. 등산객은 어디 있는 거야, 등산객은."

"등산객은 산장이나 텐트 같은 데서 잔다고. 이렇게 호텔에서 왜건 타고 산에 가는 건 어린애들이야, 어린애들."

헤드라이트 불빛 속에 어둠 속으로 이어지는 아스팔트가 떠올라, 중앙의 하얀 선이 게임 화면처럼 뻗어나갔다.

가만히 보고 있으면 졸음이 올 듯했다.

바닷속 깊은 곳을 달리는 것 같다. 더듬더듬 길을 찾으며 오로지 빛이 비치는 장소를 향해 나아간다. 이 조그만 불빛, 섬 전체를 바닥에 가라앉힌 거대한 어둠을 밝히기에는 너무나도 미약한 헤드라이트 불빛에 네 사람의 목숨을 걸고 있다.

나는 어둠에 떠오른 벚꽃을 생각하고 있었다.

벚꽃은 어둠 속에서 빛나고 있었다. 흐드러지게 피어 존재를 어필하는 분홍색 덩어리. 요염하고, 노회하고, 일제히 피었다가 미련 없이 진다.

삼고의 벚나무. 마음에 켕기는 게 있는 사람은 볼 수 없다고 한다.

꼭 보고야 말겠다고 나는 생각한다. 마음에 켕기는 게 있으니 더욱 볼 수 있을 것이다. 켕기는 게 없는 사람은 그런 벚나무를 볼 필요가 어디에 있는가?

나는 볼 것이다. 반드시 본다. 혹시 산속에 잠들어 있는 초록 어둠 속에서 그것을 찾아내지 못한다 해도 내 어둠 속에 꽃을 피우게 하겠다.

벚나무 밑에는 시체가 묻혀 있다. 내 어둠 속 나무 밑에는 여러 사람이 묻혀 있다. 내 아이들, 여자들이. 그들은 분명히 화려하게 꽃을 피울 것이다.

어둠에 지고 어둠에 빛나는 벚꽃 꽃잎을 생각하면서, 아직 보이지 않는 새벽을 향해 우리는 달려간다.

4부

세
쓰
코

숲은 일요일 아침 같다.

약속된 정적과 안식. 어렴풋한 기대와 우울.

무슨 일에든 쓸 수 있을 텐데, 늘 결국 아무 데도 쓰지 못하는 일요일. 그날이 오기를 고대하면서 막상 오면 벌써 끝날 때 생각을 한다.

날 밝기 전, 차를 타고 가며 차창에 비친 내 얼굴을 멍하니 바라봤다.

창밖에는 줄곧 빛이 한 점도 없었다. 믿기지 않을 만큼 칠흑처럼 새까만 어둠이 펼쳐져 있다. 몇 년 만에 이런 완벽한 밤 안에 있을까.

말없이 흔들림에 몸을 맡긴 다른 세 사람이 순간 낯선 인형처럼 보이는 바람에 오싹해서 나도 모르게 바로 앉았다.

잘 보니 옆자리의 리에코는 이제 와서 잠이 온 듯 고개를 가볍게 꾸벅이며 졸고, 앞에 앉은 두 사람은 나지막이 지도의 내용에 대해 이야기하고 있었다.

내 여행은 늘 단체 여행. 내 사색은 늘 시끌벅적 어수선한 가운데. 언제부터인지 그렇게 됐다. 나도 모르는 새에 늘 주변에 많은 사람이 있게 됐고, 나는 친구가 많은 사람이라고 여겨지게 됐다.

친구. 우리는 이 말에 얼마나 큰 공포를 느끼고 살아왔을까. 이 악의 없고 진부한 말을 중얼거릴 때, 누구나 가슴속에 복잡하고 쓸쓸한 감정을 품을 것이다. 그런데도 어린애는 친구가 있어야 한다, 친구가 많은 아이는 좋은 아이라는 '상식'을 어른들은 계속해서 각인한다. 고독은 패배라고 협박한다.

매우 소심한 아이였던 나는 그 협박에 겁을 먹었다. 친구를 사귀어야 한다, 외톨이가 되면 안 된다고 기를 쓰고 노력했다. 하지만 이제는 알 수 있다. 사람들은 눈에 핏발을 세우며 친구를 사귀려 드는 사람을 거부하는 법이다. 사람들은 뭔가 아쉬워 보이는 사람을 경원한다. 제발 부탁입니다, 돈 좀 빌려주세요, 하고 머리 숙여 부탁하는, 정말 그 돈이 필요한 사람에게는 돈을 빌려주고 싶어 하지 않는다. 얼굴도 똑바로 보지 못하고 주뼛주뼛 눈치 보며 어떻게든 자기도 그 틈에 끼려고 접근하는 신경질적인 여자애를 모두가 거부한 것도 당연한 일이다. 패배자와 함께 있으면 자기도 패배자가 될 듯한 기분이 드는 것은 어른이나 아이나 마찬가지다.

물론 친구란 훌륭한 존재다. 필요하지 않기에 필요한 것이다. 좋은 친구의 존재는 우리에게 큰 기쁨을 주지만, 다른 한편으로는 언제든지 암전될 가능성을 내포하고 있다. 우리가 친구로 정의하는 이 너무나도 불확실한 관계는 계속되어야 할 필연성을 갖지 않는다. 그곳에는 항상 자존심과 질투의 어둠이 도사리고 있다. 언제든지 끊어버릴 수 있는 약하디약한 출렁다리 같다.

'친구'를 바라지 않게 되면서 '친구'가 생기기 시작했다. 어른들 말만큼 그렇게 '친구'가 필요하지 않다는 것을 차츰 깨닫게 됐기 때문이다. 역 대합실에서 강도 사건 범인을 발견했던 무렵의 일이다. 겨우 냉정하게 주변 사람들을 관찰할 수 있게 되면서, 다른 이들도 결코 함께 있고 싶어서 누군가와 함께 있는 게 아니며 오히려 다들 공포심을 억누르면서 누군가와 함께 있다는 사실을 발견했던 무렵. 그 사건은 내게 상징적인 시기에 일어났다. 나는 본래의 나 자신, 정직한 나 자신에게 물어봤다. 그 결과, 혼자서도 전혀 문제가 없다는 것을 깨달았다. 그때부터 나는 '친구'로부터 자유로워졌다. 없어도 되는 존재. 그렇게 담담하게 생각하게 된 순간, 나는 어떻게 친구를 사귈 수 있는지, 어떻게 친구와 관계를 지속할 수 있는지를 이해하게 됐다. 그 이래로 나는 늘 친구들에게 둘러싸여 살아왔다.

대학 때부터 여행을 계획해 본 적이 없다. 대개 이미 누군가의 여행 계획에 끼워져 있었기 때문이다. 세쓰코, 8월 9일부터 11일까지 다테시나야, 라고 하면 아, 그래? 얼마야? 나중에 일정표 줘, 라고 대답하는 식이다.

'친구'가 싫은 것은 아니다. 친구들과 함께 있는 것도 나름대로 즐겁다. 자신이 올바른 세계, 정상적인 세계의 안쪽에 있다고 실감할 수 있다는 것은 좋은 일이다. 사회인으로서 자신감과 안심감을 얻을 수 있다.

아키히코의 갑작스러운 여행 제안에는 솔직히 당황했다.

이런 여행을 실행에 옮길 수 있는 사람은 아키히코밖에 없다. 알고는 있었지만 역시 정말 실현될 줄은 몰랐다. 어쨌거나 우리는 어른이니까.

아키히코를 보면 이 세상에는 고상한 인간이 있구나 하는 생각이 든다. 부잣집 아들에 외모가 수려해서가 아니다. 조건이 같아도 저속한 사람은 얼마든지 있다. 아키히코의 가족이 모두 고상하지도 않을 것이다. 그는 아무래도 가족의 이단아인 것 같기 때문이다. 아키히코는 영혼이 고상한 것이다. 영혼 따위 좀처럼 쓰는 단어는 아니지만, 그 말밖에 생각나지 않는다.

용케 이런 추한 세상에서 살아남았구나 싶어 그와 이야기할 때마다 측은함과 감개 같은 것을 느낀다. 아휴, 기특해라. 누나가 칭찬해 줄게. 그렇게 말하면서 어깨를 두들겨주고 싶어진다.

순수함이며 가련함과 더불어 아키히코에게는 이상한 관대함이 있다. 일단 자기편으로 인정한 사람은 무조건적으로 받아주는 다정함이 있다. 마치 어머니처럼 무상의 애정을 아낌없이 준다. 헌신적이라 해도 과언이 아니다. 그가 마키오에게 쏟는 애정은 거의 애인에게 헌신하는 여자 같다.

친한 남자들끼리는 세계가 완결된 듯 보인다. 그 밖에 아무것도 필요하지 않은 느낌이다. 남자는 여자를 겸할 수 있지만, 여자는 남자를 겸할 수 없다.

가끔 생각나는 풍경이 있다.

집 근처에 사립 남학교가 있었는데, 하교 시간이면 남자애들이 일제히 왁 뛰쳐나왔다. 아키히코도 그런 식이었을까.

집에 들어가려다가 우연히 그 순간을 마주친 적이 있었다.

자전거에 둘씩 올라탄 소년, 그 곁으로 가방을 들고 자전거에 질세라 강아지들처럼 떼를 지어 달려 나가는 소년들.

그 순간, 그들은 무척 즐거워 보였다. 여자는 끼어들 여지가 전혀 없었다. 세계는 그들 것이고, 미소는 무척 아름답고, 모두들 반짝반짝 빛이 났다.

나는 충격을 받아 그 자리에 우뚝 섰다.

아아, 역시 세계는 우리 게 아니구나.

그때 나는 어쩐지 부럽고 슬펐다. 여자는 결국 세계의 가장자리에서 남자들이 활약하는 모습을 바라볼 뿐. 아무리 운동을 잘하고 공부를 잘해도 남자들 틈에 '끼는' 게 고작이다.

세상에 우수한 능력을 가진 여자들이 많이 있고 세상도 조금씩 변화하는 중이라지만, 회사에서도 남자들이 선심 써서 '끼워준다'라는 느낌은 지금도 사라지지 않는다.

아키히코는 어째서 그렇게 마키오를 좋아할까. 그런 차가운 남자, 아마 자기 자신 말고는 아무도 사랑하지 않는 남자를. 리에코도 그렇다. 그녀는 지금도 마키오를 사랑한다. 마음 한구석에 언제나 그가 있다. 하지만 그녀는 결코 그의 모든 것을 사랑하는 게 아니다. 그녀는 대체로 냉정하고 남성적으로 사고하는 여자인데도 스스로에 관해서는 전혀 모르는 것 같다. 자신이 마키오의 표면적인 부분만 본다는 것을 모른다. 또는 마키오 안에서 자신이 원하는 부분만 보려 한다는 것을 모르는 척한다. 마키오는 결코 그녀의 베스트 파트너가 아니었다. 그녀는 베스트 파트너를 올바로 선택해서 결혼하고도 마키오가 베스트 파트너였다고 믿고 있다.

크게 하품했다. 함께 있는 사람들이 다들 어엿한 어른이라 아이들이나 햇병아리 부하 직원처럼 무슨 일을 하고 있는지 늘 눈을 번뜩이며 감시하지 않아도 된다는 것은 정말 훌륭한 일이다. 여기서는 마음 내키는 대로 혼자 있을 수 있다. 여러 사람들 속에서 나만의 시간을 가질 수 있다.

창밖은 여전히 칠흑 같은 어둠이었지만, 문득 눈을 들어 보니 산과 산 사이로 어슴푸레하게 밝아진 하늘이 보였다. 능선이 뚜렷한 V자 모양으로 두드러졌다.

서서히 어둠에 눈이 익자, 중앙의 하얀 선만 보이던 아스팔트 양옆으로 도로 윤곽이 어렴풋이 보였다. 역시 차츰 밝아오는 모양이다.

"날이 밝아오는군."

똑같은 생각을 했는지, 아키히코가 기쁜 듯 중얼거렸다.

"응, 날씨가 좋을 것 같은데."

나는 뒷자리에서 고개를 끄덕였다.

"그거 봐라. 맑을 거라고 했잖냐."

"흥, 아키히코 덕에 맑은 건 아니잖아."

"무슨 소리! 내가 평소에 착한 일을 많이 한 덕이지."

기뻐하는 아키히코는 어쩐지 귀여워 보였다.

아키히코와 오사카에서 만나 함께 식사하고 밤차로 니시가고시마까지 온 게 아주 오래전 일 같다. 생각해 보면 아키히코와 단둘이 행동한 것은 그때가 처음이었다. 그리고 십중팔구 마지막이겠지. 나는 잘 안다. 누군가와 함께 즐거운 시간을 보내고 나서 또 만나자, 또 시간을 내보자, 라고 생각해도 그런 기회는 대개 두 번 다시 찾아오지 않는다.

배에서 이야기한 것처럼 수수께끼 같은 작은 사건 탓에 둘이 만나기까지 다소 시간은 걸렸지만, 다행히 아키히코를 만나 오사카 지하상가의 꼬치구이집에 함께 들어갔을 때는 정말로 기뻤다. 불특정 다수와 어울리는 것은 직장, 학부모회, 동네 반상회 모임 때문에 익숙하지만, 가끔씩 둘 정도의 적은 인원수로 술집에 가면 마음이 가볍다. 평소 늘 이런저런 사람들과 균형을 맞추고 사는 터라 누군가와 일대일로 대화할 수 있다는 게 엄청난 호사 같다. 더욱이 이해관계가 전혀 존재하지 않는 상대방은 요새 들어 거의 기적에 가깝다. 게다가 옛날부터 누가 내게 '잠깐 시간 있어?', '단둘이 이야기하고 싶은데'라 할 때는 대개 골치 아픈 이야기가 기다리고 있다. 사랑의 밀어라면 대환영이지만, '1학년 애가 동아리를 그만두고 싶어 한다'든지 '신입 사원이 출근 거부 중이다'라든지 '누구누구가 누구누구와 냉전 중이다' 같은 이야기뿐이니 짜증 나 죽겠다. 뿐만 아니라 상대방은 내게 털어놓은 시점에서 문제 해결이 내 몫이 됐다고 생각하는 것이다.

아키히코와 꼬치구이 코스를 시키고 카운터 자리에 앉자마자 나는 그런 불만을 쏟아냈다. 휴가 직전 '잠깐 시간 있으세요?'라며 나타난 부하 직원이 셋이나 있었던 것이다. 게다가 하나같이 꽤 중대한 내용이었던 탓에 마지막 순간까지 처리에 쫓기느라 기분이 상한 탓도 있었다.

"진짜 짜증 나 죽겠어. 객관적으로 봐서 난 꽤 관대한 편이라고 생각하는데, 이번엔 그 뭐니, 노발대발? 문제가 되겠다 싶은 일이 있으면 깨달은 시점에서 바로바로 보고하라고 회의 때마다 그렇게, 그렇게 일러두건만."

투덜대며 건배했다. 아키히코는 실실 웃었다.

"그야 세쓰코는 오픈 마인드니까 그렇게 말할 수 있을지 몰라도 원래 말해라, 말해라, 하면 되레 말 못 하는 법이다."

"어머 얘는, 내가 오픈 마인드라든지, 부하 직원의 성격 운운할 문제가 아니지. 조직 입장에서 그 편이 훨씬 능률적이니까 그렇게 주장할 뿐이라고."

"으음, 그야 그렇지만."

사실 아키히코도 내 말에 진심으로 반대하는 것은 아니고 그냥 이러쿵저러쿵 트집 잡기를 좋아할 뿐이다. 왜 그런지 옛날부터 나와 아키히코의 커뮤니케이션은 늘 이런 식이다.

"세쓰코는 정상적이니까. 넌 숫기 없는 녀석, 우물쭈물하는 녀석, 비뚤어진 녀석의 기분이 어떤 건지 모르지?"

"그게 뭐야, 그러니까 아키히코 같은 녀석의 기분 말이구나?"

"응, 그렇지. 나 같은 숫기 없는 녀석."

아키히코는 '숫기 없는'을 강조하며 고개를 끄덕였다. 나는 콧방귀를 뀌었다.

"아키히코는 몰라도 그런 녀석의 기분은 잘 알아."

씁쓸한 소녀 시절의 기억이 마음 한구석을 스치고 지나갔다.

"그으래?"

"그러니까 내 말은 조직에 소속돼서 돈을 받는 이상 문제 해결에 매진해 달라 이거야. 나도 병아리 눈곱만한 중간관리직 수당을 받으니까. 그 기분인지 뭔지를 존중해서 제발 문제를 귀찮게 하지 말아 줬으면 좋겠다고."

"아암, 그렇고말고. 지당하신 말씀이십니다, 세쓰코 과장님."

아키히코는 비아냥거리며 고개를 숙였다. 나도 모르게 발끈했다.

"너 지금 시비 거는 거지?"

"세쓰코 의견이 100퍼센트 옳다. 우리 상사한테도 좀 들려주면 좋겠네."

"원한다면 출장 강의라도 가줄게."

"그게 그렇더라. 옳은 일, 바른 일이라는 게 나같이 비틀어진 인간한테는 힘들더라고."

"왠지 하소연이 섞인 것 같다, 얘."

아키히코는 한숨을 쉬며 천장을 올려다봤다.

"요새 그런 생각이 들거든. 옳다는 건 대체 뭘까. 옳은 일은 과연 좋은 일일까. 애초에 옳은 일하고 좋은 일이 이퀄이 아니라는 점이 어려운 거지."

"맞아, 옳은 일이랑 좋은 일은 이퀄이 아냐."

"하지만 말이지, 최근 비즈니스 모델 같은 사고방식이 유행해서 군살은 최대한 제거한 능률 및 이익 제일주의 같은 게 판치잖냐."

"그거야 할 수 없잖아, 결국엔 기업이고 시대가 시대인데."

"응. 그래서 기업으로선 그게 옳다고들 하지. 다 함께 절약해 전년도 수준의 이익은 확보했습니다, 만세. 하지만 그런 거, 일로는 재미가 전혀 없잖냐. 목표를 달성한 쾌감 정도는 있을지 몰라도.”

“아항, 크리에이티브하지 않으시다? 크리에이티브하지 않으니까 일이 아니시다? 우리 신입 사원 중에도 있지. 전화 하나 똑바로 못 받는 주제에 전 이런 일 하려고 이 회사에 들어온 게 아닙니다, 하는 녀석.”

아키히코는 킬킬 웃었다.

“귀여운 녀석들. 하지만 뭐랄까, 지금 와서 보면 역시 그렇지 않았을까 하는 생각이 든다 이거야.”

“지시대명사가 많아서 무슨 뜻인지 모르겠어.”

늘 논리정연하게 이야기하는 아키히코가 웬일일까. 아키히코는 얼마 동안 적당한 표현을 찾더니 마지못해 입을 열었다.

“결국 최종적으로는 싫고 좋은 걸로 사물을 판단할 수밖에 없지 않을까. 분별이니 비즈니스니 하고 냉정하게 생각하는 게 옳다고들 하지만, 결국엔 인간이니 말이야. 다급한 상황이 되고 막다른 지경에 몰리면 역시 싫고 좋은 것에 의지하게 되지 않을까 하는 생각이 들어.”

아키히코는 혼잣말처럼 멍하니 중얼거렸다.

나는 아마 이야기의 결론을 알 수 없어서 의아한 표정을 짓고 있었을 것이다.

역시 내가 남자들 세계에 ‘끼어’ 있을 뿐임을 자각하는 것은 이런 때다. 나는 남자들이 만든 규칙을 애써 익혀 그 규칙에 맞춰 놀아주는데, 남자들은 이쪽이 규칙을 준수하는 데 대해 불평을 늘어놓는다.

"왜 그래? 어째 우울해 보이네."

아키히코는 놀란 표정이었다.

"우울? 내가?"

"응, 무슨 일 있었어?"

생각하면 그날 아키히코의 독설은 평소에 비해 위세가 없었다. 여느 때는 내가 무슨 말을 하면 곧바로 받아치는데, 그날은 처음부터 어쩐지 반응이 무뎠다. 나이를 먹어서 사람이 원만해졌나 했더니 아무래도 그건 아닌 모양이다.

아키히코는 허를 찔린 듯한 얼굴로 순간 시선이 이곳저곳을 향했다.

"아니, 그게, 딱히 나한테 무슨 일이 있었던 건 아니고."

"왜, 혹시 집에 무슨 일 있는 거야?"

"마키오가 헤어진다더라."

"뭐?"

나는 생각지도 못했던 이야기에 놀랐다.

"어머나, 마키오가 이혼해서 아키히코가 우울한 거야?"

"아니, 그게, 그러니까."

아키히코도 당혹한 말투였다.

"하지만 난 그 뭐냐, 아직 결혼한 지 얼마 안 됐잖냐? 나는 마키오 결혼식에도 갔었고 부인도 알고 있으니까, 인생 선배로서 마키오를 본보기로 여기던 부분이 있었거든. 그녀

석이 결혼한 게 벌써 10년 전이라고. 겨우 내가 결혼했나 했
더니 녀석이 이혼한다잖냐. 어쩐지 좀 허무하다고 할까.”

“그렇구나. 무슨 이야기인지 알 것 같아. 인생무상을 실감
했다 이거지?”

“뭐, 그런 거지.”

“그럼 마키오는 이미 헤어진 거야? 수속도 밟고?”

“아직 제출은 안 했지만 마키오는 도장 찍었다더라. 반년
도 더 전부터 별거했다나 봐. 그 녀석이 휴대전화 산 다음부
터는 늘 그쪽에 직접 전화를 걸었기 때문에 이사한 것도 나
중에 와서 알았다.”

“그럼 아직 부인은 도장을 안 찍었다는 이야기네? 이혼을
원하는 사람이 마키오구나?”

“그런 것 같아.”

“저런. 무슨 조짐 같은 건 없었어? 아키히코한테도 상담
을 안 했다니.”

“아니, 그건 괜찮은데.”

내 말투에서 비난을 감지했는지, 아키히코는 부랴부랴 그
렇게 말했다.

아키히코는 절대로 마키오 욕을 하지 않는다. 가장 친한
친구가 이혼할 눈치도 보이지 않고, 아무런 상담도 하지 않
고, 별거한다는 사실조차 알리지 않았다는 데 대해 아키히코
가 상처받지 않았을 리가 없는데. 나는 그런 마키오에게 화

가 나건만, 아키히코는 마키오의 가장 친한 친구이기를 그만
두지 않는다. 보기 안쓰러울 정도로.

"아이는 어떻게 하고?"

"둘 다 부인이 키운다더라."

"원인은?"

"잘 모르겠어. 하지만 마키오가 먼저 말을 꺼낸 건 확실해."

"다른 여자가 생겼나?"

"그건 아닌 것 같아. '혼자 있고 싶다'라고 했으니까."

이제 와서 뭘 새삼스럽게, 라고 나는 속으로 중얼거렸다.

너는 늘 혼자였잖아. 나랑 똑같이. 방법은 다르지만, 넌
언제나, 누구랑 같이 있어도 늘 혼자였잖아. 언제 어디서나
느긋할 수 있는 네가 어째서 이제 와서 혼자 있고 싶다고 하
는 거야.

"이혼한다는 이야기는 어떻게 알게 됐어?"

"거의 우연이나 다름없었어. 오랜만에 같이 한잔하자고
약속했거든. 난 그날 외근을 나갔었기 때문에 시간에 여유가
있어서 일단 집에 가서 옷을 갈아입었어. 그 김에 우리 지도
교수가 퇴직할 때 회람을 만든다고 마키오한테 빌린, 연구실
에서 여행 갔을 때 찍은 비디오를 돌려줘야겠구나 생각했거
든. 테이프가 하나도 아니고 꽤 부피가 크니까 마키오네 집
에 들러서 주고 같이 나가는 게 낫겠다고 생각했어. 그래서
들르겠다고 녀석한테 전화하니까 '그럼 주소를 불러줄 테니

까 그리로 들고 와라' 하잖아. 가르쳐준 데로 가보니까 독신자 기숙사 같은 원룸 아파트더라고. 마키오한테 '여긴 뭐 하는 데냐?' 하고 물었더니 아무렇지도 않게 지금은 여기 혼자 산다고 대답하는데, 그땐 나도 진짜 아연하더라."

"세상에, 마키오는 여전히 담담하네."

"이유를 물었더니 반년 전부터 별거했고 이혼할 생각이라고 또 아주 태연하게 말하지. 당연히 이쪽은 금시초문이니까 술 마시면서 이것저것 묻지 않았겠냐? 그런데 몇 번을 물어도 '혼자 있고 싶었다'란 말밖에 안 하는 거야. 이유라든지, 거기에 이르기까지 경위 같은 건 거의 안 가르쳐줬어."

"그렇구나. 아키히코는 마키오 부인하고도 친하니?"

"친하다고 할 정도는 아니고. 같이 식사한 적도 있는데 어쩌 날 이상한 사람이라고 생각하는 것 같더라."

"정확한 인식인데, 뭐. 마키오 부인은 굉장히 상식적인 사람이잖아?"

"너 마키오 부인을 만난 적 있어?"

"응. 그게 언제였더라?"

기억 속의 작은 하얀 얼굴을 떠올렸다.

자기 돈으로 온 손님은 없을 것 같은, 젠체하는 고급 레스토랑이었다.

아직 새내기였던 나는 접대 자리에서 분위기 띄우는 담당으로 뽑혀 나가 거래처 사람에게 갖은 애교를 부려야 했다.

화장실에 가려고 도중에 자리를 떴을 때, 낯익은 남자가 계산을 하고 있기에 '어머나?' 싶었다.

설마 그럴 리가, 하고 생각했는데 역시 마키오였다.

"마키오?"

나도 모르게 부르자 그도 어라? 하고 의외라는 표정으로 나를 봤다.

"너 이런 데서 뭐 해?"

"일이야. 거래처 접대."

"그렇군."

그때 시선이 느껴졌다.

조금 떨어진 곳에 젊은 여자와 그 가족이라 생각되는 육십 대 전후의 부부가 있고, 그 젊은 여자가 나를 보고 있었다. 뭘까 싶어서 그녀를 흘끔거리자 마키오가 눈치챈 듯 "아, 응"이라 말했다. 그녀가 이쪽으로 다가왔다. 몸집이 자그마하고 꽤 귀여운, 야무져 보이는 여자였다.

"소개할게. 약혼자인 쓰게 마나미. 이쪽은 내 소꿉친구인 혼마 세쓰코. 대학도 같은 대학을 나왔어."

마키오의 말에 그녀는 정면에서 눈을 올려 뜨며 내게 머리를 가볍게 숙였다.

"어머, 그래? 축하해요. 식은 언제예요?"

나는 그녀를 향해 싹싹하게 웃어 보였다. 속마음은 그리 싹싹하지 않았지만 겉으로는 그렇게 보일 웃음이었다.

약혼자의 이성 친구에게 경계의 눈길을 보내던 그녀는 내 활달한 태도에 금세 방침을 변경해 상냥하게 웃었다. 나를 적이 아니라고 인식한 모양이다.

"고맙습니다. 10월이에요."

"귀엽다. 같은 직장?"

"응."

"부모님께 인사드리는 자리였구나?"

"뭐, 그렇지."

"점수 따도록 열심히 노력하셔."

"너도."

우리는 가볍게 손을 흔들고 헤어졌다. 자연스럽게 마키오 곁에 서서 이쪽을 보는 그녀의 모습이 뇌리에 들러붙었다. 네 소중한 남편을 빼앗을 생각 없으니 염려 놓으셔. 나는 마음속으로 어깨를 으쓱했다.

친한 남자의 애인이나 부인에게는 첫인상이 중요하다. 나는 겉모습이 여성스러운 탓에 대다수 여자는 나를 처음 보면 경계심과 경쟁심을 내비친다. 물론 쓸데없는 싸움을 좋아하지 않는 나는 그들의 걱정을 해소해 줄 테크닉을 갖추고 있다. 활달한 여자, 서글서글한 여자. 나 자신도 실은 어떤지 잘 모르지만, 여자로서 같은 무대에 올라 맞붙을 생각이 없음을 표명하는 데 익숙하다.

마키오가 너무나도 전형적인 사내 결혼을 택해 너무나도

전형적인 사무직 여성 타입을 배우자로 선택한 것은 뜻밖이기도 했고 납득이 되기도 했다. 나는 그런 타입의 여자가 남자와 함께 있는 모습을 보면 왜 그런지 늘 '기득권'이라는 말이 생각난다.

마키오는 옛날부터 여자들에게 인기가 있었거니와, 생기기도 잘생겼고 유능한 남자인 것은 확실한지라 회사 여자들 사이에 치열한 쟁탈전이 벌어졌을 것은 불 보듯 뻔했다. 그녀는 그 좁은 세계의 승자인 것이다. 이긴 사람은 나야, 라는 자부심과 어렵게 손에 넣었으니까 방해하지 마, 하는 무언의 압력이 그녀의 시선에서 느껴졌다. 그녀 같은 여자에게는 '장래를 약속했다'보다 '손에 넣었다', '획득했다'라는 표현이 실로 딱 들어맞는다.

인간은 누구나 없는 것을 갖고 싶어 한다. 자신에게 없는 것을 남에게서 찾는다. 아무것도 없는 여자일수록 상대방에 대한 요구가 커진다. 자신의 수준을 높이려면 경제력, 학력, 외모 등 상대방이 가진 권리를 자기 것으로 할 수밖에 없다. 그 권리를 나는 내 마음대로 '기득권'이라 부른다. 그런 여자들은 보다 많은 '기득권'을 가진 남자를 얻으려고 날마다 싸우고 있다. 경제력이 있는 여자, 원래부터 여러 좋은 조건을 타고난 여자가 그런 여자들을 비웃기는 간단하지만 본인들에게는 웃을 일이 아니다. 죽을 때까지의 생활과 자존심이 걸렸으므로 그건 매우 치열한 싸움이다. 어중간한 근성으

로는 싸울 수 없다. 탈락되는 여자들, 싸움에 패한 여자들을
나는 여러 명 봐왔다. 산다는 것, 사랑한다는 것은 역시 체면
차리면서 할 수 있는 싸움이 아니다.

"아카사카의 어느 레스토랑에서 마주쳤지 뭐야. 난 회사
접대였고, 마키오는 부인이랑 그쪽 부모님이랑 함께였어. 아
직 결혼하기 전에. 저 말이야, 마키오의 부인, 리에코랑 좀 닮
지 않았니?"

"뭐?"

아키히코가 어리둥절한 표정으로 나를 봤다. 여기서 느닷
없이 마키오의 옛 애인인 그녀의 이름이 나올 줄 몰랐나 보다.

"아무리. 전혀 안 닮았다."

"얼굴이 닮았다는 이야기가 아니잖아. 뭐랄까, 리에코의
축약판 같지 않니?"

아키히코가 가볍게 웃음을 터뜨렸다.

"축약판이라. 꽤 그럴듯한데. 그렇군, 그러고 보면 그런
느낌 같기도 하다."

감탄하며 고개를 끄덕였다.

"그렇지? 어쩐 리에코의 알기 쉬운 부분을 하나로 모아놓
은 것 같아."

뒤집어 말하면 마키오는 리에코의 그렇지 않은 부분들로
부터 도망친 셈이다.

리에코는 전부터 어딘가 커다랗게 '일렁이는' 부분을 가

진 여자였다. 야무지고, 머리도 좋고, 냉정하면서도 부드럽다. 그런데 늘 마음속 어딘가에서 비 내리기 직전의 숲처럼 뭔가가 일렁이고 있다. 전체적으로 균형 있고 정돈된 가운데 올이 풀린 곳이 단 한 군데 있는데, 다른 부분이 완벽한 탓에 눈에 더 띈다. 오히려 올 풀린 곳 너머에 망망한 세계가 펼쳐져 있을 듯한 불안을 느낀다. 하지만 그녀의 경우, 그게 일종의 신비스러운 매력으로 작용하는 것은 틀림없는 사실이었다.

그러나 마키오는 귀찮은 것을 좋아하지 않는다. 불안정한 것도 좋아하지 않는다. 분명히 그는 리에코의 '일렁이는' 부분이 두려웠을 것이다. 그녀의 마음속 숲에 감도는 불길한 비의 예감으로부터 도망치고 싶었을 것이다.

"솔직히 말해서 좀 무서워 보이는 부인이더라. 굉장히 진지할 것 같지 않아?"

내가 그렇게 말하자 아키히코도 말없이 고개를 끄덕였다.

아키히코와 마키오와 그녀가 마주 앉은 장면을 생각하니 생각만으로도 긴장됐다. 아키히코가 버릇대로 못되게 떠들어대는 것을 그녀가 당혹해 웃으며 한발 물러나 바라보는 표정이 눈에 선했다. 물론 그녀는 정상적인 상식을 지닌 사람인지라 대화를 이어 나가기 위해 노력할 것이다. 그러나 근본적인 세계관이 다르기에 대화가 조금도 깊어지지 못한다. 다람쥐 쳇바퀴 돌듯 표면적인 대화가 이어질 뿐. 테이블 위에 공허한 피로감이 감돌기 시작한다.

"어째서 다들 마키오가 특이한 사람이라는 걸 못 꿰뚫어 보는지 몰라. 난 아키히코보다 마키오가 훨씬 특이하다고 생각하는데."

"응. 나도 이번만은 그 녀석이 이상한 인간이란 걸 통감했다."

아키히코도 크게 고개를 끄덕였다.

"마키오는 분명히 어디 눈에 잘 안 띄는 데가 몇 군데 단선됐을 거야."

"단선이라. 그렇군. 세쓰코, 너 오늘 꽤 영특하다? 축약판도 그렇고, 단선도 그렇고."

"어머, 그래애? 아키히코 경우는 일단 이어져 있어야 할 곳은 다 이어져 있지, 인간의 기본적인 도리로서. 하지만 가끔씩 잘못된 부분끼리 이어진 방향으로 이상하지 않니?"

"너 혹시 나한테 동의를 구하는 거냐?"

"아니, 이건 그냥 내 개인적인 의견."

"그래. 그럼 마키오는?"

"마키오의 경우는 눈에 띄진 않지만 꽤 중요한 부분이 안 이어진 것 같아. 인간으로서 어딘가 중요한 부분이 단선된 거지."

"그건 좀 심한 말 아니냐?"

"그래? 하지만 마키오의 인격을 헐뜯을 생각은 없는걸.

단선이잖아. 회로가 끊겼다고 마키오 잘못은 아니잖니?”

“아니, 그래도 좀. 으음.”

아키히코는 생각에 잠겼다. 생각에 잠겼다는 것은 그도 비슷한 느낌을 적잖이 받았다는 뜻일 것이다.

“게다가 선이 완벽하게 이어져 있을 뿐인, 정상적인 녀석이 매력적이냐 하면 그건 또 별문제이기도 하고. 마키오가 여자들한테 인기가 많은 건 이해가 돼.”

“응, 그렇지.”

아키히코는 어딘지 모르게 안도한 것처럼 고개를 끄덕였다. 그는 정말이지 마키오에게 약하다. 반한 쪽 입장이 약한 것은 동성이든 이성이든 마찬가지다.

이런 식으로 수다를 떠느라, 꼬치구이 코스에 처음 보는 긴키 지방의 재료가 있었는데도 정체도 확인하지 않은 채 열차 시간을 맞이하고 말았다.

서서히 허옇게 밝아오는 길을 타이어가 도로를 스치는 촥 소리만 남기고 나아가며, 나는 차창에 비치는 내 얼굴을 바라봤다.

밤의 밑바닥을 열차나 차를 타고 이동하는 것은 기묘한 느낌이다. 어렸을 때는 교통기관으로 이동하는 시간이 한없이 길게 느껴졌다.

“이제 몇 분 남았어?”

엄마에게 자꾸 물으면 엄마는 그때마다 '10분'이라며 달래곤 했다.

실제로 어렸을 때는 오래 걸리기도 했다. 일본은 어느새 이렇게 좁아졌을까.

초등학교 때였나, 제사가 있어 열차를 탔을 때가 지금도 선명하게 생각난다. 바깥은 컴컴하고, 주위 어른들은 모두 잠들어 있었다. 추운 계절이라 난방이 세게 틀어져 있었지만 어딘가에서 찬바람이 들었다. 나는 창가에 앉아 가만히 숨죽이고 바깥 어둠을 바라봤다. 가끔씩 인적 없는 플랫폼의 불빛과 건널목 불빛이 지나가는 것 외에는 칠흑 같은 어둠이 이어질 뿐, 아무것도 보이지 않았다.

하지만 나는 눈을 뗄 수 없었다. 눈을 떼면 그길로 어느 낯모르는 무서운 세계에 끌려가지 않을까. 망보기를 그만둔 순간, 거대한 괴물이 어둠 속에서 열차를 덮치지 않을까. 그런 막연한 두려움이 마음속에 가득했다. 열차의 덜컹덜컹하는 서글픈 리듬마저 심장 고동처럼 생생했다.

그때 창 안에서 숨죽이고 있던 소녀도 지금은 이렇게 닳아빠진 어른이 됐다.

그렇지만 세계에 대한 두려움은 없어졌을까? 오히려 어른이 되어 두려운 것의 종류가 더욱 늘어가는 것 같다. 세계는 가속하며 새로운 공포의 씨앗을 잇따라 뿌린다. 낫토의 유전자, 은행의 불량채권, 아이를 낳지 않는 여자, 남극의 얼음까지 걱정해야 하다니, 어렸을 때 누가 예상이나 했겠나.

"이제 곧 등산로 입구에 도착한다."

아키히코가 말했다.

"리에코."

나는 가만히 리에코의 어깨를 흔들었다.

"어? 응."

잠에 취한 목소리와 함께 리에코가 반사적으로 몸을 일으켰다. 분명 순간 여기가 어디인지 파악할 수 없었을 것이다.

"곧 도착한대."

"아, 그래."

리에코는 일어나 앉아 눈을 비볐다.

"후우. 아아, 정말 졸렸는데 기분 좋게 푹 잤네."

"이렇게 잠깐 눈 붙이면 기분 좋지."

맞장구를 쳤다.

"꿈을 꿨어."

리에코가 아직 반쯤은 꿈꾸는 듯한 목소리로 중얼거렸다. 반사적으로 물었다.

"무슨 꿈?"

"바다 위를 날고 있었어. 나 혼자. 멀리서 해가 비치고, 아주 아름다웠어."

아키히코가 흘깃 리에코를 돌아보는 것을 알 수 있었다. 무슨 신경 쓰이는 일이라도 있는 걸까. 그는 앞을 향하더니 입을 열었다.

"사람이 하늘을 날 수 있었다면 상당히 많은 게 달라졌겠지. 전쟁 방식이라든지, 도시 건설 방법이라든지, 도구라든지. 하지만 사람한테 날개가 없는 건 아주 사소한 진화의 차이란 생각 안 드냐? 하다못해 공룡도 날았으니 말이야. 공룡은 손도 있었지. 인간도 진화의 갈림길 어디선가 다른 길로 갔더라면 두 발로 걷고 손이 있고 등에 날개가 달린 생물이 됐을지도 몰라."

모습을 상상해 봤다.

"듣고 보니 그러네."

"그렇지?"

하늘을 날 수 있다면. 어렸을 때는 그런 생각을 한 적도 있었지만, 이제는 생각도 해보지 않는다. 분명히 이제는 하늘을 난다는 게 그렇게 좋은 일 같지 않아서일 것이다. 하늘을 나는 사람이 있으면 다들 총으로 쏴 떨어뜨리려 할 것이다. 하늘을 나는 사람이 나타나면 그것을 위협으로 느낄 사람도 있을 테고, 돈벌이에 이용하려 드는 사람도 있을 것이다. 새로운 세계가 열릴 때 새로운 부자유도 따라온다.

공터로 나왔다. 겨우 뚜렷해지기 시작한 아침 세계 속에 산장풍 건물이 도드라져 보였다.

건물을 본 순간, 왜 그런지 느닷없이 여행의 끝을 자각했다.

우리 여행은 이미 종반에 접어들었다. 우리 여행은 이제 곧 끝난다. 무슨 일이 일어났을까. 그리고 무슨 일이 일어나지 않았을까.

자갈을 깐 광장으로 차를 몰고 들어갔다.

심심한 곳이었다. 현재 짓는 중인 작업 창고와 목재가 놓여 있고, 작은 불도저가 세워져 있을 뿐.

그리고 지도가 그려진 간판이 하나 있고, 과거 임업 도로였던 산길이 한 줄기 조용히 산속으로 사라져 갔다. 산과 산 사이로 멀리 겹겹이 포개진 산봉우리들이 보였다.

"드디어 여기까지 왔군."

아키히코가 출발을 앞두고 흥분한 듯 머리를 가볍게 흔들었다.

"저기가 화장실. 화장실은 여기뿐이니까 여기서 볼일을 봐두도록."

"네에."

짐을 두고 교대로 화장실에 갔다. 최근에 만든 듯 깨끗했다.

"진짜 아무도 없네. 어째 굉장히 사치스러운 기분이야. 연휴 중엔 사람이 많았다는 게 안 믿어져."

리에코가 주변을 둘러보며 중얼거렸다.

그건 나도 동감이었다. 관광 코스 중 가장 인기 있는 J삼나무로 가는 길 입구에 달랑 우리 넷이 서 있는 것이다. 은근슬쩍 시작되는 좁은 길을 흘끔거렸다. 과거에 무개 운반차가 다녔던 선로가 붉게 녹슨 채 두 줄기 뻗어 있었다. 머나먼 숲속까지 이어진다는 예감이 우리를 긴장케 했다.

나는 괜히 주변을 어슬렁어슬렁 걸어봤다.

시커먼 산이 주변을 에워싸고 있다. 아무리 여러 번 산에 들어가도 이곳이 섬이라는 게 믿기지 않는다. 이 정적. 산들의 존재감. 자신이 이렇게 산속에 서 있다는 게 이상한 일처럼 느껴진다.

하늘이 서서히 파란색을 늘려갔다. 분명 더워질 것이다.

"자, 그럼 여러분, 준비운동을 합시다. 근육을 확실하게 깨우도록."

진지하기 짝이 없는 표정으로 아키히코가 몸을 굽혔다 펴기 시작했다.

나도 목과 발목을 돌리고 아킬레스건을 늘렸다. 몸에 들러붙은 지방의 두께가 느껴져 울적했다. 해마다 신진대사가 저하되는 것을 부정하지 못하겠다. 회식에서 먹은 게 고스란히 내장에 가서 들러붙는 것을 알겠다.

이제 더는 젊지 않다, 라고 입버릇처럼 하던 말이 차츰 몸으로 느껴진다. 사람들은 누구나 선수라도 치듯 꽤 일찍부터 '이제 나도 늙었어'라고 하지만, 실제로는 의외로 그렇게들 생각하지 않는다. 그도 그럴 게 젊었을 때와 현재는 하나로 이어져 있는 것이다. 한꺼번에 나이를 먹는 것도 아니니 젊었을 때 기억은 10년 전 일이라도 바로 어제 일만 같다.

그러다 어느 날, 드디어 그 말을 실감하게 된다. 고등학교를 졸업한 지 벌써 20년이 지났다는 것을 생각하고 비로소 지나간 세월의 크기에 경악한다.

나이를 먹는다는 게 싫지는 않다. 가진 게 젊음밖에 없던 시절에는 힘들었다. 유일한 카드인 젊음을 유용하게 사용할 방법도 모르고 목적도 발견하지 못한 채 그저 괜히 조바심쳤다가 열등감에 시달렸다가 했던 생각을 하면, 지금이 되레 조금씩 해방되고 있다고 자신할 수 있다.

"자, 그럼 출발할까."

아키히코가 시계를 보더니 선두에 서서 걷기 시작했다. 모두 묵묵히 걸음을 뗐다. 아키히코, 나, 리에코, 마키오의 순서다.

아키히코의 뒷모습을 보며 작은 감동을 느꼈다. 이렇게 선두에 서서 걸을 수 있는 아키히코가 솔직히 존경스럽다. 세상 사람들은 결코 선두에 서지 않을 사람들이 대다수를 차지한다. 늘 불만스러운 눈빛으로 불평만 늘어놓으면서 누가 앞장서서 걸어주지 않을까 두리번두리번 눈치만 살피는 무리들. 그것도 처세술이고 살아남기 위한 수단이라는 것은 인정할 수 있지만, 나는 이렇게 당연한 일처럼 선두를 걷는 아키히코를 진심으로 존경한다.

쓸쓸한 폐허처럼 녹슨 레일과 침목이 지면에 이어졌다. 오르락내리락 산면을 따라 이어지는 외길이다. 걷기 쉽지만 동시에 걷기 불편하기도 하다. 울퉁불퉁한 침목 때문에 발치에서 눈을 뗄 수 없기 때문이다. 하나씩 건너뛰기에는 간격이 너무 넓고, 일일이 밟고 지나기에는 너무 좁다. 자연히 발치에 신경을 쓰면서 조금씩 전진하다 보니 어쩐지 쳇바퀴를 밟는 햄스터의 기분을 알 듯했다.

길 왼쪽으로 거대한 바위가 뒹구는 말라붙은 냇바닥이 아래쪽에 보였다.

산은 울창한 숲을 몸에 두르고 강 건너편에 우뚝 솟아 있었다. 그 너머로 아침 안개에 싸인 다른 봉우리가 이어졌다.

그런데도 주변은 여전히 쥐 죽은 듯 고요했다.

새가 없다는 게 정말 이상했다. 다른 곳에서 이런 시간에 이런 풍경을 눈앞에 두고 있었다면 온갖 새소리가 아침을 장식했을 것이다. 그런데 이곳에는 고요한 침묵이 있을 뿐. 우리가 묵묵히 침목을 밟는 둔탁한 소리가 울릴 뿐이다. 이곳 생태계는 어떤 식으로 되어 있을까.

"……참 조용하다."

똑같은 생각을 했는지 뒤에서 리에코가 중얼거렸다.

"응. 이렇게 웅대한 풍경인데 이렇게 조용하다는 게 안 믿기지."

무심코 나도 고개를 끄덕였다.

"이 심오한 고요함을 마음껏 즐겨둬라. 날이면 날마다 누릴 수 있는 게 아니니까."

아키히코가 농담처럼 말했다. 확실히 날이면 날마다 누

릴 수 있는 것이 아니다. 휴대전화와 컴퓨터, 전기밥솥, 온수기의 전자음. 소음에 파묻혀 사는 평소 생활에서는 상상조차 할 수 없는 환경이다.

"소리가 없으니까 되레 겁난다, 얘. 한심한 이야기지만."

자기 목소리가 공기를 타고 남에게 전달되는 게 이상하게 여겨졌다.

모두 이제 막 걷기 시작한 흥분을 조용히 맛보고 있었다.

공기가 시원하고 기분 좋았다.

발치에서 눈을 떼기 어려운 중에도 흘깃흘깃 주변 풍경을 보며 가슴속에 새겨두었다. 뭔지 모를 깊은 행복감이 느껴졌다. 이 사치스러운 공간을 넷이서 독점하고 있다는 환희에 가슴이 벅찼다. 그래 봤자 여행자의 감개에 불과할까. 이곳에 사는 사람들은 이런 생각은 하지 않을까. 이 섬의 가이드는 대개 타지에서 온 사람들이라고 한다. 이곳으로 옮겨온 그들의 기쁨과 원래부터 살던 사람들의 기쁨은 다를까.

"고소공포증 있는 녀석 있냐?"

아키히코가 흘깃 뒤를 돌아보며 물었다. 나는 살짝 손을 들었다.

"나 좀 있을지도."

"다른 사람들은?"

"난 괜찮아."

"나도."

뒤에 있는 두 사람이 짤막하게 대답했다.

"좀 무서운 다리가 있거든. 고소공포증 때문에 건너지 못해서 J삼나무를 포기했다는 사람도 있다더라고."

"어머, 진짜? 어쩌지? 괜찮을까?"

나는 얼굴이 창백해졌다. 그렇게 심하지는 않으리라 생각하지만 어쨌거나 불안했다. 어렸을 때 소풍 갔다가 산 위 철골을 짜 맞춘 전망대에 올라가지 못해 결국 혼자서 밑에서 기다렸던 기억이 있다.

모퉁이를 돌자 앞쪽에 다리 같은 것이 보였다. 철골 위에 판자를 얹어 고정했을 뿐인 다리다. 난간은 없다.

"저거야. 어때, 세쓰코?"

아키히코가 고갯짓으로 앞쪽을 가리켰다.

확실히 상당히 높기는 하지만 물이 없는 계곡에 뒹구는 바위 덕인지 그렇게 무섭지는 않았다.

"괜찮을 것 같아."

"너 그거 고소공포증 아니다."

아키히코의 뒤를 이어 다리를 건너기 시작했다. 아무렇지도 않았지만, 어째서 난간이 없으면 몸이 길 밖으로 튕겨 나갈 것 같은 느낌이 들까.

"자연 풍경은 괜찮은데, 오히려 아파트 2층이나 3층쯤에서 밑을 내려다보는 쪽이 더 무섭더라."

"왜?"

"어쩐지 지면이 가깝게 느껴지면서 나도 모르게 몸을 슥 내밀고 싶어져."

"그러냐?"

"응. 분명히 고소공포증 있는 사람은 다들 그럴걸. 높은 데 서면 자기를 믿을 수 없게 돼. 자기가 몸을 내밀어서 당장이라도 떨어지지 않을까 걱정이 돼."

"어이구."

무사히 다리를 건넜다. 계곡에 뒹구는 바위는 하나같이 거대한 것이 기이한 느낌마저 주었다.

"그러고 보니 세쓰코, 너 머릿수건 쓴 아줌마가 널 절벽 위에서 떨어뜨리는 꿈 꾼다고 했지."

"응?"

아키히코의 말을 듣고 나는 왜 그런지 크게 동요했다.

"분명히 그게 네 고소공포증하고 연관이 있을 거다. 뭐 짐작 가는 건 없냐?"

아키히코의 단언에 나는 또 동요했다.

"짐작이라니…… 모르는 아줌마인데."

"음, 분명히 거기에 수수께끼를 해명할 실마리가 있을 거다. 좋아, 내가 생각해 주지."

"오늘도 그런 전개니?"

"당연하지. 대자연과 미스터리는 동시에 즐기는 게 가능하니까. 나 정말 행복하다."

기분 좋은 아키히코를 보고 겨우 마음이 진정됐다.

뭐였을까, 방금 느낀 동요는?

가슴속에 기묘한 불안이 솟았다.

분명히 어제 꿈 이야기를 하긴 했지만 그때는 아무 느낌도 없었는데. 마음속으로 고개를 갸웃했지만 조금 전에 어째서 동요했는지 이유를 알 수 없었다. 신경 쓰이기는 해도 우선 잠시 옆으로 밀어놓기로 했다.

"얘, 아키히코, 그 벚나무는 어디쯤 있니?"

리에코가 물었다.

"더 위쪽이야. 산길에 들어가서 J삼나무에 거의 다 가서. 아직 멀었다."

"그렇구나."

벚나무. 그러고 보니 그런 이야기도 있었구나.

삼고의 벚나무. 대체 어떤 걸까. 나는 살짝 산면을 올려다봤다. 이 검고 깊은 숲속에 동그마니 떠 있는 것처럼 보일까.

아마 왕벚나무처럼 화려하지는 않을 것이다. 산벚나무의 일종. 1년에 세 번 꽃을 피우는, 꽃도 그리 많지 않은 단아한 고목.

그렇지만 이런 풍경 속에서는 분명 눈에 띌 것이다. 우뚝 선 상록수가 이어지는 숲속에서 조용히 꽃을 피운 산벚나무는 나그네의 시선을 끌어 발을 멈추게 할 것이다.

풍경은 어째서 아름다울까 생각한 적이 있다. 눈부시게

아름다운 풍경이 보는 사람의 가슴을 떨리게 한다는 것은 대체 뭘까. 가슴을 떨리게 하기 위해 풍경이 존재하지는 않을 텐데 어째서 세계에 아름다운 풍경이 존재하는 걸까.

우리는 묵묵히 길을 걸었다.

농담을 주고받기도 망설여질 정도로 사방이 온통 조용했다. 어째 그림책 속으로 들어가는 듯한 기묘한 허구적 분위기가 감돌았다.

"신령한테 잡혀간다는 게 진짜 있을까?"

나도 모르게 중얼거렸다.

"이대로 못 돌아가게 돼도 이상하지 않을 것 같은 분위기지."

뒤에서 리에코가 말을 받았다.

"아니면 립 밴 윙클. 돌아와 봤더니 20년 지났더라 하는 거지."

아키히코가 중얼거렸다.

"그게 뭐야?"

"미국의 우라시마 다로*."

"하긴 신령한테 잡혀간다는 건 그런 걸지도 몰라."

리에코가 말했다. 발치를 보는 듯 목소리가 땅 쪽에서 들

---

* 일본의 전래 동화. 우라시마 다로는 해변에서 거북이를 구한 보답으로 용궁에 초대되어 3년 간 지낸다. 하지만 고향에 돌아오니 수백 년이 흘러 있었고, 공주에게 받은 상자를 연 순간 순식간에 노인이 된다.

렸다.

"그런 거라니?"

나도 땅을 보며 물었다. 침목이 발바닥 아치에 닿아 아프기도 하고 기분 좋기도 했다.

"분명히 시간이 어긋나는 거야. 시간의 진행이 극단적으로 빠르거나 극단적으로 느린 장소가 산속에 있고, 그래서 그곳에 들어간 사람이랑 밖에 있는 사람이랑 체감하는 시간의 속도가 다른 게 아닐까?"

"언뜻 보면 논리적인 것 같으면서 매우 SF적인 해설이군 그래."

"하지만 시간은 원래 굉장히 주관적인 거 아니니? 특히 사람한테는 말이야. 시간이라는 개념 자체가 사람이 만든 거고, 실제로 개나 고양이가 체감하는 시간이랑은 눈금이 전혀 다르잖아? 똑같은 1분도 버스를 기다릴 때랑 시험 볼 때 남은 시간은 전혀 달라. 난 객관적으로 간주되는 시간이랑 사람이 느끼는 시간은 역시 다르다고 생각하는데."

리에코는 담담히 대답했다. 이런 이야기를 할 때 리에코는 무척 이성적이다. 다시금 인간은 다면적인 존재다 싶다. 한 가지 면만으로는 도저히 어떤 사람을 평가할 수 없다. 그녀의 숲은 평소 어디에 보관되어 있을까.

내 숲은? 마키오나 아키히코의 숲은?

눈앞에 이렇게 웅대한 숲이 펼쳐져 있는데 나는 보이지

않는 숲을 생각하고 있었다. 어딘가 비좁은 곳에 잠들어 있을 거대한 숲을.

그렇지만 내 입은 멋대로 다른 말을 떠들었다.

"그럼 오사카 지하상가에서 나랑 아키히코가 못 만난 것도 거기에 두 개의 서로 다른 시간이 흐르고 있어서 그랬을지도 모르겠네."

"너하고 나 사이엔 원래부터 늘 다른 시간이 흘러."

아키히코가 맞받아쳤다.

"하지만 그렇게 말하자면 체감 시간이 완전히 일치하는 사람은 웬만하면 없지 않니? '느긋하다'라든지 '조급하다' 같은 건 결국 그런 이야기잖아? 체감 시간이 다르다는 이야기."

"그러게. 나하고 지금 우리 부장하고 100년 정도 차이가 있을 것 같으니까. 또 같은 사람으로 봐도 체감 시간은 분명히 가속 중이지. 어렸을 때 1년하고 지금 1년은 아무리 생각해도 달라."

"응, 고등학교 졸업할 때까지 18년간이랑 졸업한 다음의 18년간이 똑같은 18년이란 게 도무지 안 믿어져."

"맞는 말이다. 윽, 정말 싫다. 야, 고등학교 졸업하고 벌써 19년씩이나 됐냐. 이럴 수가."

"그러게 말이야, 벌써 19년이더라고. 그때 태어난 애들이 이제 좀 있으면 성년이야, 애."

"하지 마."

뒤에서 리에코가 불만스러운 목소리로 말했다. 역시 다들 자신이 나이 먹었음을 인정하고 싶지 않은 것이다. 모두를 오싹하게 하니 어째 기분이 유쾌했다.

산면을 따라 이어지는 길이 산속 숲으로 들어갔다.

거대한 삼나무가 잇따라 하늘을 향해 직립한 풍경 한가운데로 두 개의 선로가 사라져 가는 모습은 역시 어떤 이야기 속으로 들어가는 기분이다. 숲 너머에 또 하나의 나라가 있을 것 같다. 어렸을 때 좋아했던 《오즈의 마법사》의 에메랄드시 같은.

그 이야기는 어린 마음에도 몹시 잔인하게 느껴졌다. 가장 인상에 남았던 것은 회오리바람에 집이 날아가 마녀를 깔아 죽이는 장면이다. 밑에 깔린 마녀의 신발 끝이 집 밑에서 비쭉 나와 있는 장면(책의 삽화로 봤는지 영화에서 봤는지 기억이 뒤죽박죽이라 알 수 없지만)이 선명하게 뇌리에 박혀 있다. 그건 '나쁜 마녀'라고 했지만 만일 '착한 마녀' 위에 떨어졌으면 어쩌려고 그랬나, 이상하게 생각한 기억이 있다.

권선징악. 과거에 세계는 모든 게 참 명쾌했다. 악은 늘 망하고, 악한 녀석은 아무리 잔인하게 죽임을 당해도 상관없었다. 왕자와 공주의 행복은 마녀의 피와 뼈 위에 꽃핀다. 그게 온 세상 사람이 인정하는 해피엔드였다. 하지만 지금은 텔레비전 애니메이션조차 그렇게 간단하지 않다. 폭력은 좋지 않다. 가해자에게도 인권이 있다. 착한 사람은 아무 소리 못 하고 살해당하고, 대중매체에 사진이 나돌아 또 한 번 살해당한다. 보호를 받아 살아남은 가해자는 되레 원한을 품어 또 누군가를 죽인다.

체감 시간을 이야기하다가도 나온 이야기인데, 세계가 가속하는 속도에 못 따라가겠다는 생각이 들 때가 있다. 기업도, 사회도 엄청난 속도로 변화하고 있다. 어제까지 유용하던 것이 오늘은 아무런 도움이 되지 않는 일이 전에 비해 훨씬 잦아졌다. 얼마 전까지만 해도 모두 여유 있는 표정으로 걸었는데, 지금은 누구나 뒤처지지 않으려고 필사적으로 뛰고 있다. 노인도, 어린애도 전속력으로 뛰어야 한다. 뛸 수 없는 자는 그저 끽소리 못 하고 쓰러져 죽는 수밖에 없다. 지금은 아직 새로운 기술을 습득할 수 있고 세계의 움직임에 따라갈 수 있지만, 앞으로 한층 더 가속됐을 때 과연 직장인으로서, 사회인으로서 세계에 따라갈 수 있을까.

누군가가 끽끽 소리를 내며 태엽을 감고 있다. 태엽을 감으면 감을수록 세계는 가속한다. 하지만 그러다 모든 게 팅겨 나가는 날이 올 것이다. 끝까지 감은 태엽이 풀리면서 세계가 팅겨 나가는 날이.

곧 나뭇잎 새로 비치는 햇빛도 사라졌다.

폐쇄감은 없었다. 여전히 신비스러운 정적이 계속되어 그저 고요할 뿐이었다. 얼마만큼의 면적이 이 정적에 싸여 있을까 생각하니 숨이 막힐 듯했다.

우리는 웬일로 말없이 걷고 있었다. 그렇다고 어색하지는 않았다. 말이 필요 없다는 기분이었다. 말은 없어도 어떤 충실한 정신활동 같은 것을 하면서 서로 만족감을 확인하는 느낌이었다.

이 섬의 숲에 발을 들여놓으면 늘 그 순간 뭔가가 멀리까지 화악 확산되는 듯한 착각이 든다. 그게 뭔지는 모르겠다. 자기 몸에서 신호 같은 것이 발신되어 숲 전체가 그것을 수신해 호응하는 느낌이다. 역시 인간도 식물도 똑같은 생명체라는 기묘한 실감이 든다.

이 섬이 하나의 생명체이고, 아주 먼 옛날부터 기나긴 꿈을 꾸는 것은 아닐까. 그 안에 발을 들여놓는 우리도 꿈의 일부로 빨려들 것 같다.

우리가 처음부터 이 섬이 꾸는 꿈이라면 어떨까. 섬은 네 남녀가 여행하는 꿈을 꾸고 있다. 그들은 청춘 시절의 기억과 작은 수수께끼에 관해 이야기를 계속하고 있다. 섬은 꿈 속에서 그들이 지금까지 살아온 인생을 본다. 어떤 사람은 헤어지고, 어떤 사람은 결혼하고, 어떤 사람은 아이를 키우고, 어떤 사람은…….

세계 그 자체가 섬이 꾸는 꿈이라면 어떨까. 가속하는 세계. 복잡해지고, 혼돈에 빠지는 세계.

꿈에서 깨면 어떻게 될까. 나도, 리에코도 모두 사라져 버릴까. 우리 기억은, 지금까지의 추억과 세월은 어디로 가버릴까.

"아, 또 사슴이다."

아키히코가 나지막이 소리쳤다.

몽상에서 깨어나 흠칫 고개를 들었다.

길 앞쪽 선로 위에서 사슴 한 마리가 이쪽을 돌아보고 있었다.

선이 우아한 목을 꼬아 우리를 가만히 바라본다.

"원숭이도 그렇고, 사슴도 그렇고, 시선을 돌릴 수 없으니까 어째 쑥스럽군."

"왜 아키히코가 쑥스러워하는데?"

목소리를 낮추고 다들 차츰 사슴에게 다가갔다.

사슴은 겁내는 기색은 없었지만, 아키히코가 5미터 정도 떨어진 곳에 이르렀을 때 몸을 홱 돌리더니 유연한 동작으로 숲속으로 사라져 버렸다.

어슴푸레 비쳐드는 햇살이 갈색 몸뚱이 위에 둥글게 빛나고, 사박사박 낙엽 밟는 소리만을 남기며 눈 깜짝할 새에 멀어져 가는 모습이 한 폭의 그림 같았다. 화투짝 그림에 단풍과 사슴을 선택한 이유를 알고도 남겠다.

"사슴을 왜 신의 심부름꾼이라고 하는지 알 것 같다."

아키히코가 중얼거렸다.

"늘 길 앞쪽에 있어. 저 앞에 서 있다가 슥 사라져 버려. 무슨 의미가 있을 것처럼 느껴지지."

늘 길 앞쪽에 있다.

아키히코가 아무렇지도 않게 한 한마디가 가슴속에 남았다.

"잠깐 쉴까. 지금까지 꽤 빨리 걸은 편이니까."

다 같이 선로를 둥글게 둘러앉았다.

"이 정도면 여유인데."

마키오가 오랜만에 입을 열었다. 담배를 꺼내 불을 붙였다. 물론 아키히코도 뒤따랐다.

"지금이야 그렇지. 운반차가 다니던 곳은 경사가 그렇게 가파르지 않아. 아마 마지막 30분이 힘들 거다. 거기는 본격적인 산길이니까."

"혹시 벚나무를 발견하는 사람이 있으면 꼭 말해줘야 해. 누가 발견할지 모르니까."

리에코는 아까부터 벚나무에 연연하는 것 같다.

"발견해도 모두가 볼 수 있는지 없는지 모르는 일 아냐?"

마키오가 장난스레 말했다.

"하지만 그 벚나무, 문제가 하나 있지 않니?"

나는 문득 생각나 아키히코를 봤다.

"뭐야, 문제라니?"

아키히코가 의아한 표정을 지었다.

"벚나무가 존재하는지 아닌지 우리 넷이 다 보지 않으면 증명이 안 된다는 생각 안 들어?"

"왜?"

"가령 우리 넷 다 벚나무를 못 봤다. 그 경우, 벚나무는 존재하지 않았을지도 모르고, 단순히 눈에 띄지 않아서 발견을 못 했을지도 모르고, 거기 있었는데 마음에 켕기는 게 있어서 못 봤을지도 몰라. 어느 쪽이든 벚나무가 존재하는지 아닌지는 알 수 없지."

"잠깐."

거기에 리에코가 끼어들었다.

"그렇게 되면 처음 전제가 문제가 되지. 분명히 이런 이야기 아니었니? 마음에 켕기는 게 있는 사람은 벚꽃을 볼 수 없다. 이건 켕기는 게 있는 사람은 시야에 안 들어온다는 뜻이야, 아니면 눈앞에 있어도 안 보인다는 뜻이야?"

"물리적으로 가능하냐 아니냐는 소리군?"

마키오가 중얼거렸다. 리에코는 고개를 끄덕였다.

아키히코는 난처한 얼굴로 머리를 긁적였다.

"이거 참, 곤란하네. 거기까지는 나도 못 들었어. 보인다, 안 보인다가 무슨 뜻인지 같은 이야기는."

"그렇겠지. 어차피 그냥 소문이니까."

마키오가 고개를 끄덕였다.

"자, 그럼 두 쪽 다 고려하기로 해. 시야에 안 들어왔다. 들어왔는데 안 보였다. 네 사람 다 못 봤다고 해서 벚나무의 부재가 증명되지는 않는다. 여기까지는 됐지?"

나는 하던 이야기로 다시 돌아왔다. 모두 고개를 끄덕였다.

"반대로 네 사람 다 봤다. 이건 존재를 증명해. 이것도 됐지?"

다들 또 고개를 끄덕였다.

"그럼 나만 봤다, 이건? 나는 분명히 봤다. 실은 아까 숲 속에서 이미 봤거든. 어머머, 너희들 다 마음에 켕기는 게 있어서 안 보였구나? 이건 존재를 증명해?"

"무슨 말도 안 되는 소리를. 그런 걸 누가 믿냐?"

아키히코가 분개해서 고개를 내저었다. 나는 쓴웃음을 지었다.

"그럼 나랑 리에코만이라면? 아니면 아키히코만 빼고 세 사람이 보고, 아키히코만 못 보면?"

"으, 으음. 그야 세 사람이 봤다고 하면."

"그럼 믿겠니? 존재가 증명됐다고 인정할래?"

잠시 생각한 뒤, 아키히코는 고개를 흔들었다.

"아니, 분명히 인정 못 할 것 같다, 난."

"그것 봐. 그러니까 우리가 벚나무의 존재를 인정할 수 있는 건 어디까지나 전원이 봤을 때만이야."

나는 어깨를 으쓱했다.

"하지만 그것도 다른 사람들한테는 전혀 증명이 안 되지. 우리 넷은 분명히 벚나무를 봤다고 주장해도, 다른 사람이 그 말을 믿으려면 역시 직접 여기까지 와서 벚나무를 찾을 수밖에 없는 거야. 어디까지나 벚나무의 존재는 직접 '봐서' 증명할 수밖에 없다는 이야기야."

"일종의 패러독스군."

"UFO나 유령도 비슷한 이야기일 거다. 안 본 사람한테 봤다고 증명할 수 있는 방법은 없으니까. 반대로 말하면 전설은 그 점을 이용한다고도 할 수 있어. 애초에 '마음에 켕기는 게 있다'란 게 어떤 건지 모르니 말이야. 이렇게도 해석할 수 있고 저렇게도 해석할 수 있는 모호한 기준이잖냐? 분명히 교훈이나 훈계용으로 써먹은 이야기겠지."

마키오와 아키히코가 중얼거리듯이 말했다.

담배 냄새가 선명하게 숲속에 떠돌았다.

"너희는 사랑을 증명할 때 어떻게 하니?"

내가 그렇게 묻자 다들 입을 딱 벌렸다.

얼굴을 둘러보니 모두 나를 물끄러미 쳐다봤다.

"지금 뭐라고 그랬냐?"

아키히코가 의아한 표정으로 천천히 물었다.

"응? 사랑을 증명할 때 어떻게 하겠느냐고."

"사랑? 러브 말이냐?"

"응. 그거 말고 또 뭐가 있는데?"

"아, 깜짝 놀랐다. 난데없이 무슨 소리를 하나 했다."

"그게 그렇게 놀랄 질문이야?"

"당연히 놀라지. 내가 워낙 한 수줍음 하잖냐."

아키히코가 가슴을 쓸어내리는 시늉을 했다. 확실히 이 남자는 말에 비해 순정파이기는 하다.

"와, 그거 재미있을지도 모르겠는데."

의외로 마키오가 재미있어하는 표정으로 허공을 향해 담배 연기를 내뿜었다.

"어머, 마키오가 재미있어할 줄은 몰랐네."

"물론 남녀 간의 사랑이겠지? 부모 자식 간의 사랑이라든지 인류애 같은 게 아니라."

"물론 남녀 간의 사랑이지."

마키오는 휴대용 재떨이에 재를 떨었다.

리에코가 슬그머니 마키오의 옆얼굴을 보고 있었다.

두 사람은 오늘 아침부터 분위기가 상당히 부드러워졌다. 어젯밤 단둘이 무슨 이야기를 했는지는 몰라도 어떤 식으로든 해결된 모양이다.

어젯밤 방에 돌아온 그녀는 혼란과 흥분과 노여움에 울고 있었다.

나는 모르는 척했다.

"나 먼저 잘게. 잘 자."

그렇게 말하고 돌아누웠다.

그녀는 얼마 동안 작은 등만을 밝힌 어둑어둑한 방 안에서 가만히 침대에 걸터앉아 있었다. 언제까지 그러고 있었는지는 모르겠다. 그녀가 눕는 것을 확인하고 자려 했는데, 낮 동안 쌓인 피로를 이기지 못하고 어느새 정말로 잠이 들어버렸다.

하지만 오늘 아침 그녀는 개운해 보였다. 눈은 퉁퉁 부었어도 홀가분한 표정이었다. 지난 나흘 사이에 그녀가 마키오에 대해 품고 있던 미련과 증오 등이 깨끗하게 씻겨 내려간 것 같았다.

일단 기정사실로서 자기 안에 쌓아 올린 감정을 씻어버리기는 쉽지 않다. 그게 애정이라면 더더욱.

모두 마키오의 말을 기다리고 있었다. 고요한 숲마저도 귀 기울여 기다리는 듯했다.

이런 때도 마키오는 태평한 표정이었다. 다들 침 삼키는 것조차 망설여지는 정적 속에서 기다리든 말든 자기 혼자 느긋했다.

"야, 얼른 말해. 난 지금 네가 무슨 말을 할지 기대돼서 여학생처럼 가슴이 두 근 반 세 근 반이다."

아니나 다를까 아키히코가 참지 못하고 입을 열었다.

마키오는 어리둥절한 표정으로 아키히코를 보더니 "아, 응" 하며 처음으로 모두가 기다리는 것을 깨달은 것처럼 웃었다.

"여학생 좋아하네."

킬킬 웃으며 담배를 빨더니 허공을 쳐다봤다.

"아니, 일반적으로 사랑을 증명할 수 있다고 이야기되는 도구가 몇 가지 있잖아? 말, 몸, 돈, 시간. 좋아한다, 사랑한다, 하는 말. 키스에서 섹스에 이르는 스킨십. 구두에, 가방에, 고급 레스토랑에, 석 달 치 월급과 맞먹는 반지. 그리고 결혼해서 함께 보내는 시간. 이게 세상에서 사랑을 증명할 수 있다고 이야기되는 도구야.”

마키오의 말에 담긴 빈정거림에 마음이 싸늘하게 식었다.

“하지만 지금은, 특히 요즘 들어선 그런 게 반드시 사랑을 증명하지는 않는다는 걸 다들 알고 있거든. 나도 개인적인 체험을 통해 뼈저리게 알고 있지. 사랑이 없어도 조금 전에 언급한 네 가지 도구 중 어느 거나 사용할 수 있어. 세쓰코도 그렇게 생각하니까 그런 질문이 생각난 거 아냐?”

나는 고개를 살짝 갸우뚱했다.

“그렇지는 않아. 뒤집어 말하면, 정신적으로 확실하게 뒷받침만 된다면 어떤 도구를 쓰든 충분히 사랑을 증명할 수 있을 것 같은데.”

“여자는 어떻게 하나? 좀 전의 그 네 가지 도구는 상식적으로 봐서 남자 쪽 의견 아니냐?”

아키히코가 끼어들었다.

“잠깐 좀 기다려봐. 마키오 이야기를 좀 더 듣고 싶어.”

나는 아키히코를 가볍게 흘겨봤다. 아키히코는 어깨를 움츠리고 담배를 물었다.

마키오는 느긋한 어조로 말을 이었다.

“그건 안 그래. 지금 그 네 가지는 여자한테도 그대로 적용돼.”

“응, 내 생각도 그래.”

나는 고개를 끄덕였다.

“그래서 난 마키오가 개인적으로 다른 사람한테 사랑을 증명하기 위해서 어떻게 할지 그게 궁금하거든.”

내 단호한 말투에 이상하다는 표정을 지은 마키오는, 문득 생각에 잠기더니 잠시 뜸을 들인 뒤 입을 열었다.

“글쎄. 이번에 이혼하면서 솔직히 잘 알 수 없게 됐어. 난 단순히 결혼이라는 제도를 이용하면 세간에서 말하는 사랑이라는 걸 증명할 수 있다고 생각했었거든.”

놀랍게도 말투에서 빈정거림이 사라지고 없었다. 아무래도 지금 그 말은 그의 본심인 모양이다.

아키히코와 리에코도 놀란 눈으로 마키오를 바라봤다.

“하지만 세상 사람들도 대체로 나하고 비슷할 것 같지 않아? 정말로 사랑이 있는지 없는지 신경 쓰는 사람은 그리 많지 않을걸. 두 사람 사이에 사랑이 존재한다고 믿고 주위 사람들도 그렇게 믿게 할 수 있는지가 관건이니까. 네 가지 도구가 이렇게 사회적으로 발달하게 된 건 그 때문이야. 난 오히려 옛날부터 다들 사랑의 존재를 의심했다고 생각해. 그 때문에 눈에 보이는 지참금이니 결혼식이니 그런 것들이 크게 발달된 거야. 그러면 거기에 사랑이 있다고 믿을 수 있으니까.”

목구멍이 쌉쌀했다.

마키오의 말은 어떤 의미에서 지극히 옳은 말이었다. 게다가 그는 명백히 진심으로 그렇게 믿고 있었다.

그렇다. 마키오는 언제나 정직하다. 자기 생각을 속이지 않는다.

하지만 나는 그게 지금 몹시 가슴 아프게 느껴졌다.

"진지하게 하는 이야기로, 세쓰코가 지금 한 질문이 굉장히 신선하고 재미있게 느껴졌어. 게다가 나한테는 엄청 어려운 질문이거든. 난 어떻게 하면 증명할 수 있을지 모르겠어. 애초에 증명할 애정을 갖고 있는지조차 모르겠으니까."

마키오는 담담하게 말을 이었다.

리에코가 가만히 시선을 돌리는 게 눈에 들어왔다.

곤란한 화제였나. 내 질문에 마키오가 대답해 그녀에게 상처를 입히지는 않았을까.

나는 마음속으로 조금 후회했다.

아키히코는 진지한 눈빛으로 마키오를 보고 있었다.

"하지만 지금 이야기하다 보니까 어쩐지 이게 아닐까 싶은 게 있어."

마키오는 선로에 담배를 비벼 끄고 휴대용 재떨이에 꽁초를 넣었다.

"아마 멀어지는 걸 거야."

"응? 멀어진다고?"

"응."

내가 되묻자 그가 고개를 끄덕였다.

"난 내가 결함투성이 인간이라는 걸 알아. 게다가 그걸 고칠 생각도 없는 이기적인 녀석이라는 것도. 그러니까 조금이라도 애정 비슷한 걸 상대방한테 갖고 있다면, 무의식중에 떨어지려고 할지도 몰라."

가만히 이야기를 듣고 있던 리에코가 멍하니 지면에 시선을 떨어뜨렸다.

나는 그의 말에 담긴 의미를 알 수 없었다. 방금 그건 리에코에게 보내는 메시지일 수도 있고, 평소와 다름없는 솔직하고 꾸밈없는 한마디일 수도 있었다.

"너 그건 너무 멋 부리는 거 아니냐? 이혼을 은근히 정당화하려는 속셈이지?"

아키히코가 불만스레 한마디 하자 마키오는 어린애처럼 아하하 웃었다.

"역시 들켰군."

"그런 건 결혼을 빌미로 사기 치는 남자들 대사잖냐. 나하고 있으면 당신이 불행해진다, 그래서 나는 당신을 떠나기로 했다, 이거지."

"그렇군. 좀 수상한가?"

"엄청 수상하다."

아키히코의 예리한 지적에 어쩐지 마음이 한결 가벼워졌다.

"확실히 어렵겠는걸, 현대의 사랑의 증명."

리에코도 어딘지 모르게 안도한 표정으로 중얼거렸다.

"나 같으면 어떻게 하는 게 좋을까? 역시 이야기를 들어주는 걸까. 그냥 잠자코 들어주는 걸로 증명할 수밖에 없을 것 같아."

"좋잖아. 너다운데, 뭐."

"세쓰코, 넌?"

"네 경우는 죽어라 떠드는 거겠지? 난 정말 퍽도 사랑받고 있지 뭐냐."

아키히코가 일부러 심술궂게 말했다. 나는 웃으며 대답했다.

"응, 너무너무 사랑해. 내 경우는 당연하지만 함께 사회에 대해 분개하고 함께 싸우는 거야. 이게 내 사랑의 증명."

"오우, 역시 대단하군. 납득된다."

"그렇지?"

나는 가슴을 폈다. 방금 생각난 답이지만, 애초에 어쩌다 생각난 질문에 마키오가 그렇게 진지하게 대답할 줄 몰랐다.

"그러는 아키히코는?"

맞받아치자 아키히코는 움찔 놀란 표정을 지었다.

"아키히코의 사랑의 증명은 뭐야?"

"그건 그, 뭐냐."

쑥스러운 얼굴로 코를 긁적였다.

"역시 평범하긴 하지만, 사적인 시간을 함께 보내는 거겠지. 토요일 밤이라든지, 일요일 아침이라든지."

"앨런 실리토[*]냐."

"웩, 실수했다. 신혼한테 그런 걸 물어본 내가 바보지."

나도 모르게 고개를 돌렸다. 그가 너무나도 귀여워서, 너무나도 순정적이어서 얄밉게 느껴졌다. 마음 한구석에 그의 부인에 대한 질투가 없었다고는 말 못 하겠다.

"그러게 말이야, 이런 건 절대 달콤하지만은 않은 결혼 생활을 경험해 본 어른의 질문인데."

리에코도 불만스레 외치고는 나와 마주 보며 "그치?" 하고 합창했다.

"역시 증명하지 않으면 안 되나?"

마키오가 나지막이 중얼거렸다. 오늘따라 유난히 솔직하다고 할지, 무방비하다.

"뭘?"

"사랑 말이야. 하다못해 어린애도 자기를 사랑한다면 뭘 해달라. 어디에 데려가 달라, 뭘 사달라 하는 식의 논법을 쓰잖아? 여자도 그렇지. 나를 좋아한다면 이번에 꼭 휴가를 내라, 라든지."

"남자도 자기를 사랑하면 섹스하게 해달라고 하잖아."

"그래, 바로 그거야. 그거야말로 사랑의 증명을 강요하는 거야. 남자의 경우엔 그냥 밝히는 마음도 있지만. 하지만 어

---

* 20세기 영국 소설가. 《토요일 밤과 일요일 아침》이라는 작품이 있다.

230

째서 증명해야 하는데? 굳이 증명 안 해도 상관없잖아?”

“거기에 진짜 사랑이 존재한다면야. 마키오 설에 따르면, 사랑이 없으니까 다들 증명하고 싶어 하는 거 아니니?”

“으음.”

마키오는 적당한 말이 떠오르지 않는지 고개를 빙글빙글 돌리며 갑갑한 듯 얼굴을 찡그렸다.

“뒤집어 말하면, 증명해도 상관없지 않냐? 적어도 사랑을 증명하기 위해 막대한 노력을 소비함으로써 인간의 경제활동이 발전을 이룩한 셈이니까.”

아키히코가 마키오의 어깨를 툭 치고 일어섰다.

“좀 너무 쉬었나 보다. 걸음을 빨리해서 만회해야겠다.”

모두의 입에서 저주의 말이 흘러나왔다.

사랑의 증명. 어째서 그때 그런 말이 튀어나왔는지 나도 잘 모르겠다.

여느 때 같으면 난센스라고 콧방귀를 뀌었을 것이다. 그런 걸 증명하라고 하다니 무식하기 짝이 없다고 했을 것이다.

그런데 아까는 스르르 입 밖으로 나왔다. 인간의 의식은 참 신기하다.

사랑이라는 말 또한 우리에게 꽤나 겁나는 말이다. 언제나 고압적이고, 성가시고 뻔뻔하며, 부끄럽고 불쾌한 말. 일상생활에서는 농담 외에 쓰이는 것을 본 적이 거의 없다.

애정과 우정, 정열, 꿈. 그런 말들조차 감당하지 못하건만, 사랑을 어떻게 다루면 좋을지 아무도 아는 사람이 없다.

십 대 때는 아득히 먼 곳에서 빛나는, 언젠가 도달할 수 있는 말이라고 생각했는데, 지금은 줄곧 찾았는데 모르고 지나쳐버린 도로표지판 같은 느낌이다. 결국 없이도 목적지에 도달할 수 있었다.

사랑과 비슷한 것은 얻었다고 생각한다. 안식이라든지, 연대감이라든지, 평온이라든지. 하지만 사랑이라는 말에는 엄청난 파괴력 같은 것이 있다. 모든 것을 사랑이라는 말에 흡수하고 동화되게 한다. 모든 것이 그 이름 앞에 엎드려 절하게 한다. 누구나 사랑 앞에 엎드려 절하고 싶어 하지만 한편으로는 겁내기도 하는지라 이 말을 업신여기기도 하고, 조롱하기도 하고, 보이지 않는 척하기도 한다.

걷는 속도는 확실히 빨라졌다. 지금쯤 되니 잇따라 눈앞에 나타나는 거목에도 놀라지 않게 됐다. 이곳에서는 그게 당연한 풍경이니까.

과거에는 일본열도 어디에서나 이런 풍경을 볼 수 있었을 것이다. 그런 생각을 하니 기분이 묘했다. 개발과 문명이 이런 방향으로 진전되지 않았더라면 지금도 이런 세계에 살고 있었을지도 모른다. 혹은 겨우 4, 50년 전만 해도 이런 풍경이 드물지 않았을지도 모른다. 지금 살고 있는 세계가 얼마나 일그러진 세계인지 다시금 깨닫는다.

사랑의 증명.

그런 말을 한 것은 역시 마음 한구석으로 죄책감을 느끼기 때문일지도 모르겠다.

나는 신경 쓰지 말고 편하게 즐기다 와.

노리유키의 목소리가 뇌리에 남아 있다.

놀랍게도 도쿄를 떠나 오사카에서 아키히코와 얼굴을 마주한 순간부터 정말로 나는 즐길 수 있었다. 노리유키 생각을 전혀 하지 않고 그에 관한 생각을 완전히 차단할 수 있었다.

나는 신경 쓰지 말고 편하게 즐기다 와.

그건 그의 사랑의 증명. 그는 진심으로 그것을 바랐고, 내가 그렇게 할 수 있다고 믿었다. 그는 나를 어느 누구보다도 잘 아니까.

나는 그를 잊고 대학 시절 친구들과 여행을 즐긴다. 그게 내 사랑의 증명. 누가 내 부재를 책망하면 당당하게 그렇게 말할 수 있다. 하지만 역시 여행 같은 것 안 가겠다고 고개를 흔들며 도쿄에 남아 있는 쪽이 사랑의 증명이 아니었을까 하는 우려는 마음 한구석에 얼룩처럼 남아 있다.

폐에 전이된 뒤로 진행이 빨랐다. 노리유키는 올겨울을 넘기지 못할 것이다.

2년 전 처음 진단받은 이래로 확실히 우리는 함께 싸워왔다. 서로 자기 감정을 솔직하게 털어놨고, 끝까지 싸울 것을 맹세했고, 아이들에게도 숨기지 않고 사실을 밝혔다.

봄에 전이를 알게 된 뒤로는 장래의 경제적 계획과 수속을 날마다 검토했다. 주택 담보 대출금 상환과 아이들 학비에 관해 세밀하게 계획을 세웠다. 두 사람이 미래를 비슷하게 예측하고 비슷한 계획을 세우는 바람에 역시 닮은 꼴 부부라며 웃고 만 기억이 있다. 그때처럼 그런 식으로 웃을 수 있는 자신들을 자랑스럽게 생각한 적이 없다.

그렇기에 시아버지의 전화를 용서할 수 없었다.

노리유키는 부모에게 자신의 병을 알리지 말라고 내게 엄명했다. 그런 짓을 하면 바로 이혼하겠다고까지 했다.

시어머니와는 가끔씩 만나기도 했고 꽤 가까운 편인지라 거짓말을 하기가 괴로웠다. 하지만 어머니라는 존재는 역시 보통이 아니라 어렴풋이 눈치챈 듯했다.

전이를 안 뒤로 더는 입 다물고 있을 수 없어서 시어머니에게 전화했다. 그때 말투로 나는 시어머니가 오래전부터 아들의 병을 알아차렸다는 것을 깨달았다. 그 무렵 시어머니는 이미 이혼한 뒤라 시아버지에게 알릴 것인가, 알린다면 누가 알릴 것인가 하는 문제가 있었다.

역시 알리자꾸나. 그래도 그 애한테는 하나뿐인 아버지잖니. 내가 말하마.

시어머니는 단호하게 그렇게 말했다. 나는 시어머니에게 그 일을 맡겼다.

며칠 뒤, 시어머니가 내게 전화를 했다.

그때 처음 한 말이 지금도 귓속에 남아 있다.

세쓰코, 노리유키가 죽거든 바로 혼마가에서 호적을 파려무나.

의연한 목소리가 귓가에서 떨어지지 않는다.

할 말을 잃은 내게 시어머니는 다그치듯 다시 말했다.

알겠니? 꼭 그래야 돼. 혼마 성을 그대로 갖고 있다간 너희한테 무슨 이상한 불똥이 튈지 몰라. 나나 노리유키나 친척들 눈치를 보면 안 된다.

시어머니의 말에 담긴 의미를 안 것은 그로부터 며칠 뒤였다.

별안간 고자세로 전화를 건 시아버지는 지금 유언장을 어떻게 할까 생각 중이라고 하더니 믿기 어려운 말을 했다.

노리유키가 죽으면 여러 가지로 힘들 테지. 집안일을 해주면 조금은 원조해 주마.

나는 순간 무슨 말을 들었는지 이해되지 않았다.

너무나도 큰 굴욕과 충격에 머릿속이 새하얘지고 관자놀이가 쿵쿵 뛰었다.

이 남자가 정말 노리유키의 아버지라는 말인가? 이런 아버지가 세상에 존재한다는 말인가?

그거 마침 잘됐다. 시아버지의 말투는 딱 그런 느낌이었다. 미망인이 될 며느리를 자기 가정부로 부리려 했다. 마침 잘됐다고. 여자는 누군가 받들어 모실 사람이 필요한 법이라고. 여자는 경제력 따위 없다고. 푼돈이라도 돈을 주겠다고 당근을 눈앞에 대롱대롱 매달면 좋다고 헐레벌떡 뛰어올 것이라고. 이 파렴치한 남자는 아들이 매일 진통제를 먹고 출근하며 머잖아 죽는다는데, 아들이 죽은 다음의 자기 이익만 생각했다.

수화기를 든 손이 떨렸다. 목소리가 떨리지 않게 하는 게 고작이었다.

머릿속에 욕설이 빙글빙글 맴돌았다.

나쁜 새끼, 자기네 집 문간을 넘을 생각 말라고 한 건 어디의 누군데. 회사에서 텅텅 빈 책상 앞에 앉아서 신문만 읽다가 날이면 날마다 제시간에 퇴근해 가지고는 맥주랑 위스키 마시던 너보다 지금 이 나이의 내가 훨씬 더 벌어.

그러나 유감스럽게도 나는 가정교육을 너무 잘 받았는지, 그런 말은 한마디도 입에서 나오지 않았다. 나는 헛기침을 한 다음 일부러 느긋하게 말했다.

어머, 그러세요? 마음 써주셔서 감사합니다만 저희 일은 염려 안 하셔도 돼요. 아, 하지만 안 쓰는 돈을 갖고 계셔봤자 소용없으니까 손자들 대의 지구를 생각해서 환경단체에 기부하시면 어떨까요? 제 친구가 유네스코에 있으니까 기부하실 곳은 얼마든지 소개해 드릴게요.

수화기 너머에서 시아버지가 조용해지더니, 얼마 지나 겨우 빈정거림이라는 것을 깨달았는지 으르렁거리듯 혀를 차는 소리가 들려왔다.

나는 저쪽에서 전화를 끊기 전에 수화기를 쾅 내려놓았다.

한동안 노여움이 가라앉지 않았다. 피가 맹렬한 기세로 온몸을 돌고 관자놀이가 화끈거렸다.

어째서 시어머니는 그런 남자와 결혼했을까. 시대는 무서운 것이다. 노리유키와 손아래 시누이가 시어머니를 닮아서 다행이다. 감수성 풍부하고 총명한 시어머니가 어떤 마음으로 아들이 죽으면 호적을 파라고 했을까 생각하니 가슴이 미어졌다. 물론 마키오 말처럼 시어머니가 시아버지를 고치려 하지 않은 잘못도 있지만, 바로 얼마 전까지만 해도 일본 사회에서 과연 그런 일이 가능했을까.

시어머니의 조언이 얼마나 온당한지 실감했지만 역시 호적을 파는 데에는 다소 저항감이 있었다. 나는 혼마 노리유키라는 사람을 좋아하게 됐던 것이니까. 게다가 아이들 성이 바뀌는 데 대한 우려도 있었다. 그러나 호적에 관해 상담하자 그도 금세 파야 한다고 단언했다. 부모 자식이 틀림없구나 싶었다.

딱히 감출 생각은 없었지만 굳이 말할 필요도 느끼지 못했고, 좌우지간 당사자들은 하루하루 싸우느라 솔직히 그럴 여유가 없었다. 내 친구들은 아무도 이 일을 모른다. 이번 여행에서도 세 사람에게 털어놓을 마음은 나지 않았다. 모처럼 온 여행인데 그런 이야기를 하면 엉망이 될 것이다.

그들이 이 사실을 알게 되는 것은 노리유키의 부고를 받고 나서일 것이다.

해가 바뀌기 전일지, 바뀐 다음일지. 우리는 그런 이야기까지 했다.

올 한 해도 잘 부탁합니다, 하고 인사한 다음이 좋겠지, 라고 그는 말했다.

연말 다 돼서 상중喪中을 알리는 엽서를 찍는 것도 귀찮고, 다들 어쩌지, 연하장 벌써 보냈는데, 하고 거북해지는 것도 좀 그렇잖아.*

맞아, 성인이자 사회인으로서 그런 점도 고려해야 돼.

나도 맞장구를 쳤다. 진통제의 양은 날로 늘어갔다.

애들한테 조의금 정도는 받아도 되겠지.

나는 아키히코의 등을 보며 생각했다.

분명 잔뜩 욕을 먹을 것이다. 어째서 말하지 않았느냐고 원망을 들을 것이다. 아키히코가 화내는 모습이 눈에 선했다. 미안해, 에헤헤, 하지만 아키히코, 말하면 걱정할 거 아냐, 하고 내가 헤실헤실 웃으면서 사과하는 모습도 눈에 보이는 듯했다.

다들 문상 갔다가 돌아오는 길에 술집에 앉아서 그때 여행할 때 세쓰코 명랑했었지, 전혀 그런 눈치 없었어, 애써 밝

---

* 일본 관습상, 근친 상을 당했을 경우 1년 내에는 연하장 교환을 하지 않는다.

게 행동했나 봐, 하면서 회상할까. 그래서 아키히코가 또 우울해하고 그럴까.

그건 어쩐지 억울했다. 그런 것은 곤란하다. 실제로 나는 이 여행을 무척 즐기는 중이거니와, 오히려 싸움의 현장을 벗어나는 게 이렇게 기분 전환이 될 줄 몰랐다고 놀라워하고 있었다. 연이은 긴장 속에 사는 전사에게 기분 전환이 필요하다는 것을 잘 알겠다.

"야, 세쓰코."

갑자기 아키히코가 말을 시켜서 흠칫 놀랐다. 어투가 진지하다.

"뭐?"

"보라색이라는 색에 무슨 의미 없냐? 무슨 특별한 기억이라든지."

"왜?"

"아까 말했잖아, 네 고소공포증을 고쳐주겠다고."

"아, 그거. 어머, 아직도 생각하고 있었니?"

"음, 오늘 하산하기 전까지 반드시 그 이유를 찾아내 주지."

"고맙다, 얘."

"왜 보라색인데?"

뒤에서 리에코가 물었다.

"세쓰코 꿈에 나오는 아줌마 조리복 색깔 말이야. 그게 뭔가를 나타내는 게 아닐까 해서."

역시 대단한 아키히코, 잘도 기억하고 있다. 반쯤은 감탄했고, 반쯤은 어처구니가 없었다.

"이거 봐, 아키히코는 도시 소년이라 모를지 몰라도 일본 농촌에서 보라색 조리복은 주류란 말이야. 조리복 색깔에 특별한 의미는 없을걸."

내가 그렇게 대답하자 아키히코는 고개를 휘휘 가로저었다.

"아니, 그럴 리 없어. 원래 꿈에 나오는 색깔은 잘 기억이 안 나는 법이라고. 보라색이란 색에 분명히 무슨 의미가 있을 거다."

글쎄, 과연 그럴까, 하는 말을 삼키고 나는 그냥 내버려두기로 했다.

"세쓰코."

또 얼마 지나서 아키히코가 뭔가 생각난 게 있는 듯 말을 걸었다.

"왜?"

"너 나비 싫어하지 않냐?"

"나비?"

"곤충 나비 말이야."

"아아, 응, 그렇게 좋아하진 않아. 가까이서 보면 꽤 기분 나쁘게 생겼잖아."

가볍게 고개를 끄덕이자 아키히코는 "그거다"라고 큰 소리로 외쳤다.

"뭐가 그거야?"

인내심 있게 상대해 주기로 했다.

"보라색이라는 건 왕오색나비 아니냐? 그거 말고도 보라색 나비는 많이 있기도 하고. 어렸을 때 밭에서 싫어하는 나비가 쫓아온 거지."

"어째서 나비한테 쫓기면 고소공포증이 되는데?"

"도망치다가 어디서 떨어진 거야. 그래서 고소공포증이 된 거고."

나는 고개를 흔들었다.

"그런 기억 없는데. 식구들한테도 그런 이야기 들은 적 없고."

"으음. 나비라면 꽤 아름답겠다고 생각했더니만."

"예쁘긴 하겠다."

계속해서 건성으로 대답하자 아키히코가 벌컥 화냈다.

"너 그게 뭐냐. 남이 모처럼 열심히 생각해 주는데."

"아이, 미안. 내가 잘못했어. 부탁이에요, 아키히코 씨, 제발 제 고소공포증을 꼭 고쳐주세요."

"흥."

뒤에서 리에코가 킥킥 웃었다. 아키히코는 다시 앞을 향했다.

"음, 안 되겠어. 좀 더 물어보자. 정보가 너무 없다."

"뭐든 물어보시어요."

“언제부터 그 꿈을 꾸기 시작했냐?”

그런 질문을 받고 나는 진지하게 생각해 봤다.

침목을 내려다본 채 한 걸음 한 걸음 나아가며 진지하게 기억을 더듬었다.

아닌 게 아니라 신선한 접근법이기는 했다. 지금까지 그런 생각은 해본 적이 없었다.

“그러게. 초등학교 때부터이려나. 언제가 맨 처음이었는지는 확실하지 않지만, 5학년 때 풍진이 유행했는데 거의 끝나갈 무렵에 걸려서 열이 굉장히 많이 났었거든. 40도라는 인생 최고 기록을 세웠지 뭐야. 그런데 그때 꾼 꿈이 굉장히 선명했는데, 그 꿈에 아줌마가 나온 기억이 나. 게다가 그때 앗, 또 이 아줌마가 나왔네, 왜 하필 이렇게 몸이 아플 때 나오지, 아이참, 하고 생각한 게 인상에 남아 있어.”

“ ‘또’ 나왔다고 생각했다 이거지. 그땐 이미 낯익은 얼굴이었다는 소리군.”

“응. 그리고 그 뒤로 자주 아줌마가 꿈에 나오게 됐어. 몸이 아프면 바로 나와.”

“흐음. 몸이 아플 때라. 병 그 자체를 나타내는 건가, 그 아줌마.”

“나도 그렇게 생각한 적이 있었어. 무찔러야 할 상대, 도망쳐야 할 상대가 그 아줌마의 형태를 빌려서 상징적으로 표현됐을까 하는 식으로. 흔한 꿈 해몽이지만.”

"오오, 그렇군."

"감탄하지 말고 말해봐. 그래서 그 아줌마를 어떻게 내 고소공포증이랑 연결하는 건데?"

"아, 그렇게 서두르지 말고. 그럼 이번엔 고소공포증. 고소공포증은 언제 처음 자각했나?"

뒤에 있는 두 사람이 귀 기울여 듣는 것을 알 수 있었다.

"그것도 초등학생 때였을걸. 소풍 갔을 때. 3학년 때쯤이었나, 가까운 산에 갔거든. 이렇다 할 것 없는 산이었지만 꼭대기에 전망대가 있었어. 벼랑 끝에. 그런데 그게 참 심플해서, 철로 만든 새장 같은 데에 난간이 있는 나선 철 계단을 붙여놓은 거였지 뭐야. 튼튼하기는 했기 때문에 떨어지거나 할 것 같지는 않았지만, 난간이고 계단이고 위에 올라가서도 죄다 밑이 훤히 내려다보이는 거야. 시멘트 공장 같은 데서 흔히 보는 거 있잖니. 철재를 되도록 적게 써서 사람이 안 떨어질 정도로만 만든 것. 자, 이제 전망대에 올라가 보자, 하고 선생님이 말하는데, 무서워서 못 올라가겠더라고. 나도 왜 못 올라가는지 알 수 없었어. 올라가다 말고 도중에 몸이 안 움직이는 거야. 올라가자, 움직이자 생각해서 애써 팔다리를 움직이려고 하는데 몸이 말을 전혀 안 들어. 다들 잇따라 나를 앞질러 올라가는데 나만 못 움직이는 거야. 이상하다, 왜 안 움직여지지, 어디 아픈가. 머릿속은 허둥지둥 정신이 없지, 땀은 비 오듯 쏟아지지. 하지만 아무튼 그 이상 못 올라가겠다는 건 확실했기 때문에 계단에 손을 짚어가며 조심조심 내려와서 다른 애들 내려올 때까지 밑에서 기다렸어. 그게 고소공포증이었다는 걸 안 건 한참 지나서였고. 그땐 그런 말이 있는 줄도 몰랐거든."

"그때부터 그 아줌마가 나오는 꿈을 꾸게 된 건 아니고?"

"글쎄, 전후관계는 모르겠는걸."

얼마 동안 모두 말없이 걸었다.

아키히코는 한창 머릿속에서 새 가설을 세우는 중인가 보다.

어렸을 때 기억은 변덕스럽고 모호하다. 나 혼자 무척 선명하게 기억하는 사건이 있는가 하면, 다른 사람은 모두 기억하는데 나만 잊은 것도 있다. 게다가 사건의 중요도에 비례해서 기억에 남는 것 같지도 않다. 어째서 이렇게 시시한 일을 기억하는 건지 고개를 갸웃하게 될 때도 많다.

"내 친구 중에 텔레비전 방송국 PD인 애가 있거든."

뒤에서 리에코가 이야기를 시작했다.

"기억력이 굉장히 좋은 애야. 기억력이 좋은 사람에 몇 종류가 있다고 생각하는데, 저번에 이야기한 골프장 직원이랑은 달리 내 친구 같은 경우엔 영상으로 기억한대. 책을 착 펴고 가만히 보나 싶으면 책에 나오는 걸 눈 감고 순서대로 말할 수 있어. 기억한다기보다는, 책이 펼쳐진 이미지가 머릿속에 떠올라서 그 책을 읽는 느낌이라나 봐. 방송국에 들어가서 몇 년 조연출로 경험을 쌓다가 PD로 일하면서 기억력에 점점 더 박차가 가해졌다나. 아주 잠깐 동안 방영된 영상을 봐도 마지막에 스태프 이름이 나오는 화면까지 죄다 기억이 난다는 거야. 그런데 그러다 보니까 이상하게 옛날 기억이 이미지로 여러 개 떠오르더라는 거야. 일하는 틈틈이 그림 콘티처럼 그런 풍경을 그려봤고, 그래서 그런 그림이 몇 장 모였대. 그런데 대부분은 언제 어디서 본 장면인지 생각나는데, 딱 하나 생각이 안 나는 그림이 있었대."

리에코는 모두 잘 듣고 있는지 확인하듯 잠시 뜸을 들였다. 물론 다들 열심히 이야기가 계속되기를 기다리고 있었다.

"어떤 그림인데?"

마키오가 물었다.

"논밭에 전봇대가 늘어섰고 구석에 업라이트 피아노가 놓여 있는 풍경. 사람은 아무도 없고, 흐린 하늘이고."

"시적이군. 영화 속 한 장면 아니냐?"

아키히코가 끼어들었다.

"응. 자기도 그렇게 생각해서 찾아봤대. 영상 관계 일을 하는 애니까 그런 정보 수집이야 식은 죽 먹기인 데다가, 원래 꼼꼼하고 치밀한 성격이라 철저하게 뒤져봤다나 봐. 하지만 찾을 수 없었거든. 그런데도 그 그림은 역시 선명하게 머릿속에 되살아나더래."

"호오, 그래서?"

아키히코는 흥미가 당기는 듯 물었다.

머릿속에 풍경이 떠올랐다.

끝없이 펼쳐진 논밭. 쓸쓸하게 늘어선 나무 전봇대. 검은 전깃줄이 약하디약하게 그 사이를 잇고 있다. 하늘에는 구름이 요동치고 바람이 내달린다. 수풀 속의 검은 업라이트 피아노. 업라이트 피아노에는 이상하게 향수가 감돈다. 위에 덮인 벨벳 덮개. 밟으면 달그락달그락 소리가 나는 금색 페달.

"그래서 하다 하다 못해 고향에 돌아가서 어머니한테 여쭤봤대. 효고현 출신이거든. 이런 풍경을 어렸을 때 본 것 같은데 혹시 생각 안 나느냐고. 그림 콘티를 그려서 보여드렸대."

생각해 내고 싶은데 생각나지 않으면 그렇게 신경 쓰일 수 없다. 목구멍에서 나올락 말락 하는데 생각이 나지 않는다. 아무래도 상관없는 이야기인데도 다른 사람에게 전화해 물어본다든지, 밤중에 자료를 모조리 끌어내 뒤진다든지 한다. 과거에 유행했던 가요곡이라든지, 아이돌 이름이라든지, 생각나지 않으면 괜히 분하다. 생각났다고 해서 어떻게 되는 것도 아니고, 금세 관심을 잃는데도.

"그랬더니 어머니도 이 풍경을 본 적이 있는데 어딘지 생각이 안 난다고 하시더래. 둘이서 이거다 저거다 하면서 옛날 앨범도 다 뒤져봤는데 역시 못 찾았대. 께름한 기분으로 도쿄로 돌아왔는데, 일 때문에 바빠서 한동안 잊고 있었대."

"야, 설마 여기까지 이야기해 놓고 결론이 없다든지 그런 건 아니겠지?"

아키히코가 조급하게 물었다.

"있으니까 조금만 더 참아."

리에코는 쓴웃음을 지으며 이야기를 계속했다.

"한동안 잊고 살았는데, 어느 날 갑자기 수수께끼가 풀린 거야. 그것도 업무 중에 우연히. 어느 유명한 광고 감독이 그때까지 해온 작업을 책으로 모아 내서 그 출판기념회에 참석했대. 감독한테 인사하고 책을 사서 책장을 넘기는데, 기억 속에 있는 풍경 사진이 갑자기 나오더라는 거야. 논밭 사이의 전봇대, 흐린 하늘, 업라이트 피아노. 놀라서 기절초풍했다지. 한동안 입을 못 다물었다 하더라고."

리에코는 거기에서 일단 말을 끊었다.

"자, 뭐였을 것 같아?"

효과를 노리는지, 청중의 애를 태울 생각인지, 장난스레 말했다.

"그야 광고 감독의 작업이라니까 텔레비전 광고나 포스터겠지."

아키히코가 대답했다.

"응, 달력 사진이었어."

리에코는 고개를 끄덕였다.

"큰 가전회사에서 대리점을 통해 해마다 고객들한테 나눠주는 달력. 매달 한 장씩 뜯어내는, 열두 장 있는 달력이었어. 하지만 놀라운 건, 그 애가 기억하는 사진은 그 애가 태어난 해, 태어난 달의 사진이었던 거야.”

“뭐!”

왜 그런지 오싹해서 비명을 지르고 말았다.

“말도 안 돼.”

“아직 눈도 안 떴을 거 아냐.”

앞과 뒤에 있는 남자들도 회의적인 반응을 보였다.

“응, 뭐, 그야 진위는 모르지.”

리에코는 달래는 듯한 투로 대답했다.

“하지만 그 애 어머니는 달력을 뜯으면 접어서 장독받침이라든지 야채 쓰레기 버리는 통으로 활용해서 그때그때 써버렸다니까 그 사진만 오랫동안 남아 있었다고 생각하기는 어렵거든.”

“그럼 왜 그달 그 사진만 어머니하고 친구하고 둘 다 기억한 거냐?”

“그건 역시 그달에 그 애가 태어났기 때문 아닐까? 어머니도 분명히 오래전에 출산 예정일을 표시해 두고 여러 번 달력을 들춰 봤을 테니까 그때마다 사진을 봤겠지.”

“설마, 어머니가 본 게 뱃속에 있는 애한테 전달됐다는 이야기는 아니겠지?”

아키히코가 다소 섬뜩한 듯 물었다.

리에코는 하하 웃으며 가볍게 넘겼다.

“글쎄. 이상한 이야기지? 어렸을 때 기억은 참 신기한 것 같아.”

나는 리에코의 이런 점이 좋은지도 모르겠다.

불현듯 밤차의 리듬이 몸속에 되살아났다.

나는 니시가고시마로 향하는 밤차에서 모두들 잠든 침대차 통로를 걷고 있었다.

최소한의 조명만 밝힌 통로는 어두웠다.

마치 거대한 콩꼬투리 속을 걷는 느낌이었다.

달리는 콩꼬투리 속에서 다닥다닥 붙은 작은 방마다 사람들이 자고 있다.

덜컹덜컹 둔탁한 리듬이 온몸을 감싼다. 차량 연결 부분이 미묘하게 좌우로 어긋난 부분을 나아갈 때 평형감각이 일그러지는 쾌감이 느껴진다.

휴게실에 이르기까지 움직이는 어둠을 즐겼다.

아까 작은 침실에서 밀린 영수증 정리를 하고 있으려니 노크 소리가 들렸다.

“네?”

“나야.”

아키히코가 불분명한 목소리로 밖에서 불렀다.

편하게 티셔츠와 스트레치팬츠로 갈아입고 있던 나는 문을 열었다.

“왜?”

“방이 좁아서 질식할 것 같다. 휴게실에서 한잔하자.”

확실히 몸집이 자그마한 나조차 넓다고 하기는 힘든 1인 실에서, 덩치 큰 아키히코가 위아래로 꽉 막힌 비좁은 침대에 누워 꼼짝도 못 할 생각을 하니 딱하기는 했다.

“알았어. 20분쯤 있다가 갈게.”

“뭐 하나?”

아키히코는 담요 위에 벌려놓은 영수증을 봤다.

“보면 모르셔? 어른의 의무, 영수증 처리야.”

“오, 성실한데. 난 그거 딱 질색이다.”

“성실하면 지금 이런 데서 하고 있을 리 없잖아. 그렇지만 회사에선 아무래도 이런 일을 할 시간을 내기 어렵더라고.”

“음, 그 말 맞다. 그럼 난 먼저 가 있지.”

“오케이.”

한동안 영수증에 전념했다. 아키히코는 벌려놓은 영수증 중에 유명 대학병원 게 몇 장 있다는 것을 알아차리지 못한 것 같다. 그가 그쪽을 봤을 때 순간 가슴이 철렁했는데, 발행자 이름까지는 보지 못한 모양이다.

의료비공제, 생명보험사에 대한 입원비 청구, 건강보험공단에 제출할 서류. 현대 사회에서 병에 걸린다는 것은 서류 작성과 수속 밟기에 바삐 뛰어다니는 것이기도 하다.

눈앞에 있는 서류를 처리하는 것은 나름대로 기분 좋은

일이다.

대략 마치고 기지개를 편 다음, 얇은 후드점퍼를 걸치고 1인실을 나섰다.

산다는 것은 수속의 연속이다. 행복도 불행도, 기쁨도 슬픔도, 서류를 작성하고 어딘가에 제출해서 누군가가 처리해 줘야 한다.

문득 승강구에 멈춰 서서 문밖 어둠을 내다봤다.

어렸을 때 본 어둠과 다름없는 풍경이 그곳에 있었다.

아무도 없는 플랫폼의 조명과 부옇게 번진 건널목 붉은 불빛.

한시라도 눈을 떼면 곧바로 누가 아가리를 벌리고 덤벼들 것 같은 불온한 어둠.

이렇게 내내 밤의 밑바닥을 달려가는 것이다.

나는 유리창에 비친 내 얼굴을 응시했다.

살짝 유리에 손을 대어 차가운 감촉을 확인한 다음, 나는 서둘러 휴게실로 향했다.

창문을 향해 비좁은 카운터에 팔꿈치를 얹고 앉아 느긋하게 담배를 피우는 아키히코의 모습이 눈에 들어왔다.

그 밖에는 중년 남자 둘이 나지막하게 이야기하고 있을 뿐이었다.

"오래 기다렸지?"

"그거 네 거다."

미리 사둔 듯 카운터 위의 맥주캔을 가리켰다.

"잘 마실게."

나는 머리를 꾸벅 숙인 다음 캔을 땄다. 마시멜로 같은 거품이 슉 뿜어 나왔다.

"꽤 어둡다. 아무것도 안 보이는군. 가정집 불빛 같은 것도 얼마 없고."

아키히코는 어딘지 모르게 서운한 듯 중얼거렸다.

"다들 아침에 일찍 일어나야 하니까 밤에도 일찍 자는 거야."

"어째서 다들 일찍 잘 수 있는지 모르겠어. 난 도무지 이해가 안 되더라. 밤이 얼마나 즐거운데. 술도 마시고, 신나게 떠들고, 심야 영화도 보고, 추리소설도 읽고, 그냥 게으르게 노는 것처럼 이 세상에 즐거운 일이 또 있냐? 일찍 자다니 아깝지 않느냐고. 난 일찍 자고 일찍 일어나면서 규칙적으로 건강하게 생활하는 녀석을 보면 꽥 소리 지르고 싶어지더라."

"뭐라고?"

"그렇게 살아서 대체 뭐가 재미있냐! 어째서 밤을 무시하는 거냐! 인간의 참모습은, 영혼의 부르짖음은 밤에 있는 거다!"

"견해차 아니겠어? 난 인간 본연의 모습은 일찍 자고 일찍 일어나는 생활에 있다고 생각하는데."

"넌 아침에도 끄떡없을 것 같긴 하다."

"밤새워 술 마시는 것도 재미있긴 하지만 역시 건강에는 안 좋아. 나이를 먹으면 아침에 눈이 일찍 떠진다는 건, 체력이 떨어져서 부자연스러운 생활방식을 못 버티게 되기 때문 아냐? 나도 실은 완벽하게 아침형 인간으로 바꾸고 싶은데 회식이랑 접대 때문에 어렵지 뭐야.”

“젠장. 나는 영감탱이가 돼도 퇴폐적으로 살련다.”

“내 생각엔 아키히코는 늙으면 꼭두새벽부터 일어나는 옹고집 영감이 될 것 같은데.”

“시끄러.”

“분명히 그땐 인간 본연의 모습은 일찍 자고 일찍 일어나는 거라고 하면서 ‘이 쓸개 빠진 놈’ 하면서 자고 있는 대학생 손자를 지팡이로 냅다 패서 깨울걸. ‘우리 할아버지 고집이 얼마나 센지, 집도 크고 하숙비가 안 드는 건 좋은데 말이지’ 하고 대학 동아리에서 손자가 여자 친구한테 투덜대겠지.”

“그렇게 상세한 상황을 상상하는 것도 재주다, 너.”

아키히코는 감탄과 경멸이 반반씩 섞인 눈으로 나를 바라봤다.

“그래? 그냥 자연스럽게 떠오르는데.”

“여자들의 그런 상상력은 도무지 이해가 안 되더라.”

얼마 동안 둘이 말없이 술을 마셨다.

바깥으로 가을밤이 흘러간다.

곁에 아키히코가 있는 것도 잊고 나는 술기운과 혼자만의 시간을 맛보고 있었다. 누군가와 함께 있는 혼자. 군중 속의 혼자. 이렇게 아키히코를 옆에 두고 멍하니 있을 수 있는 것은 지금의 내게 더없는 행복이었다.

"……너 말이야, 내일 말해줘."

"응?"

말하기 거북한 듯 중얼거린 아키히코를 쳐다봤다.

"리에코한테."

"뭘?"

"마키오가 헤어지는 거."

"아아, 그거."

나는 크게 고개를 끄덕였다. 아키히코의 의외의 배려에 조금 놀랐다.

"글쎄, 어떨까. 말해두는 게 좋을까, 말 안 하는 게 좋을까. 아키히코는 뭐가 걱정되는 거니?"

나는 아키히코를 똑바로 응시했다.

아키히코는 당혹한 표정을 지었다.

"글쎄, 나도 잘 모르겠다."

"설마, 마키오가 혼자가 됐다고 리에코가 마음이 흔들릴까 봐?"

"그런 생각은 안 했어."

아키히코는 난처한 얼굴로 쓴웃음을 지었다.

"하지만 네 사람이 며칠을 같이 보내다 보면 당연히 그 이야기가 나오지 않겠냐? 넷이서 이야기하다 말고 리에코가 불시에 기습당하는 모습은 안 보고 싶다."

"기습이라, 과연 그럴까? 마키오가 내내 미혼이다가 이번에 결혼하게 됐다고 하면 기습일지 몰라도, 둘 다 결혼해서 아이까지 있는 상황에서 마키오가 이혼한다고 리에코에 대한 기습이 될까?"

나는 회의적이었다.

"글쎄. 하지만 내가 리에코라면 분명히 충격이겠다 싶어."

"그럴까. 나 같으면 그것 봐라, 역시 나 말고 다른 여자랑 결혼하니까 실패했지, 하고 내심 고소할 것 같은데."

"못된 여자 같으니."

"그래? 당연한 감정 아니니? 마키오가 리에코를 그렇게 간단하게, 배려라곤 눈곱만치도 없이 차버린 걸 생각하면 그런 식으로 듣기 좋은 말만 할 순 없을 것 같은데."

아키히코는 입가를 일그러뜨리며 입을 다물어버렸다.

그랬다. 두 사람이 헤어진 것은 같은 학년 졸업생들 사이에서도 상당히 화제가 됐다. 두 사람은 우리 학년에서도 눈에 띄는 잘 어울리는 커플로서 선망의 대상이었기 때문이다. 이런 일은 원래 빠르게 퍼지는 법이라 도쿄에 있던 동창생들 사이에 순식간에 소문이 퍼졌다. 고등학교 때부터 내심 그 둘을 좋아하던 사람들도 있었던지라, 다들 접근을 시작했다는 정보까지 있었을 정도였다.

하지만 내 추측으로는 실제로 당사자들에게 사실을 확인한 사람은 아무도 없었을 것이다. 그래도 당시 리에코의 모습을 보면 그렇게 친하지 않은 사람이라도 금세 무슨 일이 있었는지 짐작할 수 있을 터였다. 그 무렵 리에코는 정말로 신경이 날카로웠고 세상을 다 잃은 듯한 표정이었다. 마키오는 마키오대로 변함없는 포커페이스로 다른 사람들을 헛갈리게 하면서 빈틈을 전혀 보이지 않았다.

대체 어디에서 입수했는지, 마키오에게 다른 여자가 생긴 모양이다, 그것도 리에코와 친한 여자인 것 같다, 라는 정보가 흘러나왔다.

나는 그렇게 빈번히 리에코를 만나지는 않았지만, 그게 가지와라 유리라는 여자 이야기라는 것은 바로 알 수 있었다. 하지만 어쩐지 뜻밖이었다. 그녀는 아무리 봐도 마키오의 취향이 아니었다. 그런 차갑고 인형 같은 여자는 그가 좋아할 타입이 아니다. 그는 좀 더 균형 잡힌, 세심하고 성숙한 여자를 좋아한다. 리에코가 바로 그런 타입이었다.

나는 내내 그 소문이 어딘가 석연치 않게 느껴졌지만, 어디가 이상한지는 나도 알 수 없었다.

그래도 리에코가 부당하고 굴욕적인 방식으로 헤어져야 했던 것은 이따금 리에코와 잠깐 이야기를 나누는 것만으로도 쉽게 짐작할 수 있었다. 마키오는 그런 남자인 것이다.

"리에코는 아직……."

아키히코는 하려던 말을 도중에 그만두었다.

물론 리에코는 아직도 마키오를 좋아한다.

알고 있었지만 나는 일부러 대답하지 않았다.

리에코는 그런 말은 한마디도 하지 않았지만 그래도 나는 그런 생각이 들었다. 그녀는 아직도 줄곧 마키오를 사랑하고 있다고. 원한과 증오로 장식됐을지언정 역시 중심에 있는 것은 그에 대한 애정과 집착일 것이다.

"분명히 마키오 쪽은 완전히 과거의 여자겠지."

대신 그렇게 대답했다.

아키히코는 입속으로 중얼중얼했다.

"뭐?"

"그런 건 난 모르겠다."

"그래?"

나는 그의 섬세한 마음을 아랑곳하지 않고 퉁명스럽게 대답했다.

아키히코는 리에코를 좋아했으니까.

입 밖에 내어 말하지는 않고 아키히코의 옆얼굴을 봤다.

남녀가 함께 행동하는 공동체가 있으면 그런 분야에 눈치가 빠른 사람이 반드시 한 명은 있게 마련이다. 그게 나다. 반에서도, 동아리에서도, 회사에서도, 누가 누구를 좋아한다는 것을 금세 눈치챘다.

그건 어두운 소녀 시절의 부산물이기도 했다. 소극적인 성격을 극복하기 위해 우선 상대방을 자세히 관찰하기 시작했다. 이 사람은 어떤 사람이며 어떤 식으로 생각하고 어떤 식으로 사람을 대하는가. 어떤 타입의 사람을 좋아하는가. 그것을 열심히 관찰해 상대방의 취향에 맞춰 행동하도록 훈련한 것이다. 그에 익숙해지면 이번에는 집단 내 세력관계와 각자의 호오를 한눈에 알 수 있게 된다. 이윽고 한순간의 시선, 말끄트머리에서 본인이 기를 쓰고 감추는 생각을 간파할 수 있게 된다.

이론적으로야 어떻든, 나는 집단을 얼마 동안 관찰하는 것만으로 누가 누구를 좋아한다는 것을 직감적으로 알 수 있게 됐다.

은밀하게 진행되던 동아리 내 연애도, 사내 연애도 100퍼센트 간파했다. 물론 눈치채도 입 밖에 내지는 않는다. 쓸데없는 참견은 하고 싶지 않았다.

아키히코의 경우, 이야기는 조금 복잡했다. 그의 리에코에 대한 애정은 마키오에 대한 애정이 투영된 것이었다. 아키히코는 마키오를 어떤 의미에서 여자처럼 좋아했다. 그는 리에코를 시기하고 있었다. 마키오의 애인인 리에코에 대한 시기심을 애정이라고 멋대로 곡해하지 않았을까 싶다.

좋아한다는 감정은 복잡하고 까다롭다. 좋아한다는 말에는 혐오감과 증오심이 적잖이 들어 있다. 누군가를 좋아하는 기분은 고맙기도 하지만 성가시기도 하다.

"응, 하지만 아키히코 말대로 리에코한테 이야기해 두는 게 좋긴 하겠다. 만에 하나 리에코가 기습을 당한다면, 그건 마키오네 가정이 원만하다고 생각하면서 이야기를 하다가 이혼 사실을 알게 됐을 경우일 거야. 리에코는 그런 거 신경 많이 쓰는 타입이니까.”

나는 혼자 고개를 끄덕였다.

아키히코도 마음이 놓인 듯 같이 끄덕였다.

“아키히코는 마키오를 진짜 좋아하는구나.”

나는 태도를 바꿔 그를 쳐다봤다. ‘마키오’에도 평소대로 다시 친근감을 담아줬다.

“으음.”

아키히코는 또 미적지근하게 대답했다.

“어디가 그렇게 좋은지 몰라. 남자고 여자고 인기가 많은 건 사실이지만.”

“글쎄다. 박정한 부분이 있다는 건 아는데.”

“남자 입장에서 봐서 어디가 좋으니? 여자 입장에서 어디가 좋아 보이는지는 대충 짐작이 가는데.”

“잘 설명이 안 되는데…….”

아키히코는 그렇게 일단 말을 꺼낸 뒤 맥주를 마셨다.

“웃지 마.”

잠시 째려보고 나서 나는 진지한 표정으로 고개를 끄덕였다.

“뭐라고 그러면 좋을까, 이 녀석이 아니면 안 된다, 그런 생각이 드는 순간이 있거든.”

“이 녀석이 아니면 안 된다고? 뭐가?”

“그러니까 그 부분을 잘 모르겠다고. 이 녀석이다 싶은 순간이 있어. 역시 이 녀석이 아니면 안 된다, 그런. 알겠냐?”

“몰라.”

나는 고개를 흔들었다.

“그렇겠지. 그렇게 말해선 알 수 없겠지.”

아키히코는 카운터 위로 머리를 싸안았다.

“그리고 그 녀석은 남자가 가져야 할 걸 죄다 가졌고, 남자한테 당연한 세계를 당연하게 살고 있다는 느낌이 들어.”

“아, 응, 그쪽은 어쩌 알 것 같아.”

“응. 남자는 이러니저러니 해도 꽤 여자가 다양한 비율로 섞여 있잖냐? 그건 너도 알지?”

“응응, 알고말고.”

“그렇기 때문에 ‘남자의’ ‘남자의’ 하고 읊어대면서 개념상의 남자의 세계를 유지하려고 그렇게 기를 쓰는 거야. 조금만 방심하면 말랑말랑해져 가지곤 남자의 세계에서 탈락되니까. 요즘 세대는 어떨지 몰라도, 우리만 해도 아직 ‘남자의 세계’를 지속시키는 게 너희 존재 의의다, 하는 식으로 각인돼 있기 때문에 ‘남자의 세계’에서 탈락된다는 게 엄청난 공포거든.”

“그래그래.”

“그런데 마키오는 그런 노력을 할 필요가 전혀 없어. 처음부터 '남자의 세계'를 통째로 자기 안에 갖고 있는 거야. 자기가 생각한 대로 행동하면 그게 그냥 '남자의 세계'의 규범이야. 남자들 중에도 그런 녀석 별로 없다."

"그렇구나. 아주 자알 알겠어."

"그래서 다들 그 녀석을 동경하는 거겠지. 그냥 자연스럽게 있는데, 그런데도 모든 게 있어야 될 곳에 있거든. 자기를 남자의 세계란 틀에 꿰어 맞추려고 죽어라 애쓰는 녀석들한 테는 부러운 일이야."

"저런, 남자도 참 힘드네."

"힘들지."

"아키히코는 남자답지만 여자 같은 면도 꽤 있는 것 같아."

"응, 나도 그렇게 생각한다."

"하지만 부탁이니까 아키히코는 그런 '남자의 세계'에 들어앉지 말아 줘. 나는 있는 그대로 '남자의 세계'인 마키오보다 그런 아키히코가 훨씬 좋아."

나는 진심으로 그렇게 말했다. 모두가 필사적으로 유지하는 '남자의 세계' 따위 전혀 고맙지 않다.

아키히코는 깜짝 놀란 것 같더니 순간 쑥스러운 표정을 지었다.

"이 바보, 날 비행기 태워봤자 무슨 소용이냐."

"본심인데."

"그러냐? 아니, 세쓰코가 오늘따라 어째 미인이다, 야."

이 남자의 단순함은 미덕이다.

다리를 몇 개 건너 숲속으로 더욱 깊이 들어간다. 커다란 다리(역시 난간은 없이 판자를 가로질렀을 뿐인)를 건너자 과거 임업에 종사하던 사람들의 촌락이 나왔다. 물론 건물 등은 흔적도 없이 사라졌고 야트막한 돌담에 둘러싸인 공터가 남아 있을 뿐이다.

인간의 노력 따위 덧없다. 겨우 몇십 년 안에 모든 게 흙으로 돌아간다. 내 육체도 언젠가 이 세상에서 소멸할 것이다. 지금 함께 걷는 다른 사람들도, 우리 아이들도.

가지와라 유리의 육체도 이미 이 세상에서 소멸됐다.

그런 생각을 하니 기분이 이상했다. 기억 속의 인형 같은 여자가 이미 어디에도 없다니.

그날 밤을 생각했다.

고탄다에서 연극을 본 날 밤. 스포트라이트 속에 떠오른 하얀 얼굴.

그날 밤의 기이한 분위기가 지금도 잊히지 않는다.

작은 아틀리에의 둥근 의자에 앉아 우리는 긴장하고 있었다.

리에코는 신경이 날카로웠고, 앞자리에 앉은 아키히코도 무관심한 척했지만 등에 신경이 집중되어 있다는 것을 알 수 있었다. 두 사람이 헤어진 이래로 이렇게 남들 앞에서 얼굴을 마주하는 일은 아마 처음일 것이다. 게다가 또 한 사람의 당사자라 여겨지는 유리까지 있다.

우리는 내 옆 빈자리를 신경 쓰고 있었다. 마키오가 앉을 자리를. 만약 온다면 연극이 시작되기 직전에 올 것이라 예상했는데, 리에코도 같은 생각인 듯 개막 시간이 다가올수록 그녀의 신경이 점점 더 날카로워지는 게 느껴졌다.

생각해 보면 해도 너무한 상황이었다. 헤어진 두 남녀가 원인이 된 여자의 무대를 나란히 앉아 본다는 상황은. 그러나 해도 너무한 상황이었기에 아무도 참석하기를 거부할 수 없었다. 결석은 오히려 그 비참한 상황을 인정했다는 인상을 주리라는 것을 모두 알고 있었다. 특히 리에코는 유리를 가장 친한 친구로 여긴 터라 마키오 때문에 유리의 자랑스러운 날에 빠진다는 것은 그녀의 자존심과 윤리관이 용납할 수 없을 터였다.

사실 처음에 연극을 보러 가자는 이야기를 들었을 때 망설였다. 나는 가지와라 유리와 직접 아는 사이가 아니었거니와, 아무리 생각해도 편안한 자리는 아니었기 때문이다. 하지만 아키히코도 온다는 말을 듣고 조금 마음이 가벼워진 데다가 솔직히 관심은 있었다. 마키오와 가지와라 유리의 관계에 대해서.

나는 아무리 해도 그 두 사람이 연결되지 않았다. 두 사람이 나란히 있는 모습도 상상이 되지 않았다. 나는 마키오라는 사람을 잘 안다고 생각했는데, 내가 아는 마키오로 보면 이 조합은 영 부자연스러웠다. 리에코에게는 미안하지만 나는 내심 두 사람의 관계를 지긋이 관찰해 볼 작정이었다.

이상한 여자네. 회장에 도착했을 때 그런 생각이 들었다.

대체 무슨 생각일까. 자기 친구와 자기가 친구에게서 빼앗은 남자를 나란히 앉히다니 대체 신경이 어떻게 생겨먹은 여자일까. 애초에 티켓을 전달하는 방법부터 납득할 수 없었다. 리에코에게 네 사람 것을 주지 않고 마키오 것만 자신이 직접 건네다니, 자기들 관계를 리에코에게 과시하는 셈 아닌가.

대체 무슨 생각을 하는 걸까, 그 여자는.

나는 어두운 무대를 가만히 바라보며 생각했다.

설마 두 사람이 화해했으면 좋겠어, 같은 뻔뻔한 생각을 하는 건 아니겠지? 아니면 리에코가 우리 둘 사이를 인정해 줬으면 좋겠어, 라든지.

늘 주역이기를 원하는 여자 중에 가끔 그런 착각도 유분수인 여자가 있다.

내 잘못이야, 나 때문에 다들 관계가 틀어지는 거지, 그래도 모두 사이좋게 지내주면 좋겠어.

유리는 그런 타입의 여자인가?

리에코와 함께 있는 그녀를 보면 그런 것 같지는 않았다. 자신을 억제할 수 있는, 오히려 수수한 성격의 여자가 아닐까 싶었다. 뭣보다도 리에코가 그런 과대망상이 있는 여자와 친하게 지낼 것 같지는 않았다.

대학 때쯤 되면 인간관계가 변화한다. 반이며 동아리 등 자리에 따라 접하는 사람이 달라지고, 그들이 서로 교차하는 일이 없어진다.

고등학교 시절 단짝, 반에서의 단짝, 동아리에서의 단짝. 사람은 각 곳에 짝을 만든다. 미묘한 것은 각 단짝들 간의 관계다. 이름은 자연스레 알고 있지만 접점은 없다. 소개될 때도, 소개할 때도 당혹감을 감출 수 없다.

유리는 나를 아는 듯 캠퍼스에서 가끔 마주치면 '아' 하는 표정을 지었다. 나도 똑같은 표정이었을 것이다. 하지만 말을 주고받는 관계는 아니었고 주고받은 적도 없었던지라 서로 모호하게 인사 비슷하게 하면서 지나치곤 했다.

그럴 때 받은 인상으로도 지극히 평범하고 정상적인 감각을 가진 여자 같았다.

그럼 대체 이건 뭐지?

개막 시간이 다가왔다. 말없이 앉은 우리들 사이에 팽팽한 긴장이 감돌았다.

마키오는 나타날까, 나타나지 않을까.

리에코는 얼어붙은 것처럼 꼼짝도 하지 않았다. 도착했을 때부터 말수가 적기는 했지만, 지금은 고행이라도 하듯 그 시간을 필사적으로 견디고 있었다.

드디어 종소리가 울리고 객석이 어두워졌다.

마키오는 나타나지 않았다.

그때처럼 어둠이 고맙게, 다정하게 생각된 적이 없다. 우리는 모두 속으로 안도하며 남몰래 한숨을 내쉬었다. 겨우 긴장을 풀었다.

무대에 그 여자가 나타났다.

훌륭한 연기였다. 외모만 아름다운 게 아니라 연기자로서의 재능도 있다고 인정하지 않을 수 없었다. 나는 어느새 무대에 몰입하고 있었다.

그러나 무대에 몰입하면서도 나는 내내 단서를 찾고 있었다. 그녀가 어떤 사람인지 판단할 재료를 찾고 있었다.

우선 느낀 것은 상당히 위험한 여자라는 것이었다.

어딘지 모르게 찰나적이고 자포자기적인 면이 있었다. 결코 연기가 무성의했다는 뜻은 아니다. 연기는 능란하고 뛰어났다. 세세한 데까지 신경을 썼다.

나도 연기하는 친구가 몇 명 있는데, 배우는 그렇다 치고 무대 뒤 스태프까지 겸하려면 어지간한 노력으로는 불가능하다. 다감한 동시에 냉정하고 또 세심하지 않으면 그런 물리적인 허구를 만들어낼 수 없다. 게다가 늘 제삼자의 눈으로 그것을 지켜봐야 한다. 단판 승부에 나설 수 있는 꿋꿋함과 강한 정신력이 필요하다. 그녀는 그런 조건을 확실하게 충족하는 듯 보였다.

하지만 어딘가 이상하다, 라고 마음속에서 누가 속삭였다.

이 여자에게는 어딘지 모르게 살벌한 구석이 있다. 경계를 늦춘 순간 칼로 푹 찌를 듯한 위태로움이 느껴졌다. 그녀의 경우, 찌르는 대상은 그녀 자신밖에 없을 듯했다.

위험한 여자. 자멸 성향이 있는 여자.

내게는 그녀가 그렇게 느껴졌다.

리에코의 눈에 그녀는 어떻게 보일까?

이상했다. 그녀는 대체 유리의 어디에 마음이 끌렸을까?

다만 하나 알 수 있는 것은 마키오와 마찬가지로 유리도 그녀의 눈에는 전혀 다른 모습으로 비칠 것이라는 사실이었다. 그런 의미에서 리에코라는 사람은 화를 자초하는 부분이 있다고 할 수 있다. 그녀 안에 있는 숲의 어둠은 항상 숲에 피해를 입힐 허리케인을 원하는지도 모른다.

연극 내용도 어딘지 모르게 섬뜩했다. 그녀의 창작극이라는데, 보답받지 못하는 사랑이라는 테마가 몹시 가슴 아팠다.

친구의 애인을 빼앗은 여자가 할 연극 같지도 않았거니와, 어찌나 실감 나는지 실제로 보답받지 못하는 사랑을 하고 있는 여자처럼 보였다.

그렇다면 대체 마키오와 그녀의 관계는?

연극을 보면서 점점 더 혼란스러워졌다. 연극이 진행될수록 머릿속의 물음표가 늘어만 갔다.

정신이 들고 보니 연극이 끝나 온화한 웃음을 띤 유리가 무대 위에서 박수갈채를 받고 있었다. 나도 어느새 손이 아플 정도로 손뼉을 치고 있었다.

모르겠다.

문득 돌아보자, 역시 내 옆자리는 여전히 비어 있었다.

마키오는 끝내 나타나지 않았다.

피로가 느껴졌다. 여기에 마키오가 나타났다면 무슨 힌트를 얻었을지도 모르는데, 라고 생각하니 아쉬운 생각이 들었다.

아틀리에에 짐을 두고 온 것은 '무의식'이 80퍼센트, '고의'가 20퍼센트 정도였을 것이다.

셋이서 봄밤 속을 걷다 말고, 나는 짐을 두고 온 것을 깨닫고 부랴부랴 아틀리에로 돌아갔다.

무슨 예감이 있었는지도 모른다. 그게 어떤 예감인지 모르는 채 나는 아틀리에로 이어지는 뒷문 통로에서 마키오의 옆얼굴을 발견한 것이다.

그 얼굴. 그 무서운 얼굴.

어렸을 때부터 마키오를 알고 지냈지만 그런 표정을 보는 것은 처음이었다.

나는 섬뜩함과 동시에 강한 호기심을 느꼈다. 그가 그렇게 감정을 날로 드러내는 일은 드물기 때문이다.

그가 격한 어조로 뭐라 말하더니 그녀의 뺨을 때렸다. 그 소리에 온몸이 움찔했다.

그 뒤에는 침묵뿐이었다.

나는 팔손이나무 뒤에서 부모의 불화를 걱정하는 소녀처

럼 숨죽이고 있었다.

유리는 고개를 떨어뜨린 채 빈껍데기만 남은 듯한 표정으로 우두커니 서 있었다.

마키오는 자신이 그녀의 뺨을 때린 것도 모르는 것처럼 어중간하게 손을 올린 채 꼼짝하지 않았다.

무슨 일이 일어나고 있는 건가?

두 사람의 모습을 뚫어지게 보며 나는 아직도 혼란에 빠져 있었다. 동시에 '쓸데없는 참견은 하고 싶지 않다더니 잘도 무슨 변태처럼 엿보고 있구나?' 하고 나 자신을 비웃었다.

지금까지 잘난 척하더니 결국 그냥 남의 뒷소문을 즐기는 여자였구나.

두 사람의 모습은 어딘지 모르게 기묘했다. 두 사람 다 지금 자기들 사이에 일어나고 있는 사태를 파악하지 못하는 것 같았다. 마치 서로 다른 시나리오를 가진 것을 모르는 채 리허설을 해보니 각자 생각했던 것과는 전혀 다른 내용이더라, 하는 것처럼.

그러나 감정을 날로 드러낸 마키오와 공허한 표정의 유리는 그 순간만은 마치 한 형제처럼 비슷했다. 그때의 두 사람에게는 설득력이 있었다.

이 두 사람은 서로 반했구나.

갑자기 그런 직감이 들었다. 그건 확신이었다.

그러나 행복한 형태가 아니라 어딘가 무척 잘못된 형태로.

나는 머릿속으로 적당한 말을 찾아봤다. 두 사람의 관계를 명쾌하게 나타낼 말이 없을까 생각해 봤다.

이윽고 이상한 정경이 뇌리에 떠올랐다.

어떤 몹시 비뚤어진 물체가 두 사람 사이에 있고, 각각의 연애 감정이 서로에게 보이지 않는 곳에 붙어 있다. 두 사람 모두 어딘가에 그게 있다는 것은 아는데, 그들 사이에 우뚝 솟은 비뚤어진 오브제 같은 게 너무나도 크고 이상하게 생긴 탓에 좀처럼 발견하지 못한다. 오브제는 울퉁불퉁해서 손으로 더듬으면 아프다. 어딘가에 있을 연애 감정을 찾는 것이건만, 차츰 손의 아픔이 상대방에 대한 미움으로 변해간다…….

나는 응달 냄새가 나는 팔손이나무 뒤에서 혼자 멍하니 그런 생각을 했다. 겨우 움직였을 때에는 웅크리고 있었던 탓에 다리가 저렸다.

무슨 일이 일어났을까? 무슨 일이 일어나지 않았을까?

봄의 어둠은 부드럽고, 어딘지 모르게 마음이 불안정해지는 향기가 났다.

어느새 온몸이 땀에 젖어 있었다. 상당한 거리를 걸은 모양이다.

우리 얼굴을 보고 아키히코는 다시 휴식을 선언했다.

살았다 하는 표정으로 다시 선로를 둘러싸고 앉았다.

뒤에서 누가 따라오는 기미는 전혀 없었다. 정말로 전세 코스다.

"진짜 아무도 안 온다, 얘."

리에코가 뒤를 돌아봤다.

"엄청난 사치인데."

마키오가 무릎 앞쪽으로 두 손을 깍지 끼고 앉아 머리 위를 올려다봤다. 덩달아 올려다보니 햇빛이 꽤 높은 곳에서 비쳐들었다.

수분을 취해도 금세 땀이 되는지 화장실에 가고 싶은 마음이 전혀 나지 않았다. 잘하면 하루 종일 화장실에 가지 않아도 될 것 같다.

"저번에 만난 애, 친구랑 화해했을까."

리에코가 불현듯 중얼거렸다.

"아아, 그 남자애 말이지."

혼자 씩씩하게 걷던 남자애. 아키히코를 넋 놓고 바라보던 남자애.

"실은 정말 유령이었을지도 모르지."

아키히코가 끼어들었다.

"유령의 증명은?"

나는 심술궂게 물었다.

"생각해 봐, 혼자 그런 데를 걷는다는 게 역시 이상하지 않냐. 그렇게 비 오는 날에 철퍽철퍽. 대학 조정부원들하고 같이 왔다는 건 사실이었어. 그 녀석은 몇 년도 더 전에 Y섬에 왔다가 계곡에서 물에 빠져 죽은 유령인 거야. 지금도 친구들을 찾아다니는 거지.”

“아이참, 그런 말을 들으니까 어째 진짜 그럴 것 같잖아.”

리에코가 섬뜩한 듯이 주변을 둘러봤다.

아닌 게 아니라 그 애는 세상사에 초연한 듯한 분위기가 있었다. 처음에 비탈길에서 뒤를 돌아봤을 때, 아래쪽에서 달랑 혼자 걸어오는 그를 봤을 때 정말 무서웠다.

“하지만 그 애가 유령이라면 시내에서도 노상 유령이랑 마주치고 있는 게 아닐까 싶잖아.”

나는 중얼거렸다. 처음에는 무서웠지만 가까이서 봤을 때는 아무렇지도 않았다. 오히려 호감을 주는 남자애였다. 그런 유령이라면 가끔씩 만나도 좋을 것 같다.

거리에서 노리유키를 발견하는 상상을 해봤다.

어머, 노리유키잖아.

어느 날, 나는 시야 끄트머리에서 그를 발견한다.

스크램블 교차점에서. 아니면 그가 무척이나 좋아했던 대형 레코드점 시청 코너에서 CD를 듣는 노리유키를 본다.

말은 걸지 않는다. 그냥 가만히 그를 본다. 그는 분명히 내가 있는 것도 모르고 CD에 푹 빠져 있을 것이다.

그런 식으로 1년에 한두 번 정도 나와줘도 좋지 않을까.

이상하게도 어쩐지 정말로 그런 일이 일어날 것 같은 예감이 들었다.

나는 혼자 쿡 웃었다.

"어이쿠, 무슨 생각이 났길래 기분 나쁘게 혼자 웃냐."

눈썰미 좋게 아키히코가 보고 말했다.

"왜 무슨 생각이 나서 웃으면 기분 나쁘다고 그럴까?"

"왜 웃었는데?"

"유령이 꼭 무서운 건 아니겠구나 싶어서. 사람이 많은 곳이면 그중에 꽤 여럿 끼어 있을 것 같지 않니?"

"아니."

"그래? 내가 유령이면 아무도 없는 데보다 사람이 아주 많아서 내가 나타나도 아무도 신경 쓰지 않는 장소를 고르겠어."

"너라면 축제 장소나 바겐세일 매장 같은 데 있을 것 같군."

"그래그래, 그런 데."

"할인 상품을 놓고 쟁탈전을 벌이는데 뒤에서 팔이 쑥! 나중에 잘 생각해 보니까 어라, 이상하네. 그 팔은 팔만 있고 몸뚱이가 없었던 것이다!"

"패밀리레스토랑 셀프서비스 코너에 어느새 줄을 서 있다든지."

"진짜 세쓰코가 있을 것 같아서 우습다, 얘."

리에코가 웃음을 터뜨렸다.

"난 분명히 집 근처에 출몰할 것 같아. 딸아이가 갈 만한 곳이라든지."

리에코는 즐거운 표정으로 말했다. 오늘 그녀는 꽤 편해 보였다.

"이웃집 주부랑 인사하고 스쳐 지나간 다음에 얼마 있다가 어머나, 방금 그 부인 혹시? 소름이 좌악."

"그거 괜찮다, 얘."

"아키히코는 집까지 찾아올 것 같아. 분명 여전히 성미 급한 유령이겠지. 시끄럽게 초인종을 눌러대면서 야, 초인종 누르면 좀 빨랑빨랑 나와라, 하면서 거침없이 안으로 들어오는 거야. 그래그래, 알았어, 차 줄게, 하면서 뒤를 돌아보면 이미 없고."

"좀 뭐한 이야기다만 그거 꽤 리얼리티가 있는데."

"혹시 그렇게 되면 꼭 와줘."

"어이구."

"마키오는 안 나올 것 같아."

내가 그렇게 말하자, 실실 웃으며 이야기를 듣고 있던 마키오는 살짝 이를 드러냈다.

"응, 사람들 앞에는. 난 만약 나온다면 하이테크 기기 속에 나오고 싶어."

"그게 무슨 뜻이야?"

"디카로 찍은 사진에 뒷모습만 나와 있다든지, 메일 발신자 속에 은근히 끼어 있다든지."

"엄마야, 그거 진짜 무섭겠다. 안 돼, 얘, 겁주는 건 하지 마."

나는 오싹해졌다.

"분명히 앞으로는 그런 괴담이 늘어날걸. 기술이 발전해도 이런 건 그리 달라지지 않잖아?"

"컴퓨터는 충분히 괴담 소재가 되겠다, 얘. 컴퓨터 무섭잖아."

"메일도 굉장히 무서워."

다들 짚이는 데가 있는지 한마디씩 했다.

"새로운 기술이 등장하면 다들 잘 모르겠고 불안하니까 꼭 괴담 같은 소문이 발생하더라."

"그것도 압도적으로 커뮤니케이션 도구 쪽 신기술이 대부분이지. 자동응답기, 팩스, 휴대전화, 이메일. 컴퓨터에 불안을 느끼는 사람은 많으니까 분명히 우후죽순처럼 도시 괴담이 생길걸."

"워드프로세서는 안 무서운데 왜 컴퓨터는 무서운 거냐."

"그야 역시 어딘가에 연결되어 있으니까 그런 거겠지. 뭐가 도착할지 몰라. 뭐가 침입해 들어올지 몰라."

다른 사람들이 주고받는 이야기를 들으며 가끔씩 노리유키가 메일을 주는 것도 괜찮겠다고 생각했다. 아이들에게도 보내주면 좋겠다. 나는 1년에 몇 번, 일과 아이들 교육에서 벽에 부닥쳤을 때만이라도 괜찮으니까.

확실히 컴퓨터에는 묘한 무서움이 있다. 검은 화면에 느닷없이 낯모르는 뭔가가 비쳐도 이상할 것 없을 것 같다. 실제로 갑자기 에러가 발생한다든지 먹통이 된다든지 하니까 끊임없이 낯선 세계를 직면하는 셈이다. 온 세상과 연결된 회선인데 어딘가에서 죽은 이들의 세계와도 연결되어 있을 만도 하지 않나.

어느새 그가 떠난 다음 일만 생각하는 것을 깨닫고 흠칫했다.

나는 이미 익숙해지기 시작한 것이다.

그런 내가 충격이었고, 결국 그런 것이려니 하는 체념도 있었다. 마음을 절망에서 구하기 위해 사람은 '익숙해진다'라는 수단을 준비해 두는 것이다.

"하지만 커뮤니케이션 도구의 원조로 뭐니 뭐니 해도 무서운 건 편지야. 편지 그거 진짜 무섭다."

마키오가 유난히 실감이 담긴 목소리로 말했다.

"그러시겠지. 마키오의 요즘 취미잖아, 우편함 앞에서 얼어붙는 게."

나는 농으로 대꾸했다.

"편지는 완전히 개인적 망상의 세계잖아? 처음부터 끝까지 개인의 세계. 자기 완결된 세계가 펼쳐지는 거야. 편지를 받은 사람은 그 세계에 전혀 개입하지 못해. 그냥 받은 세계를 우두커니 바라볼 뿐이야."

"망상을 남한테 보내는 거네."

"굉장히 실감 넘치는 말인데. 마키오, 너 편지 때문에 고생 많은가 보구나.”

내가 그렇게 말하자 마키오가 쓴웃음을 지었다.

“누구든 한두 통은 이상하거나 무서운 편지 받지 않아?”

“관심 없는 여자의 러브레터라든지.”

“헤어진 아내 부모의 편지라든지.”

“둘 다 싫다.”

“요즘에도 하나 모르겠는데, 편지에 면도칼 넣는다는 것
도 엄청난 발상이지. 완전히 공격 도구 아니냐.”

“시간차 공격이군. 악의를 봉해서 배달하는 셈이야.”

“진홍색 봉투는 ‘결투장’이라고 그러던데.”

“‘결투장’이란 말 요즘에도 쓰냐?”

“내용을 예측할 수 없는 우편물을 뜯을 때 요즘 세상에
맛보기 힘든 스릴이 있지.”

“너희 행운의 편지 받아 본 적 있니?”

리에코가 우리를 둘러봤다.

“난 어린 마음에도 우체국의 음모가 아닐까 생각했더랬
다. 본 적은 있지만 받은 적도, 보낸 적도 없는데.”

아키히코가 대답했다.

“한동안 문제가 됐을 때, 라디오 DJ가 보내지 마라, 겁나
면 대신 우리 방송국에 보내라, 하고 설득하고 그랬던 기억
이 있어.”

“맞아, 그랬지. 절 같은 데라든지.”

“모아놓은 편지는 어떻게 하니? 난 당최 못 버리겠지 뭐야.”

리에코가 좋은 질문을 생각해 냈다는 표정으로 우리를 봤다.

“난 바로바로 버려.”

마키오가 선뜻 대답했다. 마키오답다.

“버릴 때 어떻게 버려? 그냥 쓰레기통에 넣어?”

나는 흥미를 느껴 물었다.

“대개 찢어서 버리는데. 요새 문서 절단기를 사서 그걸 써.”

마키오와 문서 절단기. 너무 잘 맞는다.

“개인적인 편지도 찢어버릴 수 있어?”

“응, 아무렇지도 않아. 안 그러면 점점 쌓이잖아.”

마키오는 태연한 얼굴로 대답했다.

“리에코는 어떻게 하는데?”

“난 신발 상자에 보관해. 몇 년 거라고 써서 벽장 꼭대기에 올려놓는데, 지금은 양이 꽤 늘어나서 진짜 처치 곤란이야. 10년 지난 것부터라도 순서대로 버리자고 결심은 하는데, 결국은 역시 그냥 놔두자 하게 돼서 말이야. 이젠 고민하는 것도 귀찮아.”

“나도 대충 비슷해. 아키히코는?”

“집에서 살 때는 모닥불을 피워 태웠지.”

“와, 역시 대저택에 사는 사람은 다르구나. 모닥불을 피워 태운다. 그게 편지를 처리하는 가장 올바른 방법 같지 않니?”

"응, 그거라면 수긍할 수 있어."

"난 누나가 주말마다 러브레터를 태우게 시켜서 습관이 됐거든."

"슬쩍 훔쳐보기도 했겠지?"

"음, 뭐. 참고가 될까 해서."

"어땠어? 기억나는 거 있니?"

"러브레터라는 게 참 천편일률적이란 말이지. 상대방을 칭찬한다, 자기 마음을 고백한다. 대개 그 두 가지 요소밖에 없으니까 다 그게 그거 같아서 재미없더라. 가끔 엄청 이론적인 녀석이 있는가 하면 엄청 정열적인 녀석도 있고 그랬는데. 누나하고 관계가 꼬이기 시작한 녀석 쪽이 더 재미있더군. 아까 마키오가 한 이야기처럼 완전히 피해망상에 빠져 있질 않나, 당신은 마녀라고 저주하질 않나. 하여간 인간의 상상력을 만끽했다니까. 덕분에 인생 공부 좀 했다."

모두 나직이 웃었다.

"딱 하나 기억나는 게 있어. 가끔씩 보던 이름인데, 늘 짤막한 거야. 역시 편지는 간결한 게 최고야. 그 편이 훨씬 인상에 남거든."

"어떤 건데?"

"'안녕하신지요. 저는 요새 나팔꽃을 키웁니다.'"

"그게 다야?"

"응. 간결하고 기억하기도 쉽지?"

“무슨 깊은 의미가 있는 걸까?”

“그거야 나도 모르지.”

“언뜻 보면 산뜻한 것도 같고, 실은 엄청 끈적거리는 것도 같고. 어쩌면 비아냥거리는 걸지도 모르겠다.”

나는 머릿속으로 그 말을 되풀이해 봤다.

저는 요새 나팔꽃을 키웁니다.

정경으로서는 나쁘지 않다. 여름날 아침의 맑은 공기가 감도는 것 같고 아름답다.

그러고 보니 편지를 쓴 지 오래됐다. 업무 관련해서는 꼬박꼬박 쓰지만 진짜 사적인 편지는 쓰지 않는다.

편지는 스냅사진 같다. 그때그때의 상태가 기록된다. 개인적인 망상을 포장한 것인 동시에 타임캡슐처럼 한 개인의 어느 한 시기를 보존하는 것이다. 그렇게 생각하면 역시 버리지 못하겠다. 뒤집어서 말하면 그만큼 편지에 든 시간의 함유량이 큰 것이다. 편지를 펼치면 순식간에 여러 해 세월을 건너뛰어 그 무렵으로 돌아간다. 당시 자신이 어떤 상황이었는지, 무슨 생각을 했는지, 무슨 일을 했는지, 어떤 세계에 있었는지. 편지는 상당한 역사 재현 능력을 가지고 있다.

나는 심심할 때 문방구에서 편지지와 편지봉투, 그림엽서를 즐겨 산다. 계절이 바뀔 때가 되면 그림엽서를 사고 싶어진다. 실제로 업무에 필요하기도 하지만, 어렸을 때부터 편지 쓰는 도구에 매력을 느꼈다.

직접 써본 적은 없어도 편지를 봉하는 밀랍이나 페이퍼 나이프, 나무로 만든 편지꽂이, 문진 등은 보고만 있어도 행복하다.

편지 쓰는 도구를 고르는 일은 내 은밀한 휴식이고 즐거움이다. 편지 쓰는 시간을 가게에서 사는 것이다.

"글씨에도 유행이 있지."

아키히코가 물을 마시며 중얼거렸다.

"응. 우리 때는 다들 동글동글한 글씨였어."

"그거 순정 만화라든지 잡지 영향이라고 하지 않았나?"

"그렇다고들 하는데 난 잘 모르겠더라. 아무튼 그저 동글동글한 글씨가 귀엽다고 돼 있었어. '귀엽다'란 건 어느 시대나 여자애의 지상 명제니까."

"요새 여자애들 글씨도 다 비슷하더라."

마키오가 말했다.

"응, 요새 여자애들 글씨는 세로로 길쭉하고 좌우 균형이 살짝 안 맞는 글씨지. 일부러 소박함을 강조한다고 할까. 잡화점이랑 카페의 칠판 글씨가 하나같이 똑같잖아."

"그거 요새 여자애들 체형하고 비슷하지 않나? 그러고 보니 둥글둥글한 글자가 유행하던 무렵엔 여자애들 체형도 좀 더 통통하고 둥글둥글했어."

"듣고 보니 그러네. 글씨는 몸을 나타낸다 이거지."

"난 어쩐지 요새 여자애들 글씨를 보면 '유기농'이란 말이 생각나더라.”

아키히코의 말에 셋이 박장대소했다.

“아하하, 그거 너무 웃긴다.”

“둥그런 글자였을 때는?”

“당연히 ‘팬시’지.”

“그렇구나. 시대가 드러나네요.”

동갑끼리 이야기할 때 가장 분위기가 고조되는 게 이런 부류의 화제다.

사회에 나와서 비로소 세대의 귀중함을 깨닫게 된다. 우리 세대는 이제 서브컬처에 의해서만 같은 세대라는 것을 인식할 수 있다. 본 텔레비전 프로그램, 읽은 만화로만 시대에 리얼리티를 느낄 수 있다.

“반 애들 중에 생일이 같은 애 없었어?”

마키오가 담배를 피우며 물었다.

“나 있었는데.”

아키히코가 대답했다.

“저번에 어디서 읽었는데, 한 학급 40명 중에 생일이 같은 사람이 있을 확률이 어느 정도일 것 같아?”

“글쎄, 8퍼센트 정도?”

“90퍼센트라더라.”

“뭐!”

모두 놀라 소리쳤다.

마키오는 살짝 어깨를 움츠렸다.

"어떤 특정한 생일, 예를 들어 너하고 생일이 같은 사람이 있을 확률은 당연히 365분의 1이겠지? 하지만 같은 생일로 따지면 365가지 조합이 있는 셈이야. 생일이 같은 사람이 있을 확률이라고 한정하면 확률은 엄청나게 높아진대. 좀 의외지."

"어머, 어째 좀 속은 기분이네. 우리 회사에, 배속된 부서에 자기랑 생일이 같은 사람이 있다고 이건 운명이라고 결혼했다는 커플이 있는데."

"그건 속은 거야. 실은 별로 운명이 아니야. 30명 있는 부서에서도 생일이 같은 사람이 있을 확률은 꽤 높을걸."

"그 커플한테 가르쳐줄까 보다."

"관둬라. 어른스럽지 못하게."

아키히코가 내게 못을 박았다. 나는 헤헤헤 웃었다.

다시 안쪽을 향해 걷기 시작했다.

태양이 높이 떠 산길로 나오면 이글이글 내리쬐었다.

하지만 숲으로 들어가면 순식간에 서늘한 정적에 감싸였다.

우리 걸음걸이는 호흡이 딱딱 맞았다. 역시 며칠째 함께 행동하면서 처음에 서로 예의를 차리느라 생긴 요철이 고르게 된 느낌이다. 기분 좋은 일체감이 우리를 하나로 이어주었다.

"안 보이네, 벚나무."

나는 혼잣말처럼 말했다.

"이렇게 초록 일색의 풍경이니까 만약 있으면 꽤 눈에 띌 것 같은데 말이야."

"그러게. 하지만 실은 하나 걱정되는 게 있단 말이지. 이곳 사람들 사이에 도는 소문이라는 건, 어쩌면 이런 관광 코스에서 벗어난 데 가야 보인다는 뜻일지도 몰라."

아키히코가 정색한 목소리로 대답했다.

"관광객들 소문에는 없었니?"

"베테랑 등산객들 사이에는 알려져 있다고 하는 것 같더라만."

"그럼 아예 안 보일지도 모른다는 이야기잖아."

리에코가 화난 듯 말했다. 그녀는 아까부터 상당히 벚나무에 연연한다.

"음, 뭐, 그야 어차피 전설이니까 확실하진 않지."

아키히코가 달래듯 말했다.

"에이, 기대 많이 했는데."

리에코가 입을 뾰족 내밀었다.

전설의 벚나무. 리에코만이 아니라 일본 사람은 왜 그런지 벚나무라고 하면 어쩔 줄 몰라 한다. 매년 꽃놀이 시즌이 되면 언제 피는지, 현재 얼마 정도 피었는지, 언제 지는지를 따지면서 안절부절못한다. 피기 시작했다고 하면 꼭 봐야 할 것 같은 강박관념에 시달린다.

그건 벚꽃이 흔히들 말하듯 미련 없이 순식간에 피었다가 순식간에 지는 꽃이라서가 아니라 어딘지 모르게 기이한 꽃이기 때문일 것이다.

벚꽃의 개화開花는 정말이지 극적인 변화다. 아키히코였나, 누가 이야기한 것처럼, 꽃이 없으면 벚나무는 상당히 수수한 나무다. 아무것도 자기주장하지 않고 조용히 개울가를 장식하며 산속에 묻혀 있다.

하지만 일단 꽃을 피우면 존재감이 어마어마하다. 어딘지 모르게 과도하고 보는 사람을 압도한다. 꽃이 흐드러지게 핀 벚나무 길을 걸을 때면 늘 열에 들뜬 듯한 기이한 기분, 분명히 말해 광기 같은 것을 느낀다.

학교 운동장에는 어디나 벚나무가 심어져 있다. 우리 고등학교에도 교문을 들어선 곳에 당당하게 꽃을 피우는 고목이 있었다. 그 벚나무 아래서 학급 단체 사진을 찍는 게 연례행사였다.

벚꽃의 계절. 열에 들뜬 계절. 그건 인생에서 상당히 특수한 계절인 청춘 시절을 상징하는지도 모르겠다.

"나 아키히코를 처음 봤을 때가 지금도 기억나."

아키히코의 등에 대고 말했다.

"언제였나?"

"입학하고 얼마 안 됐을 때. 대학 근처에 있는 절 벚나무 밑에 팔짱 끼고 서 있었어."

"혼자? 그거 처음 듣는 이야기군."

"응, 혼자. 이상했어. 입학 시즌엔 캠퍼스 주변에 사람들이 굉장히 많이 다니잖아? 그런데 아키히코 주변에만 아무도 없고 거기만 조용했었어."

"그랬냐. 언제 적 일이려나. 전혀 기억이 안 나네."

"깜짝 놀랐지 뭐야. 그야말로 유령인 줄 알았어. 하여간 도무지 이 세상 사람 같지 않은 미소년이 벚나무 밑에 떡 서 있지 않겠어?"

머릿속에 그 광경이 떠올랐다.

정말이지 학생들로 붐비는 도로 한구석에서 아키히코만 다른 공기를 마시는 것 같았다. 아키히코는 지금보다 더욱 결벽성이 강한 느낌으로, 다른 사람의 접근을 막는 강한 오라가 있었다.

그게 또 묘하게 벚꽃과 어울렸다. 빈곤한 발상이지만 혹시 벚나무의 정령이 아닐까, 순간 진지하게 그런 생각까지 했다.

이상하게 아무도 아키히코를 눈치채지 못하는 것 같았다. 전율이 느껴질 정도의 미모를 가진 소년이 있는데, 여자들도 모르는 척 수다 떨며 곁을 지나갔다. 그래서 더더욱 내게만 보이는 환영이 아닐까 생각했던 것이다.

"마키오가 소개했을 때 또 한 번 놀랐어. 이 사람 진짜 살아 있는 사람 맞았구나 해서.”

“무슨 그런 실례되는 말을.”

“그리고 성격이 드러났을 때 또 놀라고. 오, 신이시여, 이 얼굴에 이 성격은 너무하십니다, 하고 하늘을 향해 부르짖었지.”

“흥.”

뒤에서 따라오는 두 사람이 웃었다.

리에코를 처음 만났을 때도 기억한다.

그때도 입학식이었다.

리에코는 막 꽃을 피우기 시작한 벚나무를 올려다보며 홀로 등교하고 있었다.

그녀가 완만한 비탈길을 천천히 올라가며 하늘을 보는 옆얼굴을 줄곧 뒤에서 보고 있었다.

그녀는 동갑이라는 생각이 들지 않을 만큼 처음부터 어른스러웠다.

침착한 애네.

그녀에 대한 첫인상은 그것이었다. 고등학교 3학년에 올라와서 같은 반이 될 때까지 말을 해본 적은 없었다.

그런 리에코, 그리고 그때 벚나무 밑에서 본 아키히코와 지금 이렇게 함께 걷고 있다니, 인생은 요지경이다. 오늘 이 여행은 언제부터 정해져 있었을까. 우리들 인생이 교차한 입학식 날부터 이미 예정되어 있었을까.

“어이쿠, 나 방금 기시감이 느껴졌다.”

갑자기 아키히코가 중얼거렸다.

"기시감? 어떤?"

"방금 불현듯 옛날에 누구랑 넷이서 이 길을 걸은 적이 있지 싶은 거야."

"그 네 사람이 이 멤버야?"

"그건 모르겠는데. 그런 것도 같고, 아닌 것도 같고."

"기시감의 이유가 뭐였더라?"

뒤에서 리에코가 마키오에게 물었다.

"뇌의 정보처리 오류라고 들었는데. 처음 받는 정보를 어딘가에서 꺼내온 정보하고 착각하기 때문이라고 하지 않았나?"

"왜 그럴까? 무슨 계기로 그렇게 되는 걸까?"

"글쎄. 눈앞에 있는 풍경하고 비슷한 걸 마음속에서 찾아꺼내가지고는 '전에 본 적 있는데' 하고 느끼는지도 모르지."

문득 중학교 때가 생각났다.

친한 여자애가 있었는데, 둘 다 이미 다른 그룹에 속해 있었던 탓에 그렇게 많이 같이 있지는 못했다. 하지만 처음 만났을 때부터 묘하게 죽이 맞아 서로 이상하다고 말하곤 했다.

어느 날, 우연히 둘 다 혼자 집에 가게 됐을 때 신발장 있는 데서 마주쳤다.

어머머, 같이 가자, 하고 신이 나서 함께 집에 갔는데, 그때 둘이 동시에 기시감을 느낀 것이다.

정말 기묘한 체험이었다.

낯익은 길을 걷는데 어쩐지 여느 때와는 다른 시간이 흐르는 듯했다.

둘 다 안절부절못하면서 잡담을 하다가 끝내 내가 입 밖에 내어 말했다.

저기, 방금 이상한 기분 들지 않았니?

그녀는 깜짝 놀란 표정으로 나를 봤다.

어, 너도 그랬어?

어쩐지 말이야, 아주 오래전에도 둘이서 이렇게 돌담을 따라 내려온 적이 있다는 생각이 들었어.

어머, 진짜? 나도 그랬는데. 이상하다.

하지만 우리 둘이 집에 가는 거 이번이 처음이잖아?

응.

우리는 이상해하고 흥분하며 걸었다.

분명히 우리가 태어나기 아주 오래전에 둘이 친구 했던 적이 있었던 거야.

그녀가 진지한 얼굴로 말했다. 근거는 아무것도 없었지만 나도 그런 생각이 들었다.

분명히 오랜만에 재회한 걸 거야, 우리 둘은.

내가 그렇게 말하자 그녀가 후후 웃었다.

그럼 어쩌면 아주 나중에도 이런 일이 또 있을지도 모르겠네.

응. 그때도 역시 이런 느낌이 들까.

우리 아주 오래전에도 이렇게 같이 간 적이 있었지, 신기하다, 그러겠지.

그런 일이 몇 번이고 영원히 계속되는 걸까.

그때 그 기묘하게 친숙한 느낌은 지금도 가슴속에 남아 있다. 지금은 기시감이라는 말로 설명할 수 있지만, 당시에는 우리 둘 다 그런 말은 몰랐다.

하지만 어쩌면 소녀들의 직감 쪽이 옳을지도 모른다. 우리는 시간을 달리하고 장소를 달리하며 몇 번이고 같은 사람을 만나는지도 모른다. 물이 순환하는 것을 생각하면, 새로운 것이 속속 생겨나기보다 생명도 순환한다고 생각하는 편이 자연스럽지 않을까.

그 편이 훨씬 낫다. 그 편이 구원을 얻을 수 있다.

가슴속으로 그런 말을 곱씹었다.

그렇게 믿자. 지금 잃으려 하는 것도 언젠가 다시 돌아올 것이라고.

"좋아, 드디어 클라이맥스에 접근했다."

아키히코가 큰 소리로 외쳤다.

선로 끝은 무너진 다리였다. 출입을 막는 밧줄을 쳐놓았다. 그 곁에 간판이 서 있고, 작은 나무 계단이 좁고 가파른 등산로의 시작을 알렸다.

지금까지 걸은 평평하고 걷기 쉬운 길에 비해 느닷없이 산길이다.

"어째 너무 차이가 나지 않니?"

"여기까지 수월하게 왔는데 갑자기 이런 산길은 너무해."

나와 리에코는 투덜투덜했다.

"맞아. 이제부터는 자기 체중을 위로 들어 올리는 일에 전념할 것. 제군의 건투를 빈다."

아키히코는 그렇게 엄숙하게 선언하고 나무 계단에 발을 내디뎠다.

상상했던 것보다 더 힘들었다.

그 전까지가 너무 편했던 탓도 있다.

오르기 시작한 지 5분 만에 이러다 도중에 주저앉지 않을까 하는 불안이 머리를 스쳤다.

좌우지간 진짜 산길이었다. 나무 계단이 있었던 것은 처음뿐, 그 뒤로는 나무뿌리로 이루어진 천연 계단을 한 발 한 발 올랐다. 그 계단도 높이가 한 단에 50센티미터나 된다. 한 걸음 내디딜 때마다 50센티씩 자기 몸뚱이를 들어 올린다. 이 동작을 줄곧 계속할 생각만 해도 정신이 까마득해졌다.

맙소사, 진짜로 등산이잖아. 등산 같은 거 해본 지 10년도 더 됐는데.

순식간에 온몸이 땀범벅이 되고 땀이 눈에 흘러들었다. 목구멍에서 숨을 헉헉 몰아쉬는 한심한 소리가 새어 나오기 시작했다.

눈을 조금 들자 아키히코가 착실하게 올라가는 모습이 보였다. 그것도 상당히 먼 곳, 상당히 높은 곳이다.

헉. 저렇게 높은 데까지 몸을 들어 올려야 해.

그의 뒷모습이 절망적으로 먼 곳에 보였다.

높다랗고 견고하게 눈앞을 가로막는 나무뿌리에, 끝없이 이어지는 목제 허들을 뛰어넘는 기분이 들었다. 이내 허벅지가 뻣뻣해졌다.

어휴, 내일은, 아니 내일모레겠네, 근육통으로 고생 좀 하겠어.

다들 조용해졌다. 뒤를 따라오는 리에코도 이거 큰일 났다고 기겁한 것을 알 수 있었다.

역시 태고의 삼나무는 그렇게 간단하게 볼 수 있는 게 아닌가 보다.

속으로 한숨을 쉬었다.

이래가지고는 벚나무가 문제가 아니겠어.

내심 아무래도 상관없어졌다. 마음에 켕기는 게 있는 사람이 아니라 체력 없는 사람이 못 보는 거 아냐? 독설을 퍼부어 봐도 온몸의 근육이 질러대는 비명은 여전했다.

머릿속이 새하얗게 변했다. 온몸이 심장이 된 것 같다. 아무튼 눈앞의 한 걸음밖에 생각할 수 없게 된다. 기를 써서 넓적다리를 들어 올리고 나무뿌리를 넘으며 오로지 위를 향했다.

위로. 위로.

땀이 쉴 새 없이 눈에 흘러들었다. 타월은 순식간에 흠뻑 젖었다.

아휴, 파운데이션이 벗겨지겠어. 화장이 망가질 생각을 하니 기분이 우울해졌다.

배낭에 닿은 등은 뜨거운 물주머니를 댄 것처럼 열이 나고, 온몸에서 수분이 줄줄 흘러나가는 게 느껴졌다.

그나저나 일부러 휴가까지 내서 이렇게 생고생을 하러 오다니 인간도 정말 불행한 동물이라니까.

자신의 어리석음을 저주하며 좌우지간 몸뚱이를 들어 올렸다. 섣불리 힘들다고 의식하면 앞으로 나아갈 수 없게 될 테니 무심히 다리를 드는 일만 생각했다.

그런데 인간의 신체는 참으로 오묘해서, 처음에는 이런 데 절대 못 올라간다, 5분도 무리다, 라고 생각했는데 10분쯤 지나니 몸이 점점 익숙해지기 시작했다.

힘든 것은 여전했지만 '무리다', '못 하겠다' 하는 감정이 마비되어 그저 반사적으로 움직이게 됐다.

숨을 거칠게 몰아쉬면서도 우리는 착실하게 위를 향해 나아갔다.

영원히 계속될 것 같던 시간도 언젠가는 끝난다.

"이제 곧 W그루터기야."

아키히코의 목소리가 머리 위에서 들려왔다.

"좀 있으면 평평한 곳이 나온다."

그 말에 용기를 얻어 온몸의 힘을 쥐어짰다. 등산은 전신 운동이다. 다리보다 오히려 평소 쓰지 않는 어깨와 목 근육이 딱딱하게 굳은 것을 알 수 있었다.

내일은, 아니 내일모레는 어깨가 결리겠어.

느닷없이 확 트인 곳이 나왔다. 지면을 나무뿌리가 물결처럼 뒤덮었고, 그 앞에 뭔가 커다란 것이 있었다.

숨을 헉헉 몰아쉬며 걸음을 멈추고 호흡을 가다듬었다. 온몸이 땀으로 범벅되어 김이 나는 느낌이었다. 멈춰 선 순간 급속하게 땀이 식었다.

"아, 힘들다."

뒤에서 리에코가 비틀비틀 올라왔다. 뒤이어 마키오가 나타났다. 땀은 났지만 여전히 포커페이스다.

"이런 느낌인데 어떠냐?"

멀쩡해 보이는 표정으로 아키히코가 우리를 맞이해 얼굴을 둘러봤다.

나와 리에코는 원망스레 아키히코를 올려다봤다.

"힘들어."

"진짜 등산이잖아."

"그래도 잘 올라왔잖냐. 장하다, 장해. 괜찮아, 이 정도면 J삼나무까지 최단 시간으로 갈 수 있겠다."

아키히코는 희망에 찬 표정으로 우리를 칭찬해 줬지만, 우리는 호흡을 가다듬는 게 고작이라 그의 희망에 동조할 수 없었다.

"봐, 저게 W그루터기야."

겨우 땀이 가셨다. 다 함께 줄줄이 이동했다.

"와아, 진짜 크다."

그것을 본 순간, 탄성이 나왔다.

나무들 사이로 이끼로 뒤덮인 거대한 그루터기가 보였다.

상당한 세월이 지났는지 나무 표면은 건조했다. 아래쪽에 난 구멍의 어둠 속에 작은 사당이 보였다. 신주를 따르는 술병과 새전賽錢 같은 것도 있었다.

"넓군."

"우리 집보다 넓을지도 모르겠는데."

처음에 아키히코가 발을 들여놓고 이어서 마키오가 가벼운 발걸음으로 들어갔다.

몸놀림이 가벼운 두 사람에 비해 나와 리에코는 발을 질질 끌며 느릿느릿 들어섰다.

안은 상당히 넓었고 공기가 탁했다. 문득 위를 보니 화산 분화구 속에서 하늘을 올려보는 것처럼 바깥 경치가 둥글게 보였다. 주위에서 뻗친 나뭇가지 끝이 둥그런 공간을 메우고 있었다.

"이렇게 큰 나무를 용케 베었네."

"베어도 나르는 데 고생깨나 했을 것 같다, 얘."

"엄청난 중노동이었겠지."

25분간의 등산에 녹초가 된 우리에게는 도무지 믿기지 않는 일이었다. 그 좁은 산길로 대체 어떻게 운반했을까. '상상을 초월하는' 일이란 그런 작업을 말하는 것이리라.

잠시 휴식을 취한 뒤 출발했다. 너무 시간을 끌지 않는 편이 낫다고 판단한 모양이다.

다시 목제 허들을 넘기 시작했다. 넌더리를 내면서도 역시 몸이 눈에 띄게 적응한 것을 알 수 있었다. 이렇게 신속하게 환경에 대처하다니 육체는 참 기특하기 그지없다. 몸뚱이를 들어 올릴 때 어렴풋하게 쾌감마저 느끼게 됐다.

땀투성이가 된 몸. 머릿속에 헉헉하는 자신의 숨소리만 들렸다.

자기 몸을 운반한다는 단순한 행위를 반복했다. 호흡하는 자루가 된 것 같다. 의식도, 잡념도, 기억도 죄다 공백이 된다.

다리를 든다. 나무뿌리를 넘는다. 몸을 들어 올린다. 정확하게 착지한다.

내가 올라가는 모습을 공중에서 누가 내려다보고 있는 것 같았다. 내 의식이 몸에서 빠져나가 나를 내려다보는 게 틀림없다.

남편의 생사도, 병원 영수증도, 아이들의 성姓도, 휴가 전에 주뼛주뼛 다가온 부하 직원도 모두 어디론가 가버렸다.

여기 있는 것은 혼마 세쓰코라는 동물의 몸뚱이뿐. 이 동물은 위로 가는 게 지금 최대의 바람이다. 지금 신이 소원을 하나 들어주겠다고 하면 당장 J삼나무 있는 데로 데려다 달라고 하겠다.

한계에 가까운 육체적 고통 속에서도 나는 지금 이 시간, 모든 것에서 자유로웠다.

이유가 뭘까. 산다는 것은 역시 고통이라는 뜻일까.

묵묵히 몸뚱이를 들어 올리며 내 몸 바깥에 있는 내가 생각하고 있다.

최근 본 SF 영화에서 침략자들이 중얼거리는 대사가 있었다.

인간은 고통이나 불행이 없으면 살아 있다는 실감을 얻지 못하는 모양이다. 영원히 기분 좋은 꿈을 꿀 수 있게 해주려는데, 그들은 결코 기분 좋은 꿈만으로는 만족하지 않는다. 스스로 악몽을 만들어내지 않고는 못 배긴다.

인간이라는 존재의 본질을 꿰뚫는 말이 아닐까.

행복이 계속되면 어쩐지 불안해진다. 이런 행복이 계속될 리 없다. 어째 너무 행복해서 무섭다.

누구나 마음속 깊은 곳에 상실의 예감을 가지고 있다. 예감이 실현되면 '역시 그런 행복이 계속될 리가 없었다'라고 납득한다. 그렇기에 옛날이야기는 늘 '영원히 행복하게 살았답니다'라는 말로 끝나는 것이다.

나는 지금까지 대체로 행복하게 살아왔다. 앞으로도 내

행복을 내 손으로 망가뜨릴 일은 하지 않을 것이다. 기껏 몇
몇 불행과 재난 때문에 망가지고 싶은 생각은 없다.

기묘한 충족감이 느껴졌다.

이렇게 혼자 집에서 멀리 떨어진 산속에서 악전고투하는
나 자신이 어째 우스꽝스럽고, 바보 같고, 그러면서 만족스
러웠다.

나는 연신 땀을 닦으며 이를 악물고 올라가면서도 희미
하게 웃음을 띠고 있었던 것 같다.

산다는 것의 우스꽝스러움, 성가심, 좀스러움을 생각하니
웃음이 났다.

스스로 원해서 여기까지 와놓고 그런 자기 자신을 욕하
는 내가 유쾌했다.

얼마나 걸었을까.

문득 정신을 차려보니 조금씩 안개가 끼기 시작했다. 아
침에는 그렇게 완벽하게 쾌청했던 하늘이 정오가 지나 어느
새 달라져 있었다.

표고가 높아진 탓도 있을 것이다. 어느새 안개가 나뭇가지
끝을 지워버리기 시작했다. 어쩐지 기온도 낮아진 듯했다.

안개는 순식간에 풍경을 바꿔놓고 숲의 윤곽을 녹여간다.

안개는 시간과 공간 감각에조차 영향을 미친다. 올라가는
것 같기도 하고 내려가는 것 같기도 한 이상한 기분이 든다.
풍경의 일부가 숨겨져 있는 것 같았고, 자신과 풍경의 위치

관계가 헛갈리기 시작했다.

등산객의 순서가 바뀌어 있었다는 아키히코의 이야기가 생각났다.

아닌 게 아니라 그런 일이 있어도 이상하지 않을 듯한 분위기였다. 지금 위에서 그 남자애가 내려와도 나는 전혀 놀라지 않을 것이다.

"이제 얼마 안 남았다. 힘내."

아키히코의 목소리가 머리 위에서 들려온다. 그에 호응하는 목소리가 밑에서 들려왔다.

순간 어쩐지 안개 속에 사람이 다수 있는 듯해서 흠칫 놀랐다.

방금 그건 마키오 목소리였을까? 하지만 여러 사람 목소리였는데. 또 한 목소리는 리에코치고는 이상하게 굵다. 남자 여러 명이 말하는 것처럼 들리지 않았나?

밑에서 남자들이 줄줄이 따라오는 모습을 상상하니 등골이 오싹했다.

우리는 어디로 가는 중이지? 나는 누구와 여행하는 중이더라?

왠지 모르게 〈거미줄〉이 생각났다. 부처님이 늘어뜨린 거미줄을 지옥에 떨어진 사람들이 붙들고 속속 올라온다.

앞쪽에서도 많은 사람들이 묵묵히 하늘을 향해 올라가는 듯한 기분이 들었다.

내 앞을 걷는 사람은 누구지? 당신이야, 노리유키?

나는 눈을 크게 뜨고 안개 속 뒷모습을 응시했다. 하지만 그건 역시 아키히코의 널찍한 등이었다.

땀과 뒤섞여 안개 입자가 몸에 들러붙기 시작했다. 살갗이 차갑고 또 뜨겁다.

쥐어짜는 것 같은 호흡도 안개에 녹아든다. 목구멍도 싸늘하고 축축하다.

이대로 몸도 안개에 녹아들면 얼마나 기분 좋을까. 분명히 나쁜 꿈을 꾸지 않고 편안히 잘 수 있을 것이다.

갑자기 눈앞에 아키히코의 등이 클로즈업됐다.

당황한 나머지 몸이 바로 정지하지 못해 그의 배낭을 붙들고 말았다.

"왜?"

잠긴 목소리로 물었다.

아키히코는 호흡도 멀쩡하게 낭랑한 목소리로 말했다.

"다 왔어. 저기가 J삼나무다."

아키히코는 몸을 살짝 옆으로 뺐다.

위쪽은 상상했던 것 이상으로 짙은 안개에 뒤덮여 있었다.

어떤 거대하고 밀도 높은 존재의 기운이 강하게 느껴졌다.

관록 있는 여러 나무들이 커다란 목제 발판을 둘러싸고 있었다. 중앙에 있는 나무를 빙 에워싸게 만든 듯했다.

"어디? 발판 때문에 안 보여."

나는 기운 없이 대답했다.

"좋아, 가보자. 뒤는 잘 따라오고 있냐?"

아키히코는 내가 호흡을 가다듬기를 기다려 내 뒤쪽을 봤다.

덩달아 돌아보자 리에코가 천천히 올라오고 있었다. 바로 뒤에 그녀를 호위하듯 마키오가 따라왔다.

농후한 정적.

조금씩 다가가니 공기를 타고 기이한 느낌이 전달됐다. 여태까지도 숲속은 줄곧 정적에 휩싸여 있었지만 이곳에는 더욱 이질적인 정적이 있었다.

안개 너머에 돌을 쌓고 그 위에 잔가지를 깔아놓은 게 보였다. 계단식으로 나무를 테라스처럼 짜 맞추었다.

쌓아 올린 돌 위로 하얀 암벽 같은 것이 있었다.

하얀 혹이 울퉁불퉁하게 났다.

한층 가까이 다가가자, 암벽은 거대하고 그로테스크한 나무줄기로 변해 안개 속에서 장엄한 모습을 천천히 드러내기 시작했다.

나도, 아키히코도 아무 말 하지 않고 전모를 바라봤다. 말이 전모지, 하늘 높이 가지를 뻗었고 줄기의 둘레도 어마어마한지라 한눈에 다 보이지 않았다.

안개를 두른 거목이 그곳에 우뚝 서 있었다.

뒤에서 리에코가 다가왔다.

어느새 넷이 멈춰 서서 눈앞에 있는 것이 발산하는 존재감에 압도되어 있었다.

"역시 장로다 싶네."

마키오가 무심하게 중얼거렸다.

"주위에 있는 나무들하고 격이 달라."

모두 고개를 끄덕이지 않을 수 없었다.

세월이 나무 표면에서 꿈틀거리는 듯했다. 지금까지 맛본 간난신고가 모조리 살갗에 새겨져 있다.

"이렇게 보고 있으려니까 무서워. 이런저런 얼굴이 보여."

거대한 남자 얼굴처럼 보이기도 하고, 몇 사람 얼굴이 나란히 있는 것처럼 보이기도 했다. 또 벌거벗은 남자의 다부진 등판이 매몰되어 있는 것 같기도 하다. 미켈란젤로의 조각상에 버금가는 근육을 지닌 남자의 강건한 견갑골과 둔부가 나무에서 튀어나와 있는 것 같다. 그런가 하면 아이들 여러 명이 나무에 달라붙어 있는 듯 보이기도 했다. 에도 시대 우키요에* 중 남자의 나체를 모아 사람 얼굴을 그린 속임수 그림이 생각났다.

눈앞에서 그림이 계속해서 변했다. 그림을 보다 보니 어쩐지 내 마음속을 들여다보는 느낌이었다.

다른 사람들도 분명 이 나무줄기에서 각자 다른 것을 보

---

* 일본의 목판화 양식.

고 있을 것이다.

J삼나무를 내려다보는 공중 테라스에서 점심을 먹었다.

짙은 안개가 정말로 허공에 떠 있는 듯한 착각을 일으킨다.

안개와 거목을 모두 달랑 네 명이서 독점한 호사스러운 식사였다.

"뭐라고 말 좀 해주면 좋을 텐데, 이 나무."

입안 가득 주먹밥을 넣으며 중얼거렸다.

아키히코가 뭔 소리야, 이 녀석, 하는 눈으로 나를 바라봤다. 나는 빠진 부분을 보충했다.

"어째 말할 수 있을 것 같지 않니? 꼭 애니메이션에 나오는 나무 같잖아."

"뭐라고 하는데?"

"잘 왔다, 라든지 오느라 힘들었지, 라든지 쓰레기는 챙겨 가라, 라든지."

"어이구."

아키히코는 이해 불능이라는 듯 고개를 절레절레 흔들었다.

"어쩐지 서늘해졌어. 오늘 아침 날씨랑은 전혀 딴판이네."

리에코는 농밀한 안개를 올려다봤다. 하늘이 하얗다.

"산 아래도 이런 날씨일까."

"아니, 아마 이 부근만 이럴 거다."

주먹밥뿐인 식사를 금세 마치고 모두 팔다리의 힘을 빼

고 멍하니 앉아 있었다.

여기까지 왔다는 성취감도 이미 사라지고 없었다. 감동 뒤의 허탈감과 고픈 배를 채운 뒤의 멍한 느낌이 우리 넷을 감싸고 있었다.

"이걸로 이번 여행을 거의 마친 셈이군."

아키히코가 담담한 어투로 중얼거렸다.

"어쩐지 서운해."

"그다음은 하산해서 호텔로 돌아가서 목욕하고 술 마시고 자는 것뿐이군."

"다른 때랑 똑같네."

"아주 자알 즐겼다 싶다."

잔치가 끝난 뒤의 적막이 감돌았다.

"아니, 잠깐. 삼고의 벚나무가 남아 있잖아."

느닷없이 생각난 듯 리에코가 말했다.

"아, 그렇군."

"이 부근에 있을까?"

"안개 때문에 잘 안 보인다."

"잠깐 둘러볼까."

다들 동시에 일어나 사방으로 흩어져서 풍경을 찬찬히 살펴봤다.

나는 솔직히 아무래도 상관없었지만 어슬렁어슬렁 주변을 걸어 다녔다.

J삼나무 주위를 빙 둘러 돌과 잔가지로 덮은 것은 관광객 때문에 뿌리가 다치는 일을 막기 위해서인 모양이다.

앞으로도 셀 수 없이 많은 사람이 이곳에서 이 나무를 올려다보고, 나무줄기에서 자기 모습을 보게 될 것이다.

안개와 뒤엉키는 숲을 보고 있으려니 아까 올라올 때 악전고투한 게 믿기지 않았다. 그때의 그 기묘한 흥분과 고조된 기분은 어디론가 가버리고 마음은 한없이 고요했다.

오길 잘했다고 솔직하게 생각했다. 몇 년쯤 있다가 아이들을 데리고 한 번 더 오고 싶다. 그때 나는 여기에 서서 무슨 생각을 할까.

문득 안개 속 산길을 올라가는 마키오가 보였다.

J삼나무는 등산로 도중이라, 이대로 계속 올라가면 한참 위에 산장이 있다고 했다. 마키오는 아무래도 그 길을 올라가는 듯했다.

저런 데서 뭘 하는 거지.

나는 이상하게 생각했지만 화장실에 가는지도 모르겠다고 생각을 바꾸었다. 산장에는 화장실이 있을 것이다.

아키히코와 리에코의 목소리가 나는 쪽으로 걸어갔다.

“어때, 찾았니?”

“아니.”

“아키히코는?”

“못 찾겠다.”

나는 걷다가 문득 고개를 들었다. 안개 속에서 불쑥 나타난 것에 순간 흠칫 놀라 눈길을 빼앗겼다.

"세상에, 저게 뭐야?"

"응?"

아키히코와 리에코가 내가 바라보는 쪽을 돌아봤다.

"아유, 기분 나빠. 저것도 삼나무니?"

리에코가 비명을 질렀다.

"오오."

아키히코는 굳이 따지자면 감탄하는 목소리였다.

올라왔을 때는 발치만 보느라 알아차리지 못한 모양이다.

J삼나무에 이르기 직전의 산길에 기형적인 삼나무가 한 그루 우뚝 서 있었다.

메두사.

순간적으로 신화 속 마녀의 이름이 머리에 떠올랐다.

머리털이 수없이 많은 뱀으로 이루어진 마녀가 안개 속에 서 있는 것 같았다.

"뭐야, 저게?"

"거꾸로 삼나무야."

"거꾸로 삼나무?"

"응. 이름은 들어봤지만 정말 이름 그대로군."

"진짜 그러네."

확실히 나무의 생김새를 멋지게 표현하는 이름이기는 했

다. 삼나무를 쑥 뽑아 거꾸로 뒤집어 놓은 것 같다. 내가 메두사를 연상한 것도 나무 꼭대기에서 사방팔방으로 뿌리가 뻗친 듯 보여서였다. 천이 뜯겨나가 살만 남은 우산을 상상하면 될 것 같다. 나무 꼭대기가 평평해 그 위에 싹이 떨어졌는지 작은 나무 몇 그루가 자라는 게 보였다.

“왜 저렇게 됐을까?”

“병일까?”

“일설에 의하면.”

아키히코가 입을 열었다.

“식물에 생장점이라는 게 있다는 건 알지?”

“들어본 것 같아.”

“말하자면, 나무가 자랄 때 끄트머리에 센서가 있는 셈이거든. 세포분열이 가장 활발하게 일어나서 식물이 생장하는 원동력이 되는 부분. 저 나무는 생장점이 다친 게 아닐까, 그렇게 여겨진다더라.”

“그렇구나. 그래서 저렇게 아무렇게나 가지가 뻗었구나.”

“일종의 기형인 셈이네.”

“하지만 강렬하다, 얘. 무서워. 난 메두사가 생각나더라.”

“아, 머리카락이 뱀인 그거 말이군? 듣고 보니 그럴싸한데. 분명히 유럽 같으면 메두사 나무라고 했겠군.”

아키히코는 감탄한 듯 고개를 끄덕였다.

마키오가 돌아오지 않았다.

얼마 동안 이야기를 하며 기다렸는데, 이윽고 세 사람 모두 이상하게 생각하기 시작했다.

안개는 한층 젖빛으로 숲을 물들여 풍경을 불투명하게 바꾸어갔다.

서서히 불안감이 밀려왔다.

"자식, 뭘 하는 거지?"

아키히코가 초조한 듯 시계를 확인했다.

"하산 시간은 괜찮니?"

리에코가 걱정스레 물었다.

"내려가는 건 올라올 때보다 시간이 덜 걸리니까 그건 걱정 없어. 하지만 자식, 대체 어디 간 건데?"

"아까 위쪽 산장으로 가는 길로 올라가는 걸 봤어. 화장실에 가는 줄 알았는데, 화장실치곤 너무 오래 걸리지?"

나는 산 위쪽을 가리켰다.

"맙소사, 설마 조난당한 건 아니겠지?"

"위에서 담배라도 피우는 게 아닐까?"

"아무리. 제가 무슨 고등학생도 아니고."

아키히코는 더는 못 참겠다는 듯 가파른 산길을 성큼성큼 오르기 시작했다.

"아키히코, 조심해. 흥분하면 위험해."

리에코가 뒤쪽에서 달래듯 말했다.

그녀는 우리 짐을 놓아둔 곳에서 기다리기로 한 모양이다. 나는 조금 뒤처져 아키히코를 따라갔다.

J삼나무 뒤쪽으로 한층 더 가파른 등산로가 이어졌다. 넓적다리를 들려고 하면 다리가 부들부들 떨리면서 '오늘은 이제 그만 좀 봐주라'라며 올라가기를 거부했다.

고개를 들자, 아키히코가 노여움까지 가세한 탓에 맹렬한 기세로 올라가는 모습이 보였다.

남자들은 역시 대단하네.

도중에 따라가기를 포기했다. 그렇다고 바로 돌아가기도 귀찮아 등산로 중간에 우두커니 서 있었다.

이도 저도 아닌 어중간한 나.

아키히코가 돌아올 때까지만이라 생각하며 나무뿌리 계단에 걸터앉으려고 몸을 튼 순간, 시야 위쪽에 뭔가가 움직이는 게 보였다.

흠칫 놀라 고개를 들었다.

산 위쪽 벼랑 위에 누가 서 있었다.

안개 사이로 우두커니 선 마키오가 보였다.

마치 안개 위에 떠 있는 것 같았다.

왜 그런지 심장이 빠르게 뛰기 시작했다.

아키히코는 어디 있지?

조금 올라가 보니 꽤 위쪽으로 아키히코가 이동하는 모습이 보였지만, 마키오가 있는 곳에 이르려면 아직 몇 분은 더 걸릴 듯했다.

마키오는 아주 멀리 있었다. 그런데도 옆얼굴이 유난히 또렷하게 보였다.

무표정한 남자. 제멋대로인 남자.

그런 데서 뭘 하고 있니?

심장은 점점 더 거세게 뛰었다.

마키오의 몸이 휘청한 것 같았다. 앞쪽으로 쓰러진다.

나도 모르게 눈을 질끈 감았다. 심장을 누가 꽉 움켜쥔 것 같은 통증이 느껴졌다.

설마 그럴 리가. 떨어졌어?

공포에 휩싸여서도 간신히 눈을 떠봤다.

마키오는 아직 그곳에 있었다. 하지만 몸을 앞으로 숙인 자세로 벼랑 밑 한 지점을 응시하고 있었다.

"마키오! 안 돼!"

나는 있는 힘껏 큰 소리로 부르짖었다. 온몸이 목소리가 된 것처럼 혼신의 힘을 다해 소리쳤다.

마키오가 내 쪽을 획 돌아보는 것을 알 수 있었다.

나쁜 짓을 하다 들켜서 뜨끔한 것 같은, 꿈에서 깨어나 깜짝 놀란 것 같은 복잡한 표정이었다.

목이 아팠다. 나는 배 근처에 두 손을 부르쥐며 먼 곳에 있는 마키오를 노려봤다. 심장이 아직까지 쿵쿵 뛰고 있다. 등이 욱신거린다.

마키오는 어리둥절한 표정으로 나를 내려다보고 있었다.

아키히코가 마키오에게 다가가 그의 몸을 뒤로 끌어당기는 게 보였다.

온몸에서 힘이 빠지고 식은땀이 왈칵 솟았다.

두 사람이 등산로를 내려오는 것을 확인한 다음 나는 휘청휘청 내려가기 시작했다. 아드레날린을 한꺼번에 방출한 탓에 몸에 힘이 없었다.

내 얼굴을 보고 리에코가 겁먹은 표정으로 달려왔다.

"왜 그래? 무슨 일인데? 마키오는?"

내가 소리 지르는 것을 들었나 보다. 그녀의 얼굴에는 강한 공포가 서려 있었다.

역시 그녀는 지금도 마음속 깊은 곳에서 마키오를 사랑한다. 그 표정을 보고 나는 또다시 분노가 치밀었다.

"이제 내려올 거야."

대답할 기력도 없었다. 나는 두 팔을 끌어안고 문지르며 두 사람이 돌아오기를 기다렸다.

아키히코에게 끌려오듯이 마키오가 걸어왔다. 어리둥절한 표정이었다.

"여기 무사히 생환하셨다."

아키히코가 웃지도 않고 중얼거렸다. 그의 얼굴도 백지장 같았다.

"늦어서 미안해. 느긋하게 있다 보니까 그만."

진지하면서도 여전히 태평한 태도로 마키오가 말했다.

머릿속에서 뭔가가 뚝 끊겼다. 아키히코도 마찬가지였나 보다. 얼굴에 핏기가 오르는 게 보였다.

"왜 그래? 무슨 일이야?"

리에코 혼자 어떻게 된 일인지 몰라 주뼛거렸다.

나는 앞으로 뛰쳐나가 마키오의 어깨를 있는 힘껏 때렸다. 원래는 얼굴을 때리고 싶었지만 키가 작아 손이 닿을 자신이 없었다.

마키오가 당황한 표정을 지었다. 아키히코도 내가 먼저 때릴 줄은 몰랐는지 놀란 듯했다.

나는 마키오의 가슴을 탁 치고 그대로 멱살을 쥐어 뒤로 밀쳤다.

마키오가 혼란스러운 얼굴로 한 발짝 뒤로 물러섰다.

머릿속에서 뭔가가 부글부글 끓고 있었다.

"그럼 왜 그런 곳에 서 있었는데?"

"아니, 그냥, 뭐."

"떨어지려고 그랬지."

"아니야."

노려보는 나를 피하듯 마키오가 눈길을 돌렸다.

"거기서 떨어져도 괜찮다고 생각했지."

마키오는 대답하지 않았다.

"이대로 여기서 떨어져도 괜찮아, 그렇게 생각했잖아. 대답해 봐!"

어째서 이렇게 화가 나는지 알 수 없었다. 분출하는 마그마처럼 뱃속 깊은 곳에서 노여움이 펄펄 끓어올랐다.

나는 마키오의 몸을 마구 흔들었다.

"넌 어째서 늘 그 모양이니? 늘 자기 생각만 하지. 넌 그런 네 자신이 마음에 드는 모양이니까 고치라곤 안 할게. 하지만 오늘만은 절대로 용서 못 해. 멋대로 벼랑에서 떨어져 죽는 넌 그래도 괜찮을지 몰라도, 네가 눈앞에서 죽는 꼴을 보고 뒤에 남을 아키히코랑 리에코가 어떤 기분이 들지 생각 안 해? 애들이 얼마나 널 걱정하는지 그 좋은 머리로도 모르겠어? 그 정도는 가끔 생각 좀 해보지 그래!"

"세쓰코."

아키히코가 울 듯한 표정으로 내 어깨를 붙잡았다.

아키히코 이 바보, 울고 싶은 사람은 나거든.

나는 마키오의 셔츠 자락을 놓고 아키히코의 손을 거칠게 뿌리쳤다.

무거운 침묵이 주변을 뒤덮었다.

나는 노여움이 가라앉을 때까지 꼼짝 않고 땅바닥을 응시했다.

뜨겁게 달아오른 관자놀이는 쉽게 가라앉지 않았다.

겨우 고개를 들자, 오히려 아키히코와 리에코가 힘없이 고개를 떨어뜨리고 있고, 마키오는 어린애처럼 우물쭈물하고 있었다.

"미안해, 세쓰코. 그런 생각은 없었어. 여기서 신령한테 잡혀가도 좋겠다고 생각한 건 사실이지만. 다들 미안해. 사과할게."

마키오는 겸연쩍은 표정으로 순순히 머리 숙여 사과했다.

"……그만 갈까. 서두르자."

아키히코가 핼쑥한 얼굴로 짐을 들었다.

다들 맥없이 배낭을 짊어졌다.

"박력이 끝내주더라, 세쓰코. 나도 오늘이야말로 이 자식을 한번 혼쭐을 내줘야겠다고 생각했는데 세쓰코가 죄다 말해버리는 바람에 기가 꺾였다."

아키히코가 중얼거렸다.

"나 세쓰코가 화내는 거 처음 본 것 같아. 평소에 온후하던 사람이 화내면 역시 박력 있구나."

리에코가 감탄한 듯 말했다.

나는 흥 콧방귀를 뀌었다.

"아까 마키오를 본 순간 영락없이 떨어졌구나 싶었는걸. 심장이 멎는 줄 알았다고. 그 충격이 몽땅 노여움으로 변환됐나 봐. 그런 무서운 일을 당했으니까 당연히 그 정도는 말해줘야 되지 않겠어?"

아직 노여움이 가라앉지 않아 거칠게 한숨을 쉬었다.

"나 오늘 세쓰코하고 알고 지낸 삼십몇 년 분을 한꺼번에 야단맞은 것 같다. 그렇군, 내가 그런 식으로 생각되고 있었군. 그야 확실히 이기적인 인간이란 자각은 있지만."

마키오가 투덜댔다.

"어머, 잘 아는구나."

나는 씩 웃어 보인 다음 한층 쌀쌀맞게 말했다.

"나 원 참 기가 막혀서. 그런 데서 뛰어내리면 회수하는 데 비용이 대체 얼마나 든다고 생각하는 거니? 경찰한테 붙잡혀서 오도 가도 못할 건 뻔하지, 주변이 쑥대밭이 돼서 환경도 파괴될 거고, 난 휴가 끝나자마자 스케줄이 빡빡하게 잡혀 있으니까 곤란하다고. 뭣보다 네 옛날 애인까지 있겠다, 다 같이 작당해서 떨어뜨렸다고 의심받으면 어떻게 해줄 건데? 그런 일로 얼굴 팔리는 건 중간관리직한테 치명적인 오점이란 말이야."

"너무해, 세쓰코. 옛날 애인이라니 그거 나 말이니? 내가 왜 마키오를 죽여야 하는데?"

리에코가 불평했다.

"난 그렇게 생각 안 하지만, 매스컴이랑 경찰은 당연히 그렇게 생각할걸. 안이한 발상밖에 못 하는 인간들이니까."

"야, 너무한다. 내 목숨을 걱정해 주는 게 아니었어?"

마키오가 불만스러운 표정으로 고개를 절레절레 저었다.

"당연하지. 비즈니스맨은 늘 한 발 앞 상황을 내다봐야지 않겠어?"

"어이구, 골이야. 세쓰코, 잘 알았으니까 이제 그만 내려가자."

아키히코가 관자놀이를 누르며 걸음을 뗐다.

아키히코의 말대로 돌아가는 길은 훨씬 빨랐다.

무거운 물건을 들어 올리기보다 내리는 쪽이 간단한 것은 자명한 이치. 올라갈 때는 몇 시간 걸린 길을 거짓말처럼 금세 내려갔다.

"무릎 안 다치게 조심해. 내려갈 때 사고가 더 많으니까."

아키히코가 도중에 큰 소리로 주의를 주었다. 다들 가속이 붙어 쿵쿵 발소리를 내며 내려오는 것을 보고 걱정이 된 모양이다.

확실히 내려올 때가 주위가 보이니만큼 겁나고 조마조마했다. 올라갈 때는 스피드를 조절할 수 있었지만 내려갈 때는 스피드 조정이 어렵다.

걷는 순서가 달라졌다. 아키히코, 리에코, 나, 마키오다.

마키오의 멱살을 쥐고 호통친 데 대해 후회는 없었다. 미안하지만 속이 시원하게 풀렸기도 하거니와 오랜 세월 느껴온 것이기도 했기 때문이다.

그렇지만 다소 켕기기는 했다.

어째서 내가 그렇게 화가 났는지 알 것 같아서였다.

나는 그에게 화풀이를 한 것이었다. 살고 싶어도 살 수 없는 사람이 있는데, 이런 데서 스스로 간단히 목숨을 끊을 수 있는 마키오에게 화가 난 것이다. 내친김에 말하자면, 모처럼 내가 자유롭게 즐거운 여행을 하겠다는데 마지막 순간에 터무니없는 결말을 갖다 붙이려 든 마키오를 용서할 수 없기도 했다. 너무하지 않나. 다 함께 즐거운 여행의 추억을 가지고 돌아가고 싶지 않겠느냐 이 말이다.

놀랍게도 한 시간도 채 못 되어 등산로 입구까지 돌아왔다.

"와, 벌써 다 왔어."

"진짜 빠르네."

"무릎이 후들후들 떨리는데."

다 함께 환성을 질렀다.

반가운 선로 길이 다정하게 우리를 맞이해 주었다. 산길에 비하면 믿기지 않을 만큼 편했다.

하늘은 흐렸지만 안개는 흔적도 없이 사라져 버렸다. 역시 안개는 J삼나무 근처, 표고가 높은 곳에만 끼었나 보다.

실로 천상의 세계에서 하계에 내려왔다는 느낌이었다.

익숙지 않은 등산에 긴장해서 딱딱하게 굳어버린 근육을 풀어주고 걷기 시작했다. 너무나도 평탄한 도로에 다리가 당혹했다.

조금 걸으니 드디어 여유가 생겨 농담을 주고받을 수 있게 됐다. 캐러멜을 꺼내 다른 사람들에게 나누어주었다.

마키오에게 "자" 하며 캐러멜을 건네준 순간, 눈이 마주쳤다.

왜 그런지 발이 멈추었다. 시선을 뗄 수 없었다.

마키오는 작게 웃으며 온화한 목소리로 "세쓰코" 하고 불렀다.

"왜?"

"아프더라."

그는 내가 아까 때린 어깨를 지그시 눌렀다.

나는 가볍게 머리를 숙였다.

"미안. 잘못했어. 역시 폭력은 안 좋지."

다시 걷기 시작했다.

"뼈에 금 갔으면 위자료 청구해도 돼? 나 지금 빈털터리라서 치료비 내려면 벅차거든."

"내가 때렸다는 사실을 입증할 수 있으면."

"재판까지 가겠군. 아키히코하고 리에코를 증인으로 신청하지."

"안돼. 재판도 중간관리직한테는 이미지 저하가 되니까."

"그나저나 너 힘세더라."

"최근에 복싱 운동 시작했거든."

"어이쿠."

나와 리에코 사이에 거리가 조금 있었다. 그녀와 아키히코는 내내 무슨 이야기인지 열심히 하는 중이었다. 나와 마키오의 목소리는 들리지 않겠다고 판단했다.

"얘, 진짜로 무슨 생각 하고 있었니?"

"어?"

"아까 벼랑 위에서. 마키오 너, 몸을 앞으로 내밀고 황홀하게 아래쪽을 빤히 내려다보고 있었단 말이야."

"글쎄. 무슨 생각을 하고 있었을까. 하지만 시간 생각은 전혀 안 났어."

"나 같으면 무서워서 그런 데 절대 못 서 있을걸."

"아키히코 말에 따르면 나한테 자기 파멸 욕구가 있다더라."

느닷없이 마키오는 그런 말을 꺼냈다.

"자기 파멸 욕구?"

나도 모르게 되물었다.

"응. 모래 늪에 빠져 어푸어푸 가라앉는 자기 자신한테 희열을 느낄 수 있는 타입이라나."

"저런. 네 생각엔 어떤데?"

"어떻다니?"

"너한테 자기 파멸 욕구가 있다고 생각해?"

"으음. 글쎄, 어떨까. 난 그런 생각은 해본 적도 없지만 듣고 보니 그런 것 같기도 하더라."

"자기 파멸 욕구라기보다 찰나적이야, 마키오는."

"그래?"

“응. 그 애도 그랬어.”

“그 애?”

“가지와라 유리 말이야. 너희 둘은 어쩐지 위태로운 부분만 골라서 비슷했어.”

마키오가 순간 침묵하는 게 느껴졌다.

“……응, 그럴지도 몰라.”

“마키오는 자기 자신을 별로 분석 안 하더라. 남도 안 하지만.”

“자기를 분석해 봤자 무슨 소용이 있어? 난 그런 거 관심 없어.”

“마키오다워.”

어쩐지 웃음이 났다.

“너희는 분석하는 거 좋아하지.”

마키오는 진심으로 이상하다는 듯 말했다. 점점 더 웃음이 났다.

“재미있잖아, 다른 사람을 분석하면.”

“그래?”

“그 사람을 이해한 것 같은 생각이 드니까. 그럼 어쩐지 안심이 되거든.”

“그런가?”

“마키오는 별로 남한테 이해받고 싶은 생각 없지?”

“응.”

"앞으로도 계속 독신으로 살 거니?"

"글쎄. 아마 그럴걸."

"난 마키오가 재혼할 것 같은데."

"그렇게 생각하는 근거는?"

"여자의 감."

마키오는 불만스레 반응했다.

"너 여자의 감을 얕보면 큰코다쳐. 좋아, 내기하자."

"뭘?"

"만약 마키오가 재혼하면 Y섬 여행을 한 번 더 기획하기."

"좋아. 내가 재혼 안 하면?"

"그런 건 마키오가 죽을 때까지 모르는 일이잖아. 죽는 순간 간호사랑 혼인신고할지도 모르고."

"이거 봐, 그럼 내기가 안 되잖아. 좋아, 기간을 정하면 되지. 내가 50살까지 재혼을 할지 안 할지로 내기하자."

"50살까지면 기한 종료는 51세 생일이네?"

"응."

"난 하는 쪽에 걸게."

"난 안 하는 쪽."

"그래서 진 사람이 Y섬 여행을 기획하는 거야. 이 멤버를 다시 소집해서."

"내기라니 무슨 내기?"

내기라는 말에 반응했는지 아키히코와 리에코가 우리를

돌아봤다.

"50살까지 마키오가 재혼할지 안 할지 하는 내기."

아키히코가 아하하 큰 소리로 웃었다.

"나도 끼자. 너희는 어느 쪽에 걸었냐?"

"난 하는 쪽, 마키오는 안 하는 쪽."

"좋아, 나도 하는 쪽에 걸지."

"리에코는?"

나는 리에코를 봤다.

리에코는 잠깐 생각하더니 마키오를 슥 쳐다봤다.

마키오의 얼굴에 놀란 빛이 떠올랐다.

리에코는 마키오를 정면에서 보며 딱 부러지게 말했다.

"하지 마."

모두 흠칫 놀란 듯 순간 표정이 달라졌다.

"……가 아니라 안 하는 쪽에 걸게."

리에코는 씩 웃었다.

안심한 듯한 웃음이 흘러나왔다.

"그거 괜찮은데. 하지 말라고 애원하면 내기에 이길 수 있을지도 모르겠군."

"그렇지?"

아키히코가 그렇게 말하자 리에코는 점잔 뺀 얼굴로 고개를 끄덕였다.

"그래서 뭘 거는데?"

다시 걸음을 떼며 아키히코가 물었다. 나는 입을 열었다.

"진 사람이 또 이 멤버로 Y섬 여행을 기획하는 거야."

"쉰한 살에 J삼나무까지 오르기는 힘들겠는데. 이번엔 다른 코스로 가자. 보고 싶은 데는 아직 많이 남아 있으니까."

"몸을 단련해 놔야겠다. 버스로 이동하면서 골프 코스 같은 건 사양하고 싶어."

그렇게 말하면서도 리에코의 진지한 눈초리가 머리에서 떠나지 않았다.

하지 마.

그게 그녀의 본심이리라. 단호한 목소리도 귓전에 남아 있었다. 그녀는 자신의 애정을 깨끗이 인정했다.

아마 그건 아까 있었던 사건 때문일 것이다. 우리는 그 순간 마키오를 잃을 수도 있었다. 리에코의 얼굴에 떠올라 있었던 공포. 그때 그녀는 자신이 마키오에 대한 미련에서 벗어날 수 없다는 것을 깨달았다. 그리고 그를 잃느니 정직해지는 편이 낫다고 생각한 것이다.

"쉰한 살이라. 분명히 또 눈 깜짝할 새일 거다."

"무서운 일이야."

리에코를 사이에 끼고 아키히코와 나는 이야기를 계속했다. 아마도 둘 다 같은 생각을 하면서.

돌아가는 길은 늘 서운하다. 여행이 끝나가는 지금은 더

더욱 그렇다.

우리는 애정을 담아 선로 길을 걸었다. 그렇다고 해서 별반 느릿느릿 걸은 것은 아니다. 피곤하기도 했으니 하산 시각을 늦출 생각은 없었다. 하지만 누구나 종점이 눈앞으로 다가왔음을 인식하고 있었을 것이다. 다들 괜히 들떠서 괜히 큰 소리로 웃었다. 소풍 갔다 돌아오는 길에도 이런 느낌 아니었나?

긴 것도 같고 짧은 것도 같은 이상한 시간이었다.

지금은 절대 이 여행을 잊지 않겠노라고 마음속으로 다짐하지만, 도쿄에 돌아가면 순식간에 현실에 쫓기느라 그런 다짐 따위 잊어버릴 것이다.

하지만 여행의 기억은 그렇게 시시하지 않다. 특히 이번 여정은 몸속 어딘가에 깊이 새겨져 있다. 언젠가 어느 곳에선가, 우연한 순간에, 분명 오늘 이날이 생각날 것이다.

"앗."

갑자기 아키히코가 큰 소리로 외치는 바람에 모두 깜짝 놀랐다.

"왜 그래, 애?"

"중요한 걸 잊어버릴 뻔했다."

"응?"

다들 얼굴을 마주 봤다.

"세쓰코."

"네."

"하산하기 전에 네 고소공포증의 이유를 찾아내겠다고 했는데."

맙소사, 여태 기억하고 있었나.

"아, 응, 괜찮아. 그렇게 불편한 것도 아니니까."

"그건 아니 될 말씀이다. 생각해 보자. 보라색 조리복. 모르는 아줌마. 쫓기다가 밀려 떨어졌다."

"아이참, 보라색 조리복은 상관없다니까."

"보라색이라. 그렇군, 꽃은 어떠냐, 꽃은?"

"보라색 꽃? 보라색 꽃이 뭐가 있지?"

내가 고개를 갸웃하자 리에코가 거들어주었다.

"라벤더, 달개비, 난, 국화, 창포, 등꽃, 제비꽃. 어머, 꽤 많다. 아, 맞다, 수국도 보라색이잖아."

"그렇군. 세쓰코, 너도 수국이 트라우마냐."

"아냐, 아냐. 트라우마 같은 거 없다니까. 너 드라마를 너무 많이 봤어."

나는 지쳐 힘없이 웃었다.

"그러고 보니 세쓰코."

갑자기 뒤에서 마키오가 말했다.

"응?"

"우리 다니던 등나무 유치원에 등나무 시렁이 있었잖아. 원장 이름이 후지노藤野라서 자기 이름이 붙은 꽃나무를 심었다는 걸 방금 깨달았어."

갑자기 눈앞에 하늘하늘 떨어지는 등꽃 꽃잎이 보였다.

무수한 연보라색 꽃잎.

아아, 그랬다.

화창한 5월 오후.

한 소녀가 등나무 시렁 밑에서 비 내리듯 떨어지는 등꽃을 올려다보고 있다.

"와, 이게 얼마 만에 듣는 이름이래? 거기 그러고 보니 꽃잔디도 예뻤는데. 등나무 시렁 뒤로 작은 동산이 온통 보라색으로……."

"그거다!"

아키히코가 신나서 소리쳤다.

"그게 보라색 조리복이군!"

나는 조심스레 끼어들었다.

"저기 말이지, 그게 고소공포증이랑 무슨 상관인데?"

"꽃잔디 피는 계절에 동산에서 굴러떨어진 거지. 누가 뒤에서 밀었는지도 몰라. 그래서 고소공포증이 생겼다 이거야."

너무나도 억지스러운 주장에 웃음이 났다.

"동산이라고 해봤자 기껏해야 높이가 2, 3미터밖에 안 된단 말이야. 누구한테 밀려 떨어지고 자시고 할 데가 아니라니까."

떨어지는 꽃잎을 유치원 앞치마에 받았다.

가끔씩 불어오는 바람에 꽃잎이 일제히 날아올랐다.

빛나는 바람에 보라색 꽃잎.

소녀는 등나무 시렁 밑에 꼼짝 않고 서서 그것을 보고 있다.

"유치원에 무서운 선생님이 있었던 건 아니냐? 원장은? 원장이 무서워서 이름의 이미지인 보라색이 어떤 것하고 연결됐다든지."

아키히코는 멋대로 이야기하게 놔두기로 했다. 리에코와 마키오가 아무렇게나 꾸며낸 가설로 그를 놀려대고 있다.

그래. 그랬구나.

기억은 정말로 엉터리다. 마치 아주 오랫동안 뚜껑을 열지 않은 깜짝 상자 같다.

마키오의 한마디에 뚜껑이 달칵 열려 그 광경이 선명하게 되살아나다니.

그 광경을 반추하며 선로를 따라 걸었다.

되살아나는 추억에 가슴이 벅차올랐다.

나는 그 꿈의 의미를 알아냈다. 하지만 애석하게도 고소공포증의 이유는 그 속에 없다. 어차피 인생은 수수께끼가 한두 개쯤 있어도 곤란할 것 없다. 오히려 그 편이 풍취가 있다.

미안하지만 내가 발견한 의미를 아키히코에게 가르쳐줄 마음은 없었다. 그에게도 풀리지 않는 수수께끼를 조금은 남겨주는 게 친절이 아닐까.

마키오의 집과 우리 집은 동네 같은 반상회에 속해 있었다. 어머니들끼리는 꽤 친했나 보다.

나는 무척 소심한 아이였던지라 동네 아이들과 같이 노는 일은 거의 없이 날마다 혼자 놀았다. 게다가 어떻게 된 영문인지 이웃집 아이들은 죄다 남자애들뿐이라 같이 놀 상대가 없었다.

어머니는 소심한 나를 걱정했다. 초등학교 교사였던 어머니는 '친구가 많은 아이는 좋은 아이'를 솔선수범해서 신봉했던 터라 친구를 사귀라고 걸핏하면 나를 협박하곤 했다.

그게 되레 부담이 되어 유치원에 들어간 다음에도 나는 점점 다른 사람에 대해 신경질적이 됐다.

좌우지간 늘 혼자 놀았다. 유치원에서 시키는 단체 놀이 등에는 참가했지만, 내가 왜 유치원에 다니는지 잘 알 수 없었다. 유치원에 있든 단체로 놀이를 하든, 세계에서 나는 외톨이였다.

그러던 어느 날, 갑자기 한 아이가 내 세계에 나타났다.

어느 날, 평소처럼 유치원 마당의 등나무 시렁 밑에 혼자 있는데, 느닷없이 호리호리한 남자애가 마당을 가로질러 내가 있는 쪽으로 왔다. 등나무 시렁 밑은 혼자 있어도 눈에 띄지 않기 때문에 내 지정석이었다. 그곳에 쭈그리고 앉아 있으면 왜 그런지 마음이 편했다.

세쓰코, 우리 같이 놀자.

내게는 그 남자애가 갑자기 나타난 외계인처럼 보였다.

총명해 보이는 아이였다. 태도는 침착하고 강한 심지가 느껴졌다.

나는 멍하니 그를 쳐다봤다.

뭐 하고 놀까?

그는 이어서 물었다. 나는 대답도 하지 못하고 우물쭈물했다.

놀기 싫어?

그는 이상스레 그렇게 물었다. 목소리에서 비난은 느껴지지 않았다. 나는 여전히 묵묵부답. 같은 또래 아이와 말을 해본 적이 거의 없어서 대체 뭐라고 대답하면 좋을지 알 수 없었다. 게다가 솔직히 내가 놀고 싶은지 아닌지도 알 수 없었다.

그래? 알았어. 그럼 나중에.

그는 그렇게 말하고 친구들이 있는 곳으로 뛰어갔다.

나는 멍하니 그의 뒷모습을 지켜봤다.

과장이 아니라, 그때 그는 빛나고 있었다. 그게 무엇인가 하면, '이성의 빛' 같은 것이라 할까. 그는 다른 아이들과 전혀 달랐다. 자신이 누구인지, 무엇을 하고 싶은지, 어디에 가고 싶은지를 아는 것 같았다.

그게 쓰지 마키오와의 첫 만남이었다.

그 뒤로도 그는 가끔씩 내게 왔다. 나는 여전히 우물쭈물하기만 하고 대답도 제대로 못 했지만 그는 결코 굴하지 않았다. 내가 긍정적인 대답을 하지 않아도 전혀 언짢은 표정을 짓지 않았다.

그래? 알았어. 그럼 나중에.

그렇게 말하고 친구들이 있는 곳으로 돌아가곤 했다.

얼마 지나 나는 드디어 그에게 대답하는 데 성공했다. 대답이라 해봤자 그가 "놀자"라고 했을 때 커다랗게 고개를 끄덕였을 뿐이지만.

뭐 하고 놀까?

그는 기쁜 표정으로 물었다.

모래밭.

나는 절박한 얼굴로 그렇게 대답했다. 심장이 쿵쿵 뛰어서 그 한마디를 하는 데에 온몸의 에너지를 다 써버렸다.

알았어. 가자.

그는 고개를 끄덕이더니 내 손을 잡고 모래밭으로 데려갔다.

실은 전부터 내심 모래밭에서 놀고 싶었는데, 항상 아이들이 많이 있어서 용기가 나지 않았다.

그는 너무나도 간단히 모래밭 한구석에 우리 자리를 확보하고는 굴도 파고 진흙 케이크도 만들면서 내내 같이 놀아주었다.

쓸데없이 말을 시키지도 않고 나름대로 흙장난에 열중하는 것 같기에 나도 부담 없이 즐겁게 놀 수 있었다.

그 이래로 나는 조금씩 누군가와 '놀' 수 있게 됐다. 마키오는 항상 아이들의 중심에 있으면서 매우 이성적인 방법으로 모두를 '놀렸다'. 그는 내가 다른 아이들과 함께 놀 수 있게 능숙하게 유도해 주었다.

다시 말해 그 무렵, 마키오는 내 히어로였던 것이다. 정말로 그는 빛나는 것처럼 보였다.

그러나 우상은 생각지도 못하게 갑작스레 파괴됐다.

이런 때는 늘 적이 등장하게 마련이다. 그리고 그건 늘 제멋대로이고 심술궂은 여자애이게 마련이다. 이름은 잊어버렸다. 물론 그 애는 마키오를 너무너무 좋아했고, 그의 가장 친한 단짝이라고 자부했다. 그 애는 처음부터 마키오가 내게 신경 써주는 게 달갑지 않았던 모양인데, 내가 다른 아이들과 놀게 되고 마키오와 접하는 시간이 많아지자 위기감을 느꼈나 보다. 게다가 여자는 유치원생 꼬맹이도 연애 감정에는 민감한 법이다. 내가 마키오를 왕자님처럼 흠모하는 것을 꿰뚫어 보고 더욱 위기감을 느낀 듯, 기회만 있으면 내게 심술을 부리기 시작했다.

화창한 5월 오후.

등나무 시렁은 화사하고 기품 있는 연보라색 꽃으로 뒤덮여 있었다.

나는 오랜만에 지정석에서 황홀하게 등꽃을 올려다보고 있었다.

빛나는 바람. 비 내리듯 떨어지는 꽃잎.

내 세계가 겨우 색을 띠려 하고 있었다.

"……응? 가자. 엄마가 케이크 구워준댔어."

그 목소리를 듣고 나는 흠칫 놀랐다.

등나무 시렁 뒤에 작은 동산이 있었다. 동산 뒤에 마키오와 그 여자애가 있다는 것을 깨달은 것이다.

나도 모르게 귀를 쫑긋 세웠다.

"그래, 그럼 다른 애들도 같이."

"그건 안 돼. 그렇게 큰 케이크가 아니니까. 다 같이 나눠 먹을 몫은 없는걸."

요컨대 그 애는 마키오를 자기 집에 초대하고 싶은 것이었다. 그것도 마키오 한 사람만. 하지만 모든 아이들의 리더였던 마키오는 친구들도 데리고 가고 싶은 듯, 그 때문에 둘이 실랑이를 벌이고 있었다.

"하지만 다른 애들이 오면 세쓰코도 따라올 거 아냐?"

그 애는 급기야 본심을 말했다.

나는 움찔했다. 순식간에 온몸이 확 달아올랐다.

"그럼 어때? 데리고 가주자."

마키오는 선뜻 말했다. 여자애가 불만스레 몸을 비비 꼬는 것을 알 수 있었다.

"마키오는 세쓰코를 좋아하니?"

"어?"

“맨날 잘해주잖아.”

“아, 그거.”

마키오가 고개를 끄덕이는 것 같았다.

“엄마가 세쓰코하고 놀아주라고 해서 그래. 우리 엄마가 세쓰코네 엄마하고 친구래. 세쓰코네 엄마가 우리 엄마한테, 내가 세쓰코한테 신경 좀 써주면 좋겠다고 부탁했거든.”

“그랬구나.”

여자애 목소리가 밝아졌다.

“그리고 나 그런 애 안 좋아해. 늘 음침해 가지고, 무슨 말을 해도 대답도 제대로 못 하는 여자애는 싫더라.”

우상은 단번에 산산조각 났다.

그 순간, 모든 소리가 사라져 버렸다. 나는 얼어붙은 것처럼 우두커니 하늘하늘 떨어지는 등꽃 꽃잎을 쳐다보고 있었다.

그가 ‘음침’이라는, 유치원생에게는 상당히 어려운 말을 썼는지 아닌지는 확실하지 않다. 하지만 아마 그는 어른들이 그 말을 하는 것을 여러 번 듣고 자기도 한번 써보고 싶었을 것이다. 그 어른들이란 그의 어머니와 우리 엄마가 틀림없었다.

언제까지 그곳에 그러고 있었는지는 기억나지 않는다.

춤추듯 떨어지는 등꽃 꽃잎만은 무척이나 신성하고 아름다워 보였다.

그렇게 해서 우상은 파괴됐고, 두 번 다시 원래대로 돌아가지 않았다.

나는 다시 무리에서 떨어져 나와 혼자가 됐다.

하지만 이번 '혼자'는 얼마 전까지와는 달랐다. 무슨 심경의 변화였는지는 몰라도 그날을 경계로 나는 자기 세계의 구축을 시도하기 시작한 것이다.

나는 어느 그룹에도 속하지 않고 나와 죽이 맞을 것 같은 아이와만 접촉하게 됐다. 일대일관계를 중시하게 된 것이다. 다른 사람에게 의존하지 않는다. 다른 사람의 권위를 이용하지 않는다. 늘 그런 생각이 염두에 있었다. 어느 그룹 리더에게 머리를 숙여 거기에 끼는 일만은 절대로 하지 않겠다고 생각했다. 어두운 소녀 시절에 종지부를 찍기까지 상당히 오랜 시간이 걸렸지만, 그게 오늘날의 나를 만든 기나긴 과정의 첫걸음이었다.

나도 내가 뒤끝이 있는 타입인 줄은 알았지만, 실은 이런 일이 있었구나.

선로 길을 걸으며 혼자 쓴웃음을 지었다.

다른 사람들은 여전히 내 고소공포증에 대해 화려한 가설을 전개하는 중인 듯했다.

생각해 보면 마키오에 대한 근본적인 불신감은 여기에서 발단하는 셈이다.

나도 참 끈질기네. 때린 쪽은 원래 기억 못 한다지만, 지금 마키오에게 당시에 관해 물어도 분명 아무것도 기억하지 못할 것이다. 맞은 나도 지금까지 잊고 살았지만, 이렇게 생각이 났다는 것은 즉 마음 한구석에 내내 원한이 있었다는 뜻일 것이다.

하지만 거꾸로 말하면, 오늘날 내 캐릭터는 마키오에 대한 반발심에서 생겼다고 할 수 있다. 그런 의미에서는 그에게 고마워해야 할지도 모른다.

생각하면 철이 들었을 무렵부터 나는 늘 마키오를 관찰했다.

초등학교 때도, 중학교 때도, 늘 그를 보고 있었다. 어느새 그를 싸늘한 시선으로 보는 게 버릇처럼 되어버렸다. 나도 그 이유는 알 수 없었다. 그냥 내게 타인의 본질을 꿰뚫어 보는 눈이 있어서 옛날부터 마키오가 차가운 사람이라는 것을 간파했다고 해석했던 것 같다.

그런데 사실은 그런 결론에 이르게 된 확고한 근거가 이렇게 어린 날에 있었던 것이다.

그 마키오 본인이 이렇게 나이를 먹어서 내 뒤를 걷고 있다는 게 믿기지 않았다.

인생은 정말 요지경이다.

나는 기묘한 감회에 젖었다.

내 그 꿈에 대한 해석은 이렇다.

꿈에 나오는 아줌마는 내가 결별하고 싶었던 어린 날의

나 자신. 그게 마키오 어머니와 내 어머니를 합쳐서 중년 여자라는 형태로 나타난 것이다. 나를 음침하고 친구 하나 못 사귀는 한심한 아이라고 단정한 두 사람의 이미지가 틀림없다.

보라색 조리복에 관해서는…… 잘 모르겠다. 정말로 그날 본 등꽃과 꽃잔디의 영향인지 아닌지는 수수께끼다.

어느새 해가 기울기 시작했다. 이대로 가면 호텔에 도착하기 전에 날이 저물 것 같다.

"아아, 정말 끝나버리는구나."

뒤에서 마키오가 나지막이 중얼거렸다.

과거에 내 히어로였던 마키오가 뒤에서 약한 소리를 하고 있다.

그게 어쩐지 우습고, 사랑스러웠다.

"서운하지."

나는 앞을 본 채 대답했다.

"하지만 재미있었어. 오길 잘했어."

"응."

순순히 고개를 끄덕이는 그가 어린 날의 그와 겹쳤다.

간단히 말해서, 나도 줄곧 그를 좋아했던 것이다.

우리 같이 놀자.

그렇게 말하며 내 앞에 섰을 때부터 나는 줄곧 그를 좋아했다.

"야, 세쓰코, 너 정말 뭐 짚이는 데 없냐?"

절박한 표정으로 아키히코가 나를 돌아봤다.

나는 점잔 뺀 얼굴로 고개를 흔들었다.

"없는데. 그럼 뭐 어때? 하나 정도는 수수께끼를 남겨둬도 괜찮지 않니? 다음에 또 생각하자."

"다음이라니 쉰한 살 때 말이냐?"

"응. 천천히 생각해 볼 수 있겠지? 그때까지 우리 둘 다 노망나지 않기를 빌게."

"윽."

커다란 커브를 돌자 낯익은 광장이 보였다.

불도저와 우리가 타고 온 렌터카가 눈에 들어왔다.

어쩐지 기나긴 여행을 마치고 돌아온 기분이 들었다.

"다 왔다."

"수고했어."

모두 감개무량한 듯했다. 만세를 부르고 돌아가며 악수했다.

아직 내 고소공포증의 수수께끼를 포기하지 못한 아키히코를 무시하고, 배낭을 땅바닥에 내려놓고 크게 기지개를 켰다.

끝났다.

그런 생각을 하며 하늘을 향해 팔을 벌렸다. 손가락 사이에 산봉우리가 들어 있다.

봉우리 사이로 보이는 맑은 하늘에 어둠이 소리 없이 다가늘고 있었다.

"그거 꽤 멋졌어."
"뭐가?"
탕 안에서 리에코가 돌아봤다.
"'하지 마.'"
"아아, 그거."
리에코는 작은 목소리로 웃고 고개를 끄덕였다.
둘이서 욕탕 가장자리에 팔짱을 끼듯 팔을 얹고 게으른
자세로 몸을 담그고 있었다.
"너도 멋있었어. 마키오의 멱살을 쥐고 콱콱 밀어붙이는
데 속이 다 후련하더라. 말씀 한번 잘하셨습니다, 하는 느낌.
최고의 순간이었어."
"하하하."
나는 큰 소리로 웃었다.
둘이서 한바탕 웃었다.
리에코가 문득 정색하고 중얼거렸다.
"하지만 뭐니 뭐니 해도 좋아하는 사람이 있다는 건 행복
한 일이구나. 여러 괴로운 감정도 같이 따라붙지만 말이야.
난 역시 마키오를 못 잊겠어. 하지만 이젠 그걸 떳떳지 못하
게 생각한다든지, 굴욕감을 느낀다든지 그러지 않을래."
"응, 그 편이 너다워."

"이렇게 되면 마키오가 재혼 못 하게 철저하게 막아줘야지."

"어머머, 어떻게?"

"여자가 있는지 없는지 정기적으로 체크하겠어."

꽤 진심으로 하는 말이라는 점이 무섭다.

"너 그건 모른다, 얘. 아키히코는 저래 봬도 꽤 끈덕진 성격이니까 마키오를 결혼시킨다고 이것저것 수를 쓸지도 몰라. 선을 보라고 한다든지, 누굴 소개해 준다든지."

"너도 '하는' 쪽에 걸었다고 아키히코한테 협조하면 안 돼."

리에코가 매섭게 째려보기에 나도 모르게 겁먹고 고개를 움츠렸다.

이건 정말, 진심인지도 모르겠다.

"어쩐지 이 며칠간이 꼭 꿈같아."

얼마 지나 나는 중얼거렸다.

너무나도 온갖 것이 빼곡하게 들어차서 지금 당장은 기억을 더듬을 수 없다. 지난 며칠간의 기억을 재생해 보려 해도, 아직 막대한 정보가 마땅한 위치에 확실하게 보관되기 전이라 쉽지 않았다.

"응, 긴 것도 같고 짧은 것도 같고."

리에코도 고개를 끄덕였다.

"아차. 선물은 어쩌지?"

"회사 사람들?"

"응. 호텔에서 살 수밖에 없으려나."

"니시가고시마보다는 여기서 사는 게 좋겠지?"

"역시 선물을 생략할 순 없으니 말이야."

"그럼 저녁 먹기 전에 호텔 기념품 가게에 가보자."

그렇게 말하며 리에코는 멀리 시선을 던졌다.

"밤이 다 됐네."

욕실 커다란 창밖은 이미 짙은 어둠이었다.

"제군, 오늘 수고 많으셨습니다."

마지막 저녁식사를 앞두고 이번에도 아키히코가 일장 연설을 했다.

다들 개운한 얼굴이었다. 아키히코도 무척 만족스러워 보였다. 자신이 계획한 여행이 대성공을 거두었으니 기쁘기도 할 것이다.

테이블 위에 충족된 시간이 천천히 흘렀다.

"아름다운 수수께끼와 과거에의 사색의 여행은 어떠셨는지요?"

"최고야, 최고."

우리 세 사람은 박수를 쳤다.

수수께끼와 과거에의 사색.

진짜 그랬다. 다른 세 사람도 그 말을 실감하고 있을 것이다.

"저는 세쓰코 씨의 고소공포증 원인을 규명하지 못한 게 무척 안타깝습니다만, 이건 다음번 여행의 숙제로 남겨두기로 하죠."

아키히코는 아쉬운 듯 말했다.

어느 날, 밤중에 전화가 걸려올 것 같다.

'세쓰코, 너 보라색 기모노는 뭐 기억나는 거 없냐?'

그런 상상을 하니 피식 웃음이 났다.

"자, 여러분도 아시다시피 다음 여행 계획도 정해졌습니다. 쓰지 마키오 씨의 51세 생일이 돌아오는 대로 바로 일시를 정하도록 하겠습니다."

다들 웃으며 손뼉을 쳤다.

"너희는 농담이라고 생각하겠지만 난 절대 안 잊는다. 돌아가면 서류 만들 거야. 다들 한 통씩 보내줄 테니까 잊지 마."

갑자기 평소 어조로 돌아와 우리는 어리둥절했다.

"무슨 서류?"

"당연히 내기 내용에 관한 서류지."

"아유 참, 기가 막혀서."

아키히코는 다시 점잔 뺀 표정으로 돌아가 말을 이었다.

"내일은 11시 페리로 Y섬을 출발합니다. 그러니 느긋하게 쉬실 수 있을 겁니다. 등산하고 피곤하실 텐데 오늘 밤은 마음껏 마시고 푹 주무십시오. 이상."

다들 박수하고 건배했다.

하산해서 광장으로 돌아왔을 때가 가장 서운했는지도 모르겠다.

이렇게 호텔에 돌아오니 그런 감상적인 기분은 사라져 버렸다. 늘 만나는 술친구들과 레스토랑에 있다는 느낌밖에 없었다.

허물없는 웃음과 독설이 테이블 위에 난무했다.

마음은 무슨 일에나 익숙해진다. 가슴이 시리도록 맑은 하늘에도, 되찾은 과거의 쓰라린 아픔에도.

하지만 다른 사람들 역시 필요 이상으로 떠들어대는 것을 알 수 있었다.

마지막 밤을 흥겹게 하려고, 즐거운 끝맺음을 연출하려고, 모두 협조하고 있다.

역시 서운하구나, 어른들도.

어쩐지 달곰쌉쌀한 기분이 들었다.

"있잖아, 나 마음에 걸리는 게 하나 있는데."

나는 말을 꺼냈다.

다들 나를 쳐다봤다.

"뭔데?"

아키히코가 와인을 벌컥벌컥 들이켜며 물었다. 오늘은 상당히 속도가 빠르다.

"결국 '삼고의 벚나무'는 어떻게 된 거니?"

"아차."

모두 입을 딱 벌렸다.

"어머, 그러고 보니까 못 찾았네."

"이 중에 자기만 봤다는 사람 없겠지."

"요컨대 우리는 다들 켕기는 게 있다 이 이야기군."

세 사람이 일제히 떠들기 시작했다.

생각해 보면 마키오 때문에 돌아가는 길에 찬찬히 벚나무를 찾아보기를 다들 깜박한 것이다.

"역시 전설은 그냥 전설일 뿐일까."

나는 가볍게 한숨을 쉬었다.

"돌아가면 다시 한번 자세히 조사해 보지. 어떤 사람들한테 유포된 소문인지. 언제부터 성립된 전설인지."

아키히코는 주머니에서 메모장을 꺼냈다. 이런 부분은 정말로 착실한 남자다.

"그럼 벚나무도 다음번 숙제로 넘기기야."

리에코가 검지를 들었다.

"나 말이야, 실은 가설을 하나 세웠는데."

나는 진지하게 말을 꺼냈다.

모두 뜻밖인 듯했다.

"오오, 어디 들어보자. 뭐 눈치챈 게 있냐?"

아키히코가 기뻐하며 몸을 앞으로 내밀었다.

"그게 그러니까, 별 근거는 없지만 그런 느낌이 들었거든."

"에잇, 넌 왜 대체 늘 그런 식으로 이야기하냐? 얼른 요점부터 말해."

금세 아키히코가 화냈다. 나도 알기는 아는데, 꼭 이런 식으로 이야기가 나오니 어쩔 수 없다. 오늘 밤은 술기운도 빨리 도는 것 같고.

"'삼고의 벚나무'는 이곳 사람들 사이에 도는 소문이라고 했지?"

"응."

"그거 혹시 그 나무를 말하는 거 아닐까?"

"그 나무?"

"그 있잖아, J삼나무 근처에 있던 '거꾸로 삼나무'."

"뭐?"

아키히코와 리에코가 놀라 소리를 질렀다.

마키오는 어리둥절한 듯했다. 그렇구나, 마키오는 그 삼나무를 못 봤지.

"어째서? 그건 아무리 봐도 삼나무던데."

리에코가 물었다.

"그걸 벚나무라고 착각하는 녀석이 어디 있겠냐?"

아키히코도 동의했다.

"응, 그러니까 분명히 착각한 건 관광객 쪽이었을 거야."

나는 고개를 끄덕이며 이야기를 계속했다.

"관광객 쪽?"

아키히코가 이상스레 쳐다봤다.

나는 마키오에게 '거꾸로 삼나무'를 설명했다. 마키오는 고개를 끄덕이며 들었다.

"이곳 사람들은 혹시 '삼고의 거꾸로'라고 한 게 아닐까? 좀 억지스럽기는 하지만. 어째 처음부터 이상했거든, '삼고의 벚나무'가 1년에 세 번 꽃이 피는 벚나무란 뜻이라는 게. 내 인상으로는 '삼고'는 세 번 뒤를 돌아본다는 느낌인데 말이야. 그러니까 몇 번씩 뒤를 돌아본다는 의미가 맞지 않을까 싶었어. 그래서 몇 번이고 뒤를 돌아보는 벚나무일까 생각해 봤거든. 하지만 이 섬엔 그렇게 훌륭한 거목, 고목이 수두룩한 데다, 섬사람들의 신앙도 신이 내려준 삼나무를 비롯해서 숲의 나무들이 대상이잖아? 그런데 벚나무만 신경 쓴다는 건 이상하다 싶더라고. 하지만 '거꾸로 삼나무'라면 어떨까? 산을 오르던 중에 등 뒤에서 무슨 기미가 느껴져서 뒤를 돌아봤더니 '거꾸로 삼나무'가 보여. 기절초풍하겠지. 자기도 모르게 몇 번이고 뒤를 돌아볼걸. 그야말로 유령의 정체는 마른 억새풀인 것처럼, 고민이 있다든지 언짢은 일이 있었다든지 하면 도깨비가 나타난 것처럼 보이지 않겠어? 그걸 '마음에 켕기는 게 있으면 몇 번이고 돌아본다'라고 표현하지 않았을까?"

세 사람이 어안이 벙벙한 얼굴로 나를 바라봤다.

그랬다. 안개 속에서 메두사 같은 모습이 나타났을 때 머리 한구석에서 뭔가가 번득했다. 그게 지금 드디어 내 머릿속에서 구체화된 것이다.

"그걸 관광객이 자기가 바라는 대로 각색한 거야. 일본 사람은, 특히 혼슈 사람들은 벚나무라면 괜히 사족을 못 쓰잖아. 1년에 세 번 벚꽃을 볼 수 있다면, 같은 것도 자기 본위적인 욕망이지. 그래서 '삼고의 거꾸로'를 듣고 그런 식으로 해석한 게 아닐까?"

나는 '어때?'라고 묻듯 모두의 얼굴을 둘러봤다.

아키히코가 두 손을 맞잡고 눈물 어린 눈으로 나를 봤다.

"세쓰코 언니 멋져. 여행을 끝맺기에 이보다 더 어울리는 수수께끼의 해결이 있겠냐."

"그래? 잘됐다."

나는 와인을 마셨다.

그래. 전설 따위 어차피 그런 것이다. 인간은 자신이 보고 싶은 것만 보고, 자신 안에 있는 것으로만 사물을 볼 수 있다. '삼고의 벚나무'는 바로 그런 인간의 진리를 얄궂게 표현한 게 아닐까.

하지만 그런 인간들이 나는 싫지 않다.

"세쓰코."

그때까지 잠자코 듣고 있던 마키오가 입을 열었다.

"왜?"

"내기 하나 더 하자."

"뭘?"

느닷없는 제안에 당혹했다.

"난 그 벚나무가 있다고 생각해."

“'삼고의 벚나무'?”

“응.”

“왜?”

아키히코와 리에코가 우리를 보고 있었다.

“필요하니까.”

“누구한테?”

“나.”

나는 어리둥절했다. 이 남자는 가끔씩 이렇게 이상한 소리를 한다.

마키오는 생각하면서 말하듯 천천히 말을 이었다.

“게다가 오히려 이런 섬이기 때문에 벚나무가 특별한 나무이지 않을까? 아주 먼 옛날, 태곳적부터 늘 한결같은 삼나무에 둘러싸여 있으니까 괜히 더 순식간에 피었다가 순식간에 지는 벚나무가 선명한 인상을 줬을 테지. 난 역시 이 섬 어딘가에 있다고 생각해, 그 벚나무가.”

마키오의 말에는 설득력이 있었다. 나도 모르게 고개를 끄덕였다.

“그렇구나. 그 말도 일리가 있는 것 같아. 하지만 왜 마키오한테 '삼고의 벚나무'가 필요한데?”

마키오가 씩 웃었다.

“나 솔직히 말해서 꼭 봐주고 말겠다고 생각했거든.”

“'삼고의 벚나무'를?”

“응. J삼나무 옆에서 위로 올라갔던 것도 무의식중에 나만은 볼 수 있을 거라고 생각했기 때문일지도 몰라.”

“그래서 봤어?”

리에코가 끼어들었다. 마키오는 고개를 흔들었다.

“아니.”

“왜 너만은 볼 수 있을 거라고 확신하는데?”

이번에는 아키히코가 끼어든다.

“난 마음에 켕기는 게 전혀 없으니까.”

마키오는 태연하게 말했다.

우리가 비난 어린 눈길로 쳐다보자 마키오는 어깨를 으쓱했다.

“세쓰코도 그랬잖아? 난 옛날부터 자기 생각밖에 안 한다고.”

모두 흠칫했다.

마키오는 담담하게 말을 이었다.

“늘 나 자신한테 정직하게 살아왔어. 여러 사람한테 상처를 줬지만 그래도 나 자신한테 거짓말만은 하지 않았어. 그런 의미에선 난 당당해. 마음에 켕기는 일 따위 전혀 없어. 그런 내가 안 보고 누가 보겠어? 나야말로 그 벚나무를 볼 자격이 있다고 내내 생각하고 있었어.”

나는 잠자코 마키오를 응시했다. 어쩐지 지금 아주 중요한 이야기를 들었다는 생각이 들었다.

마키오는 온화한 눈빛으로 나를 봤다.

"그러니까 없으면 곤란해. 내 이 자신감을 증명해야지. 난 있는 쪽에 걸겠어. 이제부터 정보를 수집해서 어디에 있는지 장소를 밝혀낼 거야."

아키히코가 우리를 둘러봤다.

"이 내기도 쉰한 살 때로 넘기는 거냐?"

나는 웃었다.

"그런 모양이야."

리에코가 장난스레 고개를 갸웃했다.

"기대할 거리가 하나 더 늘었네."

다음 날 아침에 눈을 떴을 때, 해는 이미 높다랗게 떠 있었다.

어찌나 곤히 잤는지 되레 피곤했다.

일어나 보니 평소와 다름없는 아침이었다. 리에코는 부지런히 짐을 싸는 중이다.

나도 준비하고 나서 바로 짐을 싸기 시작했다.

나는 출발하기 전 짐을 모조리 풀어놓고 나서 처음부터 다시 싸는 습관이 있다.

"어째서 양은 똑같은데 돌아갈 때는 이렇게 안 들어가는지 몰라."

리에코가 투덜대며 티셔츠와 타월을 욱여넣었다.

"옷은 꼭 한번 입고 나면 부풀어 오르더라. 왜 그럴까. 인간의 에너지를 빨아들이나."

나는 결국 읽지 못한 문고본이며 먹지 않은 과자 등을 침대 위에 늘어놓았다.

여행 가방 한구석에 뭔가 딱딱한 감촉이 느껴졌다.

이게 뭐지?

꺼내보니 일회용 카메라였다.

어라? 왜 이런 게 여기 들어 있지?

고개를 갸웃거리다 보니 기억이 되살아났다.

여행 전날 신제품 개발 이벤트가 있었다. 나는 옵서버였지만 손님들 사진과 현장 사진을 찍었다. 그 뒤 심야에 집으로 돌아와 짐을 싸면서, 아직 필름이 남았으니 여행 가서 찍으면 되겠거니 하고 가방에 찔러 넣었던 것이다.

아까워라. 좀 더 일찍 깨달았더라면 좋았을걸. 그럼 다 같이 사진을 찍을 수 있었는데.

나는 카메라를 손에 든 채 혀를 찼다.

하지만, 하고 생각을 고쳐먹는다.

찍지 않기를 잘했다. 이건 우리 기억 속에만 있는 여행. 누구에게도 보여주지 않을 우리만의 여행이니까.

나는 후드점퍼 주머니에 카메라를 찔러 넣은 뒤, 짐을 차례대로 넣기 시작했다.

쾌청한 하늘이었다.

우리는 호텔에서 곧바로 항구로 향했다. 우리가 탈 커다란 페리가 이미 들어와 있었다. 젊은 여자애와 그녀의 부모 및 할머니로 보이는 가족이 이야기하고 있다.

어중간하고 무료한 시간을 다들 멍하니 보냈다.

모두 말없이 바다를 바라봤다.

이윽고 탑승수속이 시작됐다. 대합실에 있던 승객들이 줄줄이 이동하기 시작했다.

아까 본 젊은 여자애가 가족의 손을 쥐고 있다. 그녀는 벌써부터 울상이었다. 할머니의 작은 몸을 끌어안고 울먹였다.

얼른 가라, 하고 재촉하듯 아버지가 그녀를 배 쪽으로 밀었다. 그녀는 마지못해 짐을 들고는 연신 뒤를 돌아보며 배 쪽으로 향했다.

우리도 말없이 짐을 들고 배에 올라탔다.

이번에도 아키히코는 2등 객실을 골라, 이번에도 객실을 독차지했다.

짐을 로커에 넣고 누가 먼저랄 것 없이 갑판으로 올라갔다.

멋진 파노라마가 펼쳐져 있었다. 신성하게 우뚝 솟은 산들, 여러 숲을 품에 안은 검은 산들이 눈앞에 펼쳐졌다. 밝은 태양 아래 항구와 촌락의 윤곽이 선명하게 빛났다.

아아, 이제 Y섬을 떠나는구나.

갑자기 몸이 크게 흔들렸다. 배가 천천히 선회하고 있다.

앞바다 쪽으로 서서히 방향을 트는 것이다.

짐승이 포효하는 듯한 엄청난 뱃고동 소리가 울렸다. 섬 전체에 소리가 퍼져 먼 산에 메아리치는 것을 알 수 있었다.

눈물이 날 것 같았다. 가슴이 술렁거려 어쩔 줄 모르겠다.

모두 안타까운 표정으로 갑판에서 섬을 보고 있었다.

그 깊은 숲, 하계에서는 상상도 할 수 없을 만큼 넓고 험준한 숲이 잠자는 산을.

배는 차츰 속도를 높이기 시작했다. 시야에 들어오는 항구와 산이 점점 변해간다. 배가 물살을 가르며 하얀 거품을 일으킨다.

갑판에서 아까 그 젊은 여자애가 얼굴을 가리고 울고 있었다.

선창에서는 가족이 커다랗게 손을 흔들고 있다.

울지 마. 이별은 끝이 아니야. 이별이 시작이라는 걸 너도 언젠가 알게 될 거야.

나는 마음속으로 그녀에게 말했다.

다들 한동안 갑판에서 멍하니 바람을 맞고 있었다. 저마다 감상에 잠겨 있었다.

밝은 태양 아래, 해면에 강한 빛이 일렁였다.

나는 기지개를 켜고 갑판을 어슬렁어슬렁 걷기 시작했다.

무심코 점퍼 주머니에 손을 넣자 일회용 카메라가 만져졌다.

"얘들아, 사진 찍자, 사진."

나는 큰 소리로 불렀다.

"사진? 너 카메라 갖고 있었냐? 아무도 안 갖고 왔다고 하지 않았어?"

아키히코가 이상스레 말했다.

"오늘 아침에 생각났어. 업무에 썼던 카메라라 필름도 거의 안 남았을 거야."

"섬을 떠난 다음에 찍다니 그게 뭐냐? 기왕이면 호텔 앞에서 한 방 찍었으면 좋았을걸."

"에이, 뭐 어때? 섬 밖에서 딱 한 장 찍는 것도 우리 같고 좋잖아?"

"아직 섬이 보이려나? 섬이 안 보이면 알리바이 공작이 안 될 텐데."

아키히코는 투덜대며 구도를 생각하고 있다.

리에코와 마키오는 갑판 난간에 기대서서 그런 아키히코를 실실대며 보고 있다.

나는 울고 있던 여자애에게 다가갔다.

이미 눈물은 그친 모양이다. 멍하니 난간 위에 팔짱을 끼듯 팔을 얹고 먼 곳을 보고 있었다.

"죄송한데요, 사진 좀 찍어주실 수 있나요?"

그녀는 흠칫 놀라더니 열심히 눈물을 닦았다.

"아, 네. 그럴게요."

눈은 아직 빨갰지만 마음은 이미 진정된 얼굴이었다.

"여기를 누른 다음 반짝하면 이쪽을 눌러주세요."

"네."

그녀는 고개를 까딱했다.

나는 그녀를 두고 세 사람이 있는 곳으로 돌아갔다.

넷이서 갑판에 나란히 섰다. 카메라 쪽에서 봐서 왼쪽부터 마키오, 리에코, 아키히코, 나.

"찍을게요."

소녀가 소리쳤다. 맑고 또렷한 목소리였다.

"네."

다 같이 대답한다.

나는 카메라를 응시했다.

이 한 장. 이 한 장만이 우리에게 남을 여행의 증거. 오늘이라는 날의 증명. 우리들의 이 순간이 지금 영원히 남겨지려 한다.

소녀가 든 카메라를 다 같이 응시했다.

문득 숲속으로 이어지는 길이 보인 듯했다.

정적의 숲. 끝없이 이어지는 좁다란 길.

우리는 누구나 숲을 가지고 있다.

Y섬의 숲보다 넓고 태고의 원생림보다도 거대한, 눈에 보이지 않는 숲을.

우리는 숲속을 걷는다. 지도가 없는 숲을. 어디까지 이어질지 알 수 없는, 어둡고 끝없는 숲길을.

나는 이 숲을 사랑하련다. 나무들을 흔드는 바람과 먼 천둥소리에 불안해하면서도, 나 홀로 그 숲을 한없이, 한없이 걸어가련다. 언젠가 그 길에서 그리운 누군가를 만날 수 있을지도 모르니까.

우리는 각자 자신의 숲을 걷는다. 누군가의 숲을 마음에 그리며, 결코 겹치는 일 없는 여러 개의 숲을, 마침내 빛이 사라지고 나뭇잎이 보이지 않게 될 그날까지.

답이 아닌 과정에 깃든
사색과 탐구의 아름다움

권영주(번역가)

"그러고 보니 나 그걸 좀 해결해 주면 좋겠는데. 현실 속
사건이라 하면 말이지."
아키히코가 얼핏 이쪽을 돌아봤다.
"아주 오래전에 어느 학교 운동장에 누가 숫자 9 모양으로
책상을 늘어놓은 사건이 있었잖아?"
"아아, 맞다, 그런 거 있었지."

– 본문 중에서

'아름다운 수수께끼'를 지참하고 참가해 함께 공유하는
여행. '해결해 주면 좋겠다'라고 하지만 정작 해결에 크게 연
연하지 않고 이러쿵저러쿵 같이 떠드는 시간을 더 즐기는 듯
한 이 책《흑과 다의 환상》에서 등장인물들 중 하나가 제시
하는 '아름다운 수수께끼'가 저 '책상 9자 사건'이다(일본어

판 위키백과의 명칭을 따랐다). 얼마 전, 우연히 본 어느 일본 드라마에서 같은 사건이 언급되는 것을 듣고 20여 년 만에 궁금해졌다. 그러고 보면 이 사건은 어떤 의미에서 이 책의 모체와도 같은《삼월은 붉은 구렁을》에도 등장했다. 거기서도 수수께끼 애호가들이 눈을 빛내고 군침을 흘리는 수수께끼 중 하나였다. 작가가 여러 번 소재로 쓸 만큼 매력적인 이 수수께끼에 대해 더 알고 싶어졌다.

2025년에 세상을 사는 우리는 알고 싶은 것, 바꿔 말하면 수수께끼가 있을 때 어떻게 할까?

아마 많은 이들이 AI에게 묻지 않을까 싶다. 그래서 물어봤다.

그랬더니 글쎄, 그게 실제로 발생했던 사건이 아니며 유명한 도시 괴담일 뿐이라고 딱 잘라 답하는 게 아닌가. 아닌 것 같다고 조심스레 말해봐도 도시 괴담이라고 단호하게 우기기에…… 포기하고 구글로 검색해 알아냈다(처음부터 그랬어야 했다). 1988년, 도쿄의 어느 중학교에서 실제로 일어난 사건이며 범인들도 사건 발생 약 두 달 뒤 이미 체포되어 유죄판결을 받았다고 한다.《삼월은 붉은 구렁을》에서도《흑과 다의 환상》에서도 사건의 진상이 아직 밝혀지지 않았다고 하는데 말이다. 드라마에서는 범인이 잡혔다고 한 것 같다.

AI가 틀린 이야기를 참으로 자신 있게 늘어놓는 경험을 해본 사람은 나 말고도 많을 것이다. 실은 이 책 작업을 하며

AI에게 질문한 게 하나 더 있는데, 하권 역자교를 보던 중 갑자기 세쓰코의 성이 생각나지 않는 것이다. 다카다 리에코, 미사키 아키히코, 쓰지 마키오까지는 생각나는데, 아무리 기억을 뒤져봐도 세쓰코의 성이 뭐였는지 생각나지 않았다. 세쓰코가 이 이야기에서 차지하는 독특한 위치를 생각하면 그녀 혼자 성이 밝혀지지 않는다는 것도 그녀답다 싶기도 했다. 그렇지만 어쨌거나 확인은 하고 싶기에 책상 9자 사건의 교훈을 살려 검색부터 했는데 찾지 못했다(여담이지만 지금 이 후기를 쓰며 한 번 더 검색해 보니 나왔다. 이 또한 미스터리라고 우긴다). 그래서 하는 수 없이 AI에게 질문하자, 원작에서 원래 등장인물들의 성이 밝혀지지 않는다는 것이다. 아니, 미사키 아키히코에 쓰지 마키오라니까, 하고 다시 물으니 잠깐 검색해 보고는 그건 독자가 2차 창작에서 만들어낸 성이라고 답했다. 몇 번 실랑이를 벌인 끝에 부득이 일본어 원서 속 이름을 사진 찍어 보여주자, 그제야 마지못해 쓰지 마키오가 공식(?) 성명이라는 것을 인정해 주었다. 네가 정보를 찾지 못했다고 2차 창작이라 주장하는 것은 논리의 비약이며 심각한 사실오인이니, 제발 멋대로 지어내지 말고 그냥 '정보를 찾지 못했다'에서 멈추라고 설득해야 했다.

시시콜콜 이런 이야기를 늘어놓은 것은 은근슬쩍 시류에 편승해 AI론을 펴기 위해서가 아니다. 일련의 에피소드에서 이 책에 등장하는 수수께끼를 둘러싼 대화와도 통하는 느낌을 받아서다. 책상 9자 사건은 현실에서 있었던 사건인가, 도시 괴담인가. 범인은 잡혔나, 여전히 밝혀지지 않은 채 수수께끼로 남았나. 한달음에 답에 도달하기는커녕, 답을 찾으려는 과정에서 되레 생각지도 못한 가능성이랄지, 요소(이 경우, 비록 그릇된 것이기는 했어도)가 점점 더해지는 게 네 사람의 수수께끼를 둘러싼 여행과 닮았다는 생각이 들었다. 그들의 여행 또한 답을 알고자 하는 목적을 넘어 사색과 탐구의 여정이기 때문이다. 그렇게 생각하니 답답함이 가시고 은근히 재미있어졌다. 나도 사소하게나마 그런 여행을 하는 기분을 맛볼 수 있었다. 모든 게 갖다 붙이기 나름이다.

답은 물론 어딘가에 존재한다. 그리고 우리는 답을 알고 싶다. 하지만 답에 이르는 과정은 명쾌하지도 않고 일직선도 아니라는 생각이, AI를 접하면서도 그리고 이 책을 읽으면서도 들었다. 실제로 이 책에서 여행하는 네 사람조차 자신들의 그 시간이 사치고 호사라고 거듭 표현한다. 하지만 가성비가 으뜸 가치가 된 요즘 세상에서 어쩌면 보다 아름다운 것은 '결과'가 아니라 '과정'이 아닐까 싶다.

흑과 다의 환상 (하)

초판 1쇄 인쇄 2025년 8월 14일
초판 1쇄 발행 2025년 9월 4일

지은이   온다 리쿠
옮긴이   권영주

책임편집   홍은선
디자인   정정은
책임마케팅 최혜령, 박지수, 도우리
마케팅   콘텐츠 IP 사업본부
해외사업   한승빈, 박고은
경영지원   백선희, 권영환, 이기경, 최민선
제작   재영P&B

펴낸이   서현동
펴낸곳   ㈜오팬하우스
출판등록   2024년 5월 16일 제2024-000141호
주소   서울시 강남구 테헤란로 419, 11층(삼성동, 강남파이낸스플라자)
이메일   info@ofh.co.kr

ⓒ 온다 리쿠

ISBN 979-11-94930-83-9 (03830)

반타는 ㈜오팬하우스의 출판브랜드입니다.